SCIENCE-FICTION
Collection dirigée par Jacques Goimard

JACK VANCE

DOCTEUR BIZARRE

Traduit de l'américain
par E. C. L. Meistermann
(et Christine Renard
pour Magie verte)

PRESSES POCKET

Titres originaux :

The World-Thinker (1945)
The Substandard Sardines (1949)
Son of the Tree (1951)
The Temple of Han (1951)
Noise (1952)
The Men Return (1957)
Green Magic (1963)
Alfred's Ark (1965)
The Narrow Land (1967)

ISBN 2-266-03697-1

Le retour des Hommes

Le Relicte descendait furtivement de la roche, créature dégingandée, émaciée, les yeux tourmentés. Il se déplaçait en une série d'à-coups rapides et en se dissimulant derrière les panneaux d'air sombre, courant derrière chaque ombre qui passait, rampant parfois à quatre pattes, la tête au sol. En arrivant au dernier affleurement rocheux, il fit halte et scruta la plaine.

Dans le lointain s'élevaient des collines basses, floues dans le ciel, qui était moucheté et brouillé comme de l'opaline de mauvaise qualité. La plaine intermédiaire s'étendait comme du velours décrépit, vert foncé et ridé, rayé d'ocre et de rouille. Une fontaine de roche liquide crachait très haut dans les airs et se ramifiait en corail noir. A mi-distance, une famille d'objets gris évoluait avec un sens bien précis de leur destinée : les sphères se fondaient en pyramides, devenaient dômes, touffes de spirales blanches, poteaux qui perçaient le ciel ; puis, en guise d'ultime tour de force, en tesseracts.

Le Relicte ne s'en souciait nullement ; il lui fallait de la nourriture : sur la plaine se trouvaient des plantes. Elles suffiraient, faute de mieux. Elles poussaient dans le sol, ou parfois sur un monceau d'eau flottante, ou contre un cœur de gaz noir et dur. Il y avait des pans de feuilles noirs et humides, des bouquets d'épineux hagards, des bulbes vert pâle, des tiges dotées de feuilles et de fleurs contorsionnées. Aucune végétation ni espèce bien définie, et le Relicte n'avait aucun moyen de savoir si les feuilles et les vrilles qu'il avait mangées la veille ne l'empoisonneraient pas aujourd'hui.

Il testa du pied la surface de la plaine. La surface vitrifiée, bien qu'elle parût tout à fait semblable à une construction de pyramides rouges et gris vert, accepta son poids, puis aspira soudain sa jambe. Frénétiquement, il se libéra, bondit en arrière et s'accroupit sur la roche temporairement solide.

La faim lui râpait l'estomac. Il fallait qu'il mange. Il contemplait la plaine. Non loin de lui, un couple d'Organismes jouait... glissant, plongeant, dansant, adoptant des poses flamboyantes. S'ils venaient à s'approcher, il essaierait d'en tuer un. Ils ressemblaient aux hommes, ils devraient constituer un mets consistant.

Il attendit. Longtemps? Peu de temps? L'un ou l'autre était possible; la durée n'avait de réalité ni quantitative ni qualitative. Le soleil s'était évanoui, il n'existait aucun cycle étalon ni récurrence. Le temps était un terme vide de sens.

Les choses n'avaient pas toujours été de la sorte. Le Relicte conservait quelques souvenirs disparates des jours anciens, avant que le système et la logique n'eussent été rendus obsolètes. L'Homme avait dominé la Terre par vertu d'un axiome unique : qu'un effet pouvait remonter à une cause, elle-même effet d'une cause précédente.

La manipulation de cette loi fondamentale avait produit des résultats fructueux; il ne semblait pas utile de disposer d'aucun autre outil ni instrumentation. L'Homme se félicitait de sa structure généralisée. Il pouvait vivre dans le désert, dans une plaine de glace, dans une forêt ou une ville; la Nature ne l'avait pas conformé à un milieu bien particulier.

Il n'avait pas conscience de sa vulnérabilité. La logique était le milieu particulier; le cerveau était son outil particulier.

Vint l'heure terrible où la Terre vogua dans une poche de non-causalité, où toutes les tensions de cause à effet furent dissoutes. L'outil particulier était inutile; il n'avait aucune prise sur la réalité. Sur les cinq milliards d'hommes, seuls quelques-uns avaient survécu : les fous. Ils étaient à présent les Organismes, seigneurs de cet âge, leurs discordances si exactement équivalentes aux inconsistances de la Terre qu'elles constituaient une bizarre sagesse sauvage. A moins que la matière désorganisée de la planète, libérée de l'ancienne organisation, ne fût particulièrement sensible à la psychokinésie.

Une poignée d'autres, les Relictes, se débrouillaient pour exister encore, mais seulement grâce à un schéma délicat de circonstances. Ils étaient ceux qui avaient été le plus fortement chargés de l'ancienne dynamique causale. Elle persistait suffisamment pour contrôler le métabolisme de leurs corps, mais ne pouvait aller plus loin. Ils mouraient très, très rapidement, car la santé mentale ne fournissait aucun levier face à cet environnement. Parfois, leur propre esprit crépitait et cliquetait et ils s'en allaient bondir en divaguant sur la plaine.

Les Organismes observaient sans surprise ni curiosité; comment pouvait exister la surprise? Le Relicte fou pouvait marquer un temps d'arrêt auprès d'un Organisme et essayer de dupliquer l'existence de la créature. L'Organisme mangeait une bouchée de plante; le Relicte aussi. L'Organisme se frottait les pieds avec de l'eau écrasée; le Relicte aussi. Mais le Relicte ne tarderait pas à mourir empoisonné, ou les entrailles déchirées, ou de lésions dermiques, tandis que l'Organisme se délassait dans l'herbe noire humide. Ou bien l'Organisme pouvait chercher à dévorer le Relicte; et le Relicte s'enfuyait, terrifié, incapable d'endurer la moindre partie de ce monde... il courait, bondissait, affrontait l'air épais; les yeux écarquillés, bouche bée, il criait et soufflait pour finir par patauger dans une mare de fer noir ou tomber en aveugle dans une poche de vide où il battait des membres comme une mouche dans une bouteille.

Les Relictes étaient désormais très peu nombreux. Finn, celui qui était accroupi sur la roche qui dominait la plaine, vivait avec quatre autres. Deux d'entre eux étaient des vieillards et ne tarderaient pas à mourir. Finn, de même, mourrait s'il ne trouvait pas de quoi se nourrir.

Sur la plaine, l'un des Organismes, Alpha, s'assit, prit une poignée d'air, un globe de liquide bleu et un caillou, les pétrit ensemble, tira le mélange comme de la pâte à berlingot et le souleva péniblement. Il se déroula hors de sa main comme une corde. Le Relicte s'abaissa encore plus. Impossible de savoir quelle diablerie allait arriver à cette créature. Elle et ses semblables... imprévisibles! Le Relicte appréciait le goût de leur chair; mais eux aussi le mangeraient si l'occasion s'en présentait. Dans cette compétition, il était gravement désavantagé. Leurs actes aléatoires le déroutaient. Cherchant à s'échapper, il courut, et alors commença la terreur. La direction qu'il choisissait était rarement la direction que lui permettaient de prendre les frictions variables du sol. Derrière, se trouvait l'Organisme, aussi aléatoire et indépendant que l'environnement. La double série de caprices s'additionnait parfois, ou parfois s'annulait. Dans le dernier cas, l'Organisme risquait de l'attraper... C'était inexplicable. Mais, après tout, qu'y avait-il qui ne le fût? Le terme *explication* n'avait aucune signification.

Ils se déplaçaient vers lui. L'avaient-ils vu? Il s'aplatit contre la roche jaune pisseux.

Les Organismes marquèrent un temps d'arrêt non loin de là. Il entendait les bruits qu'ils produisaient et il s'accroupit, rendu malade par les pincements conflictuels de faim et de peur.

Alpha se laissa tomber à genoux, s'aplatit sur le dos, les bras et les jambes écartés sans ordre particulier et s'adressa au ciel en une série de cris musicaux, de grognements sifflants et gutturaux. C'était un langage personnel qu'il venait d'improviser, mais Bêta le comprenait bien.

— Une vision, s'écria Alpha. Je vois derrière le ciel. Je vois des nœuds, des cercles qui tournoient. Ils se resserrent en pointes dures; jamais ils ne se déferont.

Bêta, perché sur une pyramide, jeta par-dessus l'épaule un coup d'œil au ciel tacheté.

— Une intuition, entonna Alpha. Une image de l'autre temps. Elle est dure, sans merci, inflexible.

Bêta était en équilibre sur la pyramide; il plongea à travers la surface vitreuse, nagea en dessous d'Alpha, émergea et s'aplatit à côté de lui.

— Observe le Relicte sur le coteau de la colline. Dans son sang coule le sang de la race ancienne... les hommes étroits à l'esprit semblable à des failles. Il a exsudé l'intuition. Maladroite créature... un gaffeur, dit Alpha.

— Ils sont tous morts, sans exception, s'écria Bêta. Bien qu'il en reste trois ou quatre.

(Quand le *passé*, le *présent* et l'*avenir* ne sont plus que des reliques d'un autre âge, comme des bateaux sur un lac asséché... alors, l'achèvement d'un processus ne peut être défini.)

Alpha déclara :

— Voici la vision. Je vois les Relictes qui envahissent la Terre ; puis ils se précipitent vers nulle part, comme des moucherons au vent. Cela est derrière nous.

Les Organismes ne bougeaient plus, ils contemplaient la vision.

Une roche, ou peut-être une météorite, tomba du ciel, heurta la surface de la mare. Elle causa un creux circulaire qui se referma lentement. D'une autre partie de la mare, une goutte de fluide éclaboussa les airs et s'éloigna en flottant.

Alpha parla :

— Encore... l'intuition revient très fort ! Il va y avoir des lumières dans le ciel.

La fièvre mourut en lui. Il dressa un doigt crochu dans l'air et se hissa sur ses pieds.

Bêta ne bougeait pas. Des limaces, des fourmis, des mouches, des scarabées rampaient sur lui, creusant, se reproduisant. Alpha savait que Bêta pouvait se lever, se débarrasser des insectes et s'en aller à grands pas. Mais Bêta semblait préférer la passivité. Cela ne faisait rien. Il pouvait produire un autre Bêta, ou une douzaine, quand cela lui chantait. Le monde grouillait parfois d'Organismes, de toutes les sortes, de toutes les couleurs, grands comme des flèches, courts et trapus comme des pots de fleurs. Ils se dissimulaient parfois paisiblement dans des cavernes profondes et, parfois, la substance hésitante de la Terre se déplaçait, en enfermant peut-être un ou une trentaine dans le cocon souterrain ; ils restaient tous gravement assis à attendre le moment où le sol se rouvrirait pour qu'ils puissent à nouveau considérer d'un regard pâle la lumière en clignant les yeux.

— Je ressens un manque, dit Alpha. Je vais manger le Relicte.

Il se mit en marche et le hasard le conduisit près de la corniche de roche jaune. Finn le Relicte bondit sous l'effet de la panique.

Alpha essaya de communiquer, pour que Finn s'arrête pendant qu'il mangeait. Mais Finn ne pouvait saisir les tonalités aux richesses multiples de la voix d'Alpha. Il saisit un caillou, le précipita en direction d'Alpha. Le caillou explosa en un nuage de poussière qui revint en plein dans le visage du Relicte.

Alpha se rapprocha et tendit ses bras allongés. Le Relicte donna des coups de pieds. Ses pieds se dérobèrent, il glissa sur la plaine. Alpha allait l'amble derrière lui, l'air suffisant. Alpha se déplaça vers la droite... une direction en valait bien une autre. Il entra en collision avec Bêta et se mit à manger Bêta au lieu du Relicte. Le Relicte hésita ; puis il s'approcha et, se joignant à Alpha, se fourra des morceaux de chair rose dans la bouche.

Alpha dit au Relicte :

— J'allais communiquer une intuition à celui qui nous sert de dîner.

Finn ne pouvait comprendre le langage personnel d'Alpha. Il mangeait aussi rapidement que possible.

Alpha continuait de parler :

— Il va y avoir des lumières dans le ciel. Les grandes lumières.

Finn se leva et, en surveillant prudemment Alpha, se saisit des jambes de Bêta et se mit à le tirer en direction de la colline. Alpha le considéra avec une absence d'inquiétude intriguée.

C'était un travail difficile pour le Relicte peu robuste. Parfois, Bêta flottait ; parfois, il s'envolait dans les airs ; parfois, il adhérait au terrain. Il finit par sombrer dans un nœud de granit qui se figea autour de lui. Finn tenta de dégager Bêta, de l'arracher à l'aide d'un bâton, mais sans succès.

Il allait et venait en courant, dans les affres de l'indécision. Bêta se mit à s'écrouler, à se ratatiner, comme une méduse sur le sable chaud. Le Relicte abandonna la carcasse. Trop tard, trop tard ! De la nourriture gaspillée ! Le monde était un lieu hideux de déconvenues !

Il avait le ventre momentanément plein. Il remonta vers la roche et ne tarda pas à retrouver le camp, où attendaient les quatre autres Relictes : deux anciens, deux femmes. Les femmes, Gisa et Reak, comme Finn, étaient parties en quête de nourriture. Gisa avait rapporté une plaque de lichen ; Reak un bout de charogne innommable.

Les vieillards, Boad et Tagart, assis tranquillement, attendaient la nourriture ou la mort.

Les femmes accueillirent Finn maussadement.

— Où est la nourriture que tu étais parti chercher ?

— J'avais une carcasse entière. Je n'ai pas pu la rapporter.

Boad avait furtivement volé la plaque de lichen et se la fourrait dans la bouche. Elle s'était éveillée ; elle frissonnait et exsudait un ichor rouge qui était un poison et le vieillard mourut.

— A présent, nous avons de quoi manger, commenta Finn.

Mais le poison provoquait une putréfaction accélérée ; le corps écumait d'une mousse bleue et disparaissait en consumant sa propre énergie.

Les femmes se retournèrent pour regarder l'autre vieillard, qui déclara d'une voix vacillante :

— Mangez-moi s'il le faut... mais pourquoi ne pas choisir Reak, qui est plus jeune que moi ?

Reak, la femme cadette, rongeait le morceau de charogne et resta coite.

Finn demanda d'une voix caverneuse :

— Pourquoi nous inquiétons-nous ? Il est plus difficile que jamais de trouver de quoi se nourrir et nous sommes les derniers des hommes.

— Non, non, dit Reak, pas les derniers. Nous en avons vu d'autres sur le monticule vert.

— C'était il y a longtemps, fit Gisa. Ils sont sûrement morts, maintenant.

— Peut-être ont-ils trouvé une source de nourriture, suggéra Reak.

Finn se leva et contempla la plaine.

— Qui sait ? Peut-être existe-t-il un pays plus agréable au-delà de l'horizon.

— Il n'existe plus que déserts et créatures immondes, lâcha Gisa.

— Que pourrait-il y avoir de pire que ceci ? demanda Finn.

Nul ne put trouver d'argument à lui opposer.

— Voici ce que je propose, continua Finn. Vous remarquez ce pic élevé. Vous voyez les couches d'air durci. Elles heurtent le pic ; elles rebondissent ; elles entrent dedans puis ressortent pour disparaître hors de vue. Escaladons tous ce pic et, quand passera un banc d'air suffisamment grand, nous nous jetterons dessus et nous laisserons transporter jusqu'aux régions magnifiques qui peuvent exister non loin de nous.

On discuta. Le vieux Tagart protesta de sa faiblesse ; les femmes se gaussèrent de la possibilité des contrées fertiles qu'imaginait Finn, mais, bientôt, grognant et discutant, ils se mirent à grimper vers la cime.

Il leur fallut longtemps ; l'obsidienne était aussi molle que de la gelée ; Tagart proféra plusieurs fois qu'il était à la limite de sa résistance. Mais ils continuèrent d'escalader et finirent par atteindre le sommet. Il y avait très peu de place pour s'y tenir. Ils voyaient dans toutes les directions, loin par-dessus le paysage, jusqu'à ce que la vue se perde dans le gris aquatique.

Les femmes se disputèrent et désignèrent diverses directions ; mais il y avait peu d'indications d'un territoire plus riant. D'un côté, des collines bleu-vert frissonnaient comme des outres remplies d'huile. D'un autre, un rai de noir... une gorge ou un lac d'argile. D'un autre, des collines bleu-vert... les mêmes qu'ils avaient aperçues dans la première direction ; mais il y avait eu une translation. Plus bas, c'était la plaine, luisante comme un escarboucle irisé, marquée çà et là de taches de velours noir, recouverte de végétation douteuse.

Ils virent des Organismes, une douzaine de formes qui rôdaient près des mares, mastiquant des cosses végétales, des cailloux ou des insectes. Et voilà Alpha. Il se déplaçait lentement, toujours impressionné par sa vision, ignorant les autres Organismes. Leur jeu continuait, mais ils s'arrêtèrent bientôt, participant à son sentiment d'oppression.

Sur le pic d'obsidienne, Finn aperçut un filament d'air qui passait et il l'attira à lui.

— Allez... tous à bord, que nous voguions vers la Terre d'Abondance.

— Non, protesta Gisa, il n'y a pas de place et qui sait s'il volera dans la bonne direction?

— Où est la bonne direction? demanda Finn. Quelqu'un le sait-il?

Nul ne le savait, mais les femmes refusaient toujours de grimper à bord du filament. Finn se tourna vers Tagart.

— Là, le vieux, montre à ces femmes... grimpe à bord.

— Non, non, s'écria-t-il. Je crains l'air; pas de ça pour moi.

— Monte donc, vieillard, que nous te suivions.

Soufflant, apeuré, plongeant les mains au plus profond de la masse spongieuse, Tagart se hissa sur l'air, ses quilles décharnées pendant dans le vide.

— A présent, à qui le tour? demanda Finn.

Les femmes s'y refusaient toujours.

— Vas-y donc toi-même, s'écria Gisa.

— Pour vous laisser ici, mon ultime garantie contre la faim? Allez, à bord!

— Non. L'air est trop étroit; que le vieux parte et nous le suivrons sur un plus gros.

— Très bien.

Finn relâcha son étreinte. L'air s'en fut flotter au-dessus de la plaine, Tagart à califourchon accroché de toutes ses forces.

Ils l'observèrent avec curiosité.

— Remarquez comme l'air se déplace rapidement et facilement, dit Finn. Au-dessus des Organismes, au-dessus de toute la vase et l'incertitude.

Mais l'air lui-même était incertain et l'embarcation du vieillard vint à se dissoudre. S'agrippant aux dernières volutes, Tagart tentait de le maintenir soudé. Il se déroba sous lui et il tomba.

Sur le pic, tous trois regardèrent la forme maigre battre des membres et se tordre avant de rejoindre la terre tout en bas.

— Et maintenant, s'exclama Reak, irritée, nous n'avons même plus de viande.

— Hormis Finn le visionnaire en personne, dit Gisa.

Elles examinèrent Finn. Ensemble, elles n'auraient aucune peine à le maîtriser.

— Tout doux, s'écria Finn. Je suis le dernier des Hommes. Vous êtes mes femmes et sujettes à mes ordres.

Elles feignirent de l'ignorer, marmonnèrent entre elles et le considérèrent du coin de l'œil.

— Tout doux ! répéta Finn. Ou je vous jette au bas de ce pic !

— C'est précisément ce que nous prévoyons pour toi, lui annonça Gisa.

Elles s'avancèrent avec un air menaçant mais prudent.

— Arrêtez ! Je suis le dernier des Hommes !

— Nous nous en tirerons mieux sans toi.

— Un instant ! Regardez les Organismes !

Les femmes regardèrent. Les Organismes se tenaient en un petit groupe et fixaient le ciel.

— Regardez le ciel !

Les femmes obéirent ; le verre givré se fendait, se recroquevillait.

— L'azur ! L'azur du ciel d'antan !

Une lumière terriblement brillante leur brûlait les yeux. Les rayons réchauffaient leur dos nu.

— Le soleil, dirent-ils, emplis d'une terreur révérencielle. Le soleil est revenu sur Terre.

Le ciel voilé avait disparu ; le soleil voguait fièrement et brillamment sur une mer d'azur. En dessous, le sol bouillonnait, se craquelait, se soulevait, se solidifiait. Ils sentirent l'obsidienne durcir sous leurs pieds ; sa couleur passa au noir luisant. La Terre, le soleil, la galaxie, avaient quitté la région de la liberté ; le temps ancien des restrictions et de la logique était revenu.

— Voilà la Terre Ancienne, s'écria Finn. Nous sommes des Hommes de la Terre Ancienne ! Ce pays nous appartient de nouveau !

— Et les Organismes ?

— Si c'est bien la Terre d'antan, les Organismes n'ont qu'à bien se tenir !

*
**

Les Organismes se tenaient sur une légère éminence, à côté d'un ruisselet d'eau qui devenait rapidement une rivière coulant sur la plaine.

Alpha s'écria :

— Voilà mon intuition ! C'est exactement ce que je sentais. La liberté est partie ; l'étroitesse, la constriction sont revenues !

— Comment allons-nous les vaincre ? demanda un autre Organisme.

— Sans peine, répondit un troisième. Chacun doit avoir sa part de la bataillc. J'ai l'intention de me précipiter contre le soleil et de le réduire à néant.

Il s'accroupit et se jeta dans les airs. Il retomba sur le dos et se brisa le cou.

— C'est la faute de l'air, dit Alpha ; parce que l'air entoure toute chose.

Six Organismes s'en furent en quête de l'air et, trébuchant, tombèrent dans la rivière où ils se noyèrent.

— Quoi qu'il en soit, dit Alpha, j'ai faim.

Il chercha des yeux une nourriture appropriée. Il se saisit d'un insecte qui le piqua. Il le laissa tomber.

— Ma faim demeure.

Il avisa Finn et les deux femmes qui descendaient de la roche.

— Je vais manger l'un des Relictes, dit-il. Venez, mangeons tous.

Trois d'entre eux se mirent en route... dans des directions au petit bonheur, comme d'habitude. Par hasard, Alpha se retrouva face à Finn. Il se prépara à le manger, mais Finn ramassa un caillou. Le caillou demeura caillou, dur, pointu, lourd. Finn lui fit effectuer une trajectoire semi-circulaire et prit plaisir à l'inertie ainsi ressentie. Alpha mourut, le crâne fracassé. L'un des autres Organismes tenta de franchir une crevasse de six mètres de large et disparut ; l'autre s'assit, engloutit des pierres pour apaiser sa faim et ne tarda pas à être saisi de convulsions.

Finn désignait çà et là le paysage nouveau.

— Dans ce secteur, la ville nouvelle, comme celle des légendes. Par là, les fermes, le bétail.

— Nous n'avons rien de tout ceci, protesta Gisa.

— Non. Pas encore. Mais le soleil se lève et se couche à nouveau ; à nouveau, une pierre a du poids et l'air n'en a pas. A nouveau, l'eau tombe en pluie et s'écoule jusqu'à la mer.

Il s'avança et enjamba l'Organisme abattu.

— Faisons des projets.

Magie verte

En fouillant dans les affaires de son grand-oncle Gerald McIntyre, Howard Fair trouva un énorme livre intitulé :

LIVRE DE TRAVAIL & JOURNAL
A vos risques et périls!

Fair lut le journal avec intérêt, bien que ses propres travaux l'eussent mené beaucoup plus loin, car McIntyre traitait toute question avec une prudence extrême.

« *On peut admettre sans conteste l'existence de disciplines touchant à la magie élémentaire,* » écrivait-il. « *En me laissant guider par une série d'analogies prises dans la magie pourpre (analogies dont je donnerai le détail en temps voulu), j'ai posé les bases de l'extension de la magie pourpre, ainsi que de son contraire le Nomisme Dynamique.* »

Fair continua à lire, examinant avec intérêt les tableaux méticuleusement établis, les projections, les expansions, les transpolations et les transformations sur lesquelles McIntyre avait basé son système. Mais la technique avait fait des progrès si rapides que les exposés de McIntyre semblaient maintenant dépassés et d'un pédantisme insupportable.

« *Alors que des créatures bénignes, telles que les anges, les farfadets blancs, les sandestins, les sylphes, appartiennent au cycle blanc, alors que les démons, les gnomes, les sorciers, les trolls ne peuvent être atteints que par la magie noire, ainsi les cycles pourpres et verts ont-ils chacun leur propre terrain, leurs propres sujets, mais ils ne sont ni bons ni mauvais, il serait plus juste de dire qu'ils ont avec les domaines noirs et blancs les mêmes rapports que ces derniers ont avec notre propre domaine.* »

Fair relut le passage... « Le cycle vert »? McIntyre s'était-il par hasard aventuré dans ces régions que négligeaient les chercheurs actuels... ?

Le soupçon une fois éveillé, il n'y put tenir et relut le journal dans cette nouvelle optique; il découvrit alors maintes allusions au royaume vert qu'il n'avait pas remarquées à première lecture et de nombreuses références. Il y avait surtout un passage hâtivement griboullié en marge qui l'intrigua plus particulièrement.

« *Je ne puis en dire plus sur mes dernières recherches, car une "récompense infinie" m'a été promise si je parvenais à n'en point parler.* »

Le passage était daté du 20 mars 1898, veille de la mort de McIntyre, qui avait rendu l'âme le premier jour du printemps. Il n'avait donc guère eu le temps de profiter de sa « récompense infinie » quelle qu'ait pu en être la nature. Fair relut encore le journal, qui, en moins de deux phrases, avait entrebâillé la porte d'un monde entièrement nouveau. Mais cette nouvelle lecture ne jeta pas d'autre lumière sur le mystère et Fair décida de chercher par lui-même.

Ses premières investigations ne furent que routine : deux divinations, établissement d'un code de référence, établissement des concordances, consultation de manuels et de formulaires... enfin il évoqua un démon qu'il avait trouvé particulièrement érudit en d'autres occasions, mais ce fut peine perdue, il ne put trouver aucune référence directe aux cycles d'au-delà-du-pourpre. Le démon se refusa même à toute spéculation.

Fair n'en fut pas découragé pour autant. Son intérêt pour la question n'en fit que croître de plus belle. Il relut encore une fois le journal, s'attachant avec un soin tout particulier à ce qui concernait la magie pourpre, supposant que McIntyre, dans ses tâtonnements pour accéder aux cycles-au-delà-du-pourpre, avait sans doute employé des méthodes qui avaient fait leurs preuves. Il examina les pages à l'ultraviolet et put ainsi lire nombre de notes que McIntyre avait jetées sur le papier et s'était appliqué ensuite à effacer.

Cela stimula Fair, car les notes lui assuraient qu'il était sur la bonne voie et indiquaient également plusieurs impasses qu'il put ainsi éviter. Il réussit si bien qu'avant la fin de la semaine il était parvenu à évoquer un farfadet du cycle vert.

Celui-ci apparut sous la forme d'un homme aux yeux vert bouteille. En fait de cheveux, il avait sur la tête de jeunes feuilles d'eucalyptus. Il salua Fair avec une courtoisie glacée, refusa de s'asseoir et de prendre une tasse de café.

Il parcourut aussitôt l'appartement, examinant les livres et les bibelots de Fair d'un air de condescendance amusée, et accepta enfin de répondre aux questions.

Fair demanda la permission de se servir de son magnétophone, et, ayant obtenu l'approbation du lutin, mit l'instrument en marche (quand par la suite il voulut écouter l'interview, il n'y eut aucun son).

— Quels royaumes magiques y a-t-il au-delà du vert ? demanda Fair.

— Je ne puis vous donner une réponse exacte, répondit le lutin, parce que je n'en sais rien. Il y en a au moins deux qui correspondent aux couleurs que nous appelons « acrine » et « palline », et très probablement d'autres.

Fair déplaça légèrement le microphone pour capter plus sûrement la voix du lutin.

— A quoi ressemble le cycle vert ? reprit-il. Quelles en sont les apparences matérielles ?

Le lutin se mit à réfléchir. Un léger brouillard opalin passa devant son visage, reflétant la complexité de ses pensées.

— Votre emploi du mot « matérielle » limite mes possibilités de description, dit-il enfin, et le terme « apparence » implique une interprétation subjective qui change à mesure que s'écoulent les secondes.

— Je vous en prie, dit Fair hâtivement, décrivez-le à votre manière.

— Eh bien, nous avons quatre domaines distincts. Deux sortent du squelette même de l'univers et de ce fait transcendent les autres. Le premier est comprimé et isthiasé, mais on peut le reconnaître à ses vastes étangs de moire dont nous nous servons parfois pour opérer des déplacements. Nous y avons transplanté des mousses du Dévonien et des feux glacés de Perdition. Ils grimpent après ces longues tiges qu'on appelle « cheveux du diable ».

Le lutin continua ainsi pendant plusieurs minutes et le sens de ses paroles échappait presque complètement à Fair. La question qu'il avait posée semblait avoir orienté l'entretien de telle manière qu'il n'apprendrait rien de plus. Il voulut introduire une autre idée.

— Pouvons-nous manipuler librement les extensions physiques de la Terre ? demanda-t-il.

Le lutin sembla trouver la question fort amusante.

— Vous faites sans doute allusion aux aspects variés de l'espace, du temps, de la masse, de l'énergie, de la vie, de la pensée et du souvenir ?

— Exactement.

Le lutin leva ses sourcils de barbe de maïs.

— C'est à peu près comme si vous me demandiez si l'on peut briser un œuf en lui donnant un coup de bâton. C'est du même ordre.

Fair s'était attendu à une certaine impatience teintée de condescendance, aussi ne fut-il pas pris au dépourvu.

— Comment puis-je apprendre ces techniques ? demanda-t-il.

— De la manière habituelle, en étudiant avec application.

— Vraiment ? Mais où puis-je étudier ? Qui peut m'instruire ?

Le lutin eut un geste d'excuse et des volutes de fumée verte montèrent de ses doigts.

— Je pourrais organiser ça pour vous, mais comme je n'ai aucune raison de vous vouloir du mal, je n'en ferai rien. Et maintenant, il faut que je m'en aille.

— Où allez-vous ? dit Fair tremblant de désir et d'émotion. Puis-je aller avec vous ?

Le lutin s'enroula dans un nuage de poussière verte et secoua la tête.

— Ce serait rien moins qu'agréable pour vous, croyez-moi.

— D'autres avant moi ont exploré ces mondes!

— C'est exact, votre oncle Gerald McIntyre par exemple.

— Mon oncle Gerald a étudié la magie verte?

— Oui, dans la mesure de ses possibilités. Et cela ne lui a procuré aucun plaisir. Vous feriez bien de profiter de son expérience et de limiter vos ambitions.

Sur ce, le lutin tourna le dos et s'éloigna. Fair le regarda partir. Il semblait s'enfoncer dans l'espace, tandis que son corps s'amenuisait, mais il n'atteignait pourtant pas le mur de la chambre. A une distance qui pouvait bien être de cinquante mètres, il se retourna comme pour s'assurer que Fair ne le suivait pas, puis il obliqua et disparut.

La première réaction de Fair fut d'être prudent et de renoncer en partie à ses explorations. Il était adepte de la magie blanche et connaissait à fond la magie noire. De temps à autre, il lui arrivait d'évoquer un démon pour animer une réception qui menaçait de devenir ennuyeuse, mais il n'avait que peu de lumières sur les mystères de la magie pourpre, royaume des Symboles Incarnés.

Mais Howard Fair ne pouvait se désintéresser de la magie verte, car trois facteurs le poussaient à connaître cet étrange domaine.

Et tout d'abord son physique : il était nettement plus petit que la moyenne, avait le teint terne, le cheveu rare, le nez de travers, la bouche épaisse. Tout cela pouvait être amélioré, il en était sûr, et il se plaisait à se représenter celui qu'il aurait aimé être : quinze centimètres de plus, le nez mince et sensible, le teint plus clair, débarrassé de cette pellicule vitreuse qui lui déplaisait tant. En bref un de ces visages inoubliables, mais dans lequel on pourrait toujours reconnaître Howard Fair.

Il voulait être aimé des femmes et, plus d'une fois, avait amené à son lit de belles filles, les yeux brillants, les lèvres entrouvertes, mais c'était la magie pourpre qui les avait attirées et non Howard Fair. Aussi, ces sortes de conquêtes ne lui procuraient-elles qu'un plaisir modéré.

Ce fut là la première raison qui ramena Howard Fair

à la connaissance de la magie verte. La seconde fut son désir de prolonger la vie au-delà des limites normales, d'obtenir même l'éternité, et la troisième fut la soif de connaître.

La mort de Gerald McIntyre, ou sa dissolution, ou toute autre sorte de disparition, ne laissait pas d'être inquiétante. S'il avait trouvé un trésor si précieux, pourquoi était-il mort si vite? Etait-ce cela la « récompense infinie »? Ce don était-il si exquis, si miraculeux que l'esprit n'en pouvait supporter la possession (si tel était le cas, pouvait-on souhaiter une telle récompense?)

Mais il ne pouvait résister et insensiblement revint à l'étude de la magie verte. Plutôt que de réinvoquer le lutin dont l'air de méprisante indulgence l'avait exaspéré, il décida d'essayer d'accéder à la connaissance par la bande, en utilisant les bases de la technique et de la Cabale.

Il se procura un téléviseur portatif et un poste récepteur, et par une nuit de mai alla en voiture jusqu'à une colline boisée où se trouvait un cimetière abandonné. Et là, sous la pâle clarté de la lune, il enterra la caméra de télévision dans l'argile du cimetière jusqu'à ce qu'on ne vît plus que la lentille.

Puis, à l'aide d'une branche d'aulne taillée pointue, il dessina sur le sol les contours d'un monstre. La lentille figurait un œil et une bouteille de bière enfoncée dans le sol par le goulot figurait l'autre œil.

Tandis que la lune s'évanouissait derrière les pâles lambeaux de nuages, il grava un nom sur le sombre front du monstre et récita l'incantation qui devait lui donner la vie.

Le sol trembla et gémit; le golem se souleva, cachant les étoiles. Les yeux de verre se tournèrent vers Fair, mais il était en sécurité dans son pentagone.

— Parle, cria Fair. *Enteresthes, Akmai Adonai Bidemgir! Elohim, pa rahulli! Enteresthes, HVOI!* Parle!

— Rends-moi à la terre, rends mon argile à la paix de l'argile dont tu m'as tiré.

— Avant, il faut que tu me serves.

Le golem s'avança en titubant pour écraser Fair, mais il fut arrêté par la barrière magique.

— S'il me faut te servir, je te servirai.

Audacieusement, Fair sortit du pentagone, déroula quarante mètres de ruban vert en forme de V.

— Va, et pénètre dans le royaume de la magie verte, dit-il au monstre. Les rubans se déploient sur quarante kilomètres. Va jusqu'au bout, reviens sur tes pas et alors retourne à la terre d'où tu es sorti.

Le golem partit suivant le ruban vert, faisant lever la poussière et creusant le sol sous ses pas pesants.

Fair observait avec attention sa silhouette massive qui, peu à peu, s'éloignait, s'amenuisait sans jamais atteindre la pointe du V. magique. Il brancha son poste de télévision sur la longueur d'onde de l'œil du golem et put alors contempler le spectacle fantastique du royaume vert.

*
**

Deux élémentals se rencontrèrent dans un paysage tissé d'argent. C'était Jaadian et Misthemar. Ils se mirent à discuter du monstre terrestre qui avait pénétré sur quarante kilomètres à l'intérieur du domaine appelé « Cil », et qui, ensuite, était retourné sur ses pas, marchant de plus en plus vite, courant et trébuchant, laissant des mottes de terre sur la fragile mosaïque d'ailes d'insectes.

— Les choses qui se passent, qui se passent, qui se passent, dit Misthemar, l'air inquiet. La chute du temps dont les liens se rompent, ou bien deviennent frêles et légers autant qu'un fil... Mais en ce qui concerne cette incursion... Il s'arrêta pour réfléchir, et des nuages argentés palpitaient autour de son visage.

— Vous savez que j'ai parlé avec Howard Fair, remarqua Jaadian. Il a tellement envie d'échapper à la promiscuité de son monde qu'il perd toute prudence.

— Ce Gerald McIntyre était son oncle, murmura Misthemar. McIntyre nous a suppliés et nous avons cédé, comme il va peut-être falloir céder à Howard Fair.

L'air anxieux, Jaadian ouvrit la main, se secoua une gerbe d'étincelles vertes.

— On nous presse de toutes parts et je me sens incapable de prendre une décision en cette circonstance.

— Moi non plus, je n'ai aucune envie d'être l'agent d'une tragédie.

Un murmure monta du sol :

— Quelque chose est arrivé aux tours spiralées. Une chenille de verre et de métal est passée avec un bruit assourdissant, elle a planté ses yeux électriques dans le Portinone et a brisé l'Œuf d'Innocence. La faute en incombe à Howard Fair.

Jaadian et Misthemar se consultèrent du regard, puis ils se décidèrent malgré leur répugnance.

— Très bien, nous irons tous les deux. Une mission pareille a besoin de deux âmes pour la remplir.

Ils passèrent sur la Terre et trouvèrent Howard Fair dans un bar, tout seul à une table séparée par une cloison. Il leva la tête à l'arrivée des deux étrangers.

— Pouvons-nous nous joindre à vous? demanda l'un des deux.

Fair examina les deux hommes. Tous deux étaient vêtus sobrement et avaient un pardessus sur le bras. Leur pouce gauche avait des reflets verts.

Poliment, Fair se leva.

— Asseyez-vous, je vous prie.

Les farfadets verts allèrent pendre leurs pardessus et s'assirent en face de Fair.

— N'est-ce pas vous que j'ai interviewé, il y a quelques semaines? demanda Fair à Jaadian.

— Vous n'avez pas tenu compte de mes conseils.

Howard Fair haussa les épaules.

— Vous m'avez demandé de rester ignorant, d'accepter ma stupidité et mon ineptie.

— Et pourquoi pas? dit doucement Jaadian. Vous êtes un primitif dans un monde primitif, et, pourtant, il n'y a pas un homme sur mille qui ait votre savoir.

Fair eut un pâle sourire.

— Je sais, mais la connaissance rend toujours plus avide. Où est le mal?

Misthemar, le plus mercurien des deux, eut une explosion de colère.

— Où est le mal? Mais pensez seulement à votre monstre. Il a foulé aux pieds quarante kilomètres de beauté, d'art achevé en dix millions d'années. Pensez que votre chenille a écrasé nos piliers de lait gravé, nos tours de rêve, a endommagé les écheveaux de filament nerveux qui servent à produire nos Murmures!

— Je suis vraiment désolé, dit Fair. Je n'ai pas voulu détruire votre royaume.

Les deux lutins hochèrent la tête.

— Vous vous excusez mais vous ne promettez pas de vous abstenir.

Fair faisait distraitement tourner son verre dans sa main.

Le garçon s'approcha.

— Et pour ces messieurs?

Jaadian commanda un verre d'eau minérale et Misthemar l'imita. Fair reprit une liqueur.

— Qu'espérez-vous obtenir? demanda Misthemar. Vos raids destructeurs ne peuvent rien vous apprendre.

— J'ai appris bien peu en effet, acquiesça Fair, mais j'ai vu des choses merveilleuses et plus que jamais je désire apprendre.

L'air lugubre, les deux élémentals regardaient les bulles monter dans leurs verres. A la fin, Jaadian soupira profondément.

— Nous pourrions peut-être vous éviter un labeur éreintant et obtenir en même temps que vous nous laissiez en paix. En bref : quels sont les avantages que vous pensez obtenir par la magie verte?

Fair sourit et s'appuya nonchalamment au dossier de plastique rouge.

— J'en attends beaucoup. Extension de la vie. Mobilité dans le temps. Mémoire eidétique. Perception plus aiguë avec vision du spectre tout entier. Je veux le charme et le magnétisme physiques, je veux une apparence jeune, l'endurance à la fatigue, et puis il y a des qualités qui se décrivent moins facilement, telles que...

— Tout cela, interrompit Jaadian, nous vous le donnerons. Et en retour, vous promettrez de ne jamais plus faire d'incursion au royaume vert. Vous éviterez ainsi des siècles de dur travail, et cela nous évitera à nous le désagrément de votre présence et empêchera en même temps la tragédie, autrement inévitable.

— Quelle tragédie? demanda Fair. Pourquoi?

Ce fut Jaadian qui répondit d'une voix profonde et vibrante :

— Vous êtes un homme de la Terre, vos normes ne sont pas les nôtres. La magie verte vous fait prendre conscience de ces différences.

Fair buvait sa liqueur à petites gorgées.

— Je ne vois pas pourquoi cela constituerait un handicap. Je désire me plier à la discipline de mes maîtres. Et il est impossible que la magie verte fasse de moi une entité différente.

— C'est exact et c'est justement là que réside la tragédie, dit Misthemar sans cacher son exaspération. Nous avons la défense expresse de faire du mal à des créatures inférieures, ainsi vous avez de la chance, car vous dissoudre dans l'air ambiant mettrait un terme à nos soucis.

— Je suis désolé, dit Fair en riant, d'être aussi importun, mais vous comprenez sûrement que votre décision est capitale pour moi.

— Alors vous acceptez notre offre? dit Jaadian, les yeux brillants d'espoir.

Fair secoua la tête.

— Comment pourrais-je supporter mon éternelle jeunesse et mon intelligence décuplée en sachant qu'il y a des limites que je ne peux dépasser, en sachant que cette connaissance même à laquelle je me sens déjà lié m'est à jamais interdite? Je ne pourrais être qu'insatisfait et malheureux.

— Sans doute, dit Jaadian, mais certes pas aussi insatisfait et malheureux que vous le seriez si vous appreniez la magie verte.

Fair se redressa.

— Il faut que j'apprenne la magie verte. Seul un être stupide et grossier pourrait y renoncer.

Jaadian soupira.

— A votre place, je ferais la même réponse.

Les deux lutins se levèrent.

— Venez, nous allons vous apprendre.

— Ne dites pas que nous ne vous avons pas averti, dit Misthemar.

*
**

Le temps passa et la pénombre du crépuscule absorba les brillantes couleurs du couchant. Un homme monta les escaliers d'Howard Fair. Il était grand, bien découplé, son visage était fin et sensible, les yeux brillaient d'intelligence, son pouce gauche avait des reflets verts.

Le temps est relatif et suit le rythme même de la vie. Les habitants de la Terre, eux, avaient conscience du temps découpé par leurs horloges et sur cette base, deux heures s'étaient écoulées depuis qu'Howard Fair avait suivi les deux lutins.

Mais lui avait vécu selon d'autres normes. Pour lui, sept cents ans s'étaient écoulés et pendant ces sept siècles, il avait vécu dans le royaume vert, apprenant autant que ses capacités limitées le lui permettaient.

Pendant deux ans, il avait appris à adapter ses sens aux nouvelles conditions. Petit à petit, il avait appris à marcher dans six directions tridimensionnelles, et s'était habitué aux raccourcis à quatre dimensions. Petit à petit on avait retiré les taies opaques qui recouvraient ses yeux, si bien que le paysage étincelant et trop compliqué pour la compréhension humaine ne l'avait jamais déconcerté complètement.

Une autre année fut consacrée à l'étude du langage codé, intermédiaire entre l'expression vocale des terriens et les signaux du royaume où la teneur même des symboles exprimés par de délicates paillettes irides-centes pouvaient se résoudre en un simple tourbillon lumineux. C'est pendant cette période que les yeux et le cerveau d'Howard Fair subirent une mutation pour qu'il lui fût possible de connaître et d'employer des nuances multiples et nouvelles sans lesquelles il n'aurait pu différencier les symboles.

Mais ce n'était qu'entrée en matière. Pendant quarante années, il étudia les paillettes ; il y en avait à peu près un million. Quarante autres années furent consacrées aux permutations et aux changements élémentaires. Et encore quarante aux parallèles, atténuations, diminutions, extensions, et pendant tout ce temps, il ne cessait d'apprendre les différents motifs des paillettes et quelques-unes de leurs manifestations les plus évidentes.

Alors seulement, il lui fut possible de se passer du

langage codé et ses progrès furent plus rapides. Il lui fallut vingt ans pour se familiariser avec les Murmures et son programme d'études fut alors plus varié. Il flotta au-dessus de la mosaïque d'ailes d'insectes qui portait encore les traces du golem. Il rougit de confusion, car maintenant la grossièreté de son entêtement lui apparaissait clairement.

Ainsi passaient les années et Howard Fair apprenait la magie verte dans la mesure où son cerveau humain le lui permettait.

Il explora le royaume vert mais si étonnante était sa splendeur qu'il craignait de ne pouvoir la supporter. Il goûtait, entendait, sentait, éprouvait et chacun de ses sens était mille fois plus aigu qu'auparavant. Il se nourrissait de cent manières différentes. Il y avait les œufs roses qui éclataient et imbibaient son corps tout entier d'un gaz vivifiant, il y avait une certaine pluie de cristal qui pénétrait la peau en un doux picotement, il y avait aussi les symboles dont la seule contemplation était un aliment.

Parfois Howard Fair se languissait de la Terre et était près d'abandonner tout ce qu'il avait appris et de renoncer à ses espoirs futurs. Et parfois la splendeur du royaume vert lui semblait un bien si précieux que la seule idée de le quitter lui paraissait aussi atroce que la mort.

Ainsi apprit-il la magie verte, par degrés si subtils qu'il ne s'en rendit même pas compte.

Mais il ne tirait nul orgueil de ses nouvelles facultés. Entre sa maladresse native et la charmante élégance des lutins, il y avait un monde et il ressentait son infériorité avec une acuité décuplée. Le pire était que ses plus grands efforts ne parvenaient pas à améliorer sa technique et parfois, témoin de la joie parfaite d'un élémental, il ressentait avec une honte et une tristesse infinies la grossièreté de ses propres improvisations.

Plus il vivait au royaume vert et plus il avait conscience de son inaptitude, et il commença à désirer retourner sur la Terre où tout était plus facile, et où chacun de ses gestes ne semblerait pas vulgaire et grossier comme au royaume vert. Parfois, il regardait les lutins vêtus de fils de la vierge, dansant au milieu des pétales couleur de perle ou tourbillonnant comme de brillantes envolées de musique dans la forêt de spirales roses. Le contraste entre leur légèreté et ses pas lourds et trébuchants était plus qu'il n'en pouvait supporter et il s'en allait. Plus le temps passait et plus il méprisait son corps d'homme, son intelligence d'homme, et, au lieu d'éprouver de l'orgueil pour avoir tant appris, il ne ressentait que la nostalgie de ne pouvoir devenir semblable aux habitants du royaume vert. Au cours des cent premières années, il avait travaillé avec l'ardeur du néophyte, puis il avait été aiguillonné par l'espoir, et au cours des cent dernières années, ce n'était plus qu'un entêtement aveugle qui l'avait poussé à continuer laborieusement ces exercices qui n'étaient, il le savait maintenant, que jeux d'enfants.

En un sursaut de révolte, il décida de renoncer, douce et amère décision dont il alla faire part à Jaadian. Il le trouva en train d'harmoniser des vibrations variées en tourbillons lumineux. Avec courtoisie Jaadian accorda gravement son attention à Fair qui laborieusement s'efforçait d'exprimer ce qu'il ressentait.

Le message de Jaadian fut bref :

— J'ai conscience de votre inconfort et vous octroie toute ma sympathie. Il vaut mieux retourner dans votre pays natal.

Il laissa sa tâche et accompagna Fair le long des tourbillons qui menaient à la Terre. Ils passèrent devant Misthemar. Il n'y eut aucun échange, mais Fair crut sentir planer une pensée malicieuse et amusée.

*
**

Howard Fair était assis à son bureau. Ses sens aiguisés par son séjour au royaume vert reprenaient contact avec le cadre bien connu. Deux heures auparavant, d'après les pendules de la Terre, il avait trouvé ce décor à la fois reposant et stimulant ; maintenant, il ne ressentait rien de cela. Ses livres : superstition, stupidité, incohérence. Son journal, ses cahiers d'études : des gribouillages puérils, pathétiques dans leurs vains efforts. La gravité le collait au sol, raidissait ses mouvements.

La construction même de la maison dont il n'avait

jamais remarqué la hideur l'oppressait. Partout il ne voyait que le désordre, la saleté, la laideur d'une société primitive. Evoquer la nourriture qu'il lui faudrait absorber lui soulevait le cœur.

Il sortit sur son petit balcon. L'air était imprégné d'odeurs organiques. De l'autre côté de la rue, il y avait des fenêtres derrière lesquelles ses yeux perçants pouvaient voir d'autres humains dans leur écœurante promiscuité.

Fair eut un sourire triste. Il avait prévu ses réactions, et s'était efforcé de s'y préparer, mais il était maintenant surpris de leur violence. Il rentra dans la pièce. Il lui fallait s'accoutumer à ce cadre qui avait été le sien. Et, après tout, il y avait des compensations. Toutes les possibilités de ce monde lui étaient accessibles et il pouvait en jouir à sa guise.

Howard Fair plongea dans un tourbillon de plaisirs. Il se força à boire des vins fins en grande quantité, à absorber des liqueurs rares, même si son palais se révoltait. La faim eut raison de son dégoût et il se força à manger ce qui pour lui était du tissu de cellule animale frit et les organes sexuels hypertrophiés des plantes. Il s'adonna à l'érotisme mais découvrit bientôt que les femmes belles ou laides étaient pour lui toutes semblables et qu'il lui fallait s'armer de courage pour accepter ce grossier contact. Il acheta des bibliothèques entières de savants ouvrages et les feuilleta avec mépris. Il essaya de se distraire avec ses anciennes connaissances en magie blanche et noire, mais cela lui sembla ridicule.

Pendant un mois, il se força à goûter ainsi à tous les plaisirs, puis il s'enfuit de la cité, s'installa dans une boule de cristal sur un rocher dans les Andes. Pour se nourrir, il absorba un liquide de son invention qui ne ressemblait en rien aux merveilleux aliments du royaume vert mais présentait au moins l'avantage de ne contenir aucune substance organique.

Après quelques tâtonnements, il réussit à s'organiser une vie qui lui sembla moins désagréable. Le paysage était d'une austère grandeur; nul ne troublait sa solitude, même pas les condors. Assis immobile, il se mit à réfléchir à l'enchaînement des événements qui avaient découlé de sa découverte des travaux de Gerald McIntyre. Et tout à coup il bondit. Gerald McIntyre? Son regard alla fouiller bien au-delà des rochers déchiquetés.

Et il découvrit Gerald McIntyre dans une station-service sur une petite route du Dakota. Il était assis sur une vieille chaise de bois devant la façade jaune de la petite maison. Un vieux chapeau de paille protégeait ses yeux du soleil.

Il était beau, d'une beauté extraordinairement rayonnante. Ses yeux bleus avaient l'éclat des glaciers et son pouce gauche avait des reflets verts.

Fair l'aborda avec nonchalance. Les deux hommes s'observèrent avec une intense curiosité.

— Je vois que vous vous êtes adapté, dit Howard Fair.

McIntyre haussa les épaules.

— Autant que faire se peut. J'essaye de trouver un équilibre entre la solitude et la grouillante humanité. Ses yeux plongèrent dans l'azur lumineux du ciel où volaient des corbeaux. Pendant longtemps, continua-t-il, j'ai vécu dans le plus complet isolement. J'en étais arrivé à haïr le son même de mon propre souffle.

Ils virent venir une voiture étincelante, insolite de forme comme un poisson rouge hybride. Leurs sens aiguisés leur permettaient de voir que le conducteur était un gros homme rouge et truculent accompagné d'une femme maussade, richement vêtue.

— Résider ici présente tout de même quelques avantages, dit McIntyre. Par exemple j'ai le loisir d'enrichir la vie des passants d'épisodes dignes d'un roman d'aventures.

Il eut un geste à peine perceptible et deux douzaines de corbeaux descendirent en vol plané et s'abattirent sur l'automobile, trottinant sur le capot, souillant les ailes, tandis que d'autres s'étaient rassemblés sur les pare-chocs.

Les freins grincèrent, l'automobile s'arrêta brutalement. Le conducteur sortit et fit s'envoler les oiseaux. En un geste futile et vain, il jeta une pierre dans leur direction, agita encore une fois les bras, remonta dans sa voiture et démarra aussitôt.

— Aventure sans grandeur, dit McIntyre en soupirant. La vérité, c'est que je m'ennuie. Ses lèvres formèrent un O et il rejeta trois bouffées de fumée brillante, une rouge, une jaune, une d'un bleu étincelant. J'en suis au stade de la sottise, comme tu peux le constater.

Fair se sentait mal à l'aise.

— Allons, je ne ferai plus de bêtise comme ça, dit McIntyre en riant, mais je te prédis que toi aussi tu ressentiras un jour une peine semblable.

— Je la ressens déjà, dit Fair. Parfois j'aimerais oublier toute la magie que j'ai apprise et retrouver mon état d'innocence première.

— J'ai caressé cette idée quelque temps, dit McIntyre pensif. En fait, tout est prêt pour cela. C'est très simple.

Il conduisit Fair jusqu'à un petit appentis derrière la station. Bien que la porte en fût ouverte, l'intérieur était noyé dans une obscurité totale.

McIntyre restait à quelques pas, un sourire railleur aux lèvres.

— Tu n'as qu'à entrer là et toutes tes connaissances en magie, tous tes souvenirs du royaume vert disparaîtront, tu n'en sauras pas plus que le premier venu, et avec tes connaissances partiront aussi ton ennui, ta mélancolie, ton insatisfaction.

Fair contemplait le rectangle noir. Un pas, un seul, et toutes ses souffrances seraient finies.

Ils se regardèrent, une lueur sardonique dans les yeux, et retournèrent ensemble devant la maison.

— Parfois, je reste devant la porte, à contempler l'obscurité, dit McIntyre, et puis il me vient à l'esprit que mon ennui m'est cher et qu'une telle souffrance est un don bien précieux.

— Merci pour cette nouvelle sagesse que cent autres années passées au royaume vert n'auraient pu me donner. Maintenant je vais retourner à mon rocher des Andes... pour quelque temps du moins...

— Et moi je vais attendre le prochain passant... pour quelque temps du moins...

— Au revoir, oncle Gerald.

— Au revoir, Howard.

La terre étroite

Une paire de nerfs se rejoignit au sommet du cerveau d'Ern : il prit vie, conscient des ténèbres et d'une oppression. Cette sensation était inconfortable. Il banda ses membres, poussa sur la coquille et rencontra de la résistance dans toutes les directions à l'exception d'une seule. Il donna des coups de pieds, força et ne tarda pas à créer une rupture. L'oppression se soulagea quelque peu. Ern se tortilla, griffa la membrane, la tira en arrière et fut accueilli par une soudaine exsudation déplaisante : les sucs d'un être qui n'était pas lui. Et qui fit volte-face et se tendit en avant. Ern se recroquevilla, repoussa les membres hésitants, qui semblaient dotés d'une force et d'une taille de mauvais augure.

Il y eut une période de passivité. Chacun trouvait l'autre haïssable : ils étaient de la même sorte et pourtant différents. Bientôt, les deux petites créatures se battirent avec des couinements et des pépiements quasi inaudibles.

Ern finit par étrangler son adversaire. Quand il essaya de se détacher, il découvrit qu'une adhérence de tissu s'était produite, que tous deux ne faisaient plus qu'un désormais. Ern se gonfla, s'arrondit et fusionna avec l'individu vaincu.

Ern se reposa pendant un laps de temps, explorant sa conscience. L'oppression revint. Ern poussa et donna des coups de pieds, créant une nouvelle rupture, et la coquille s'ouvrit largement.

Ern sortit en se débattant dans la vase molle, puis

remonta dans un éblouissement de lumière, un vide sec et âcre. Au-dessus surgit un cri strident. Une forme énorme fondit sur lui. Ern l'évita, para une paire de pinces noires qui cliquetaient. Il battit des membres, pataugea, glissa dans l'eau fraîche, où il s'immergea.

D'autres habitaient les eaux. Ern apercevait leurs formes indistinctes de tous côtés. Certains étaient comme lui : des gringalets aux yeux globuleux, le crâne étroit surmonté de pellicules vaporeuses en guise de crêtes. D'autres étaient plus gros, avec des jambes et des bras clairement articulés, la crête plus raide, la peau rude et gris argenté. Ern se remua, mit à l'épreuve ses bras et ses jambes. Il nagea, prudemment d'abord, puis avec compétence. La faim survint ; il mangea : des larves, des nodules sur les racines de roseaux, des bouts de ceci et de cela.

C'est ainsi qu'Ern entra dans l'enfance, et il fit graduellement l'apprentissage du monde aquatique. La durée ne pouvait être mesurée ; il n'existait aucune base pour la chronologie : aucune altération de lumière ni de ténèbres, aucun changement en dehors de la propre croissance d'Ern. Les seuls événements notables des hauts-fonds marins étaient des tragédies. Un bébé aquatique qui batifolait un peu trop loin, hardiment, au large, risquait de se faire prendre dans un courant et d'être entraîné sous le rideau orageux. Les oiseaux cuirassés emportaient de temps à autre un tout petit bébé qui lézardait à la surface. Le plus terrible de tous était l'ogre qui habitait dans l'un des bourbiers marins : une créature brutale dotée de longs bras, d'un visage plat et de quatre crêtes osseuses au sommet du crâne. Une fois, Ern faillit devenir sa victime. Rôdant sous les racines des roseaux des marécages, l'ogre se précipita en avant ; Ern perçut le tourbillonnement de l'eau et décampa, l'étreinte de l'ogre si proche que ses griffes lui raclèrent la jambe. L'ogre le poursuivit avec des sons ineptes puis, d'une secousse latérale, se saisit de l'un des compagnons de jeu d'Ern et s'installa au fond pour dévorer son captif.

Après qu'Ern fut devenu assez gros pour défier les oiseaux prédateurs, il passa beaucoup de temps à la surface, humant l'air et s'émerveillant de l'ampleur du panorama, bien qu'il ne comprît rien de ce qu'il voyait. Le ciel était un brouillard gris et terne, un peu plus clair du côté de la pleine mer, ne changeant jamais en dehors d'un rare nuage fouetté par le vent ou d'une traînée de pluie. Tout près se trouvait le marécage : des bourbiers, des îles basses encombrées de roseaux blêmes, de buissons noirs compliqués d'une fragilité absolue, quelques dendrons maigrelets. Du côté de la mer, l'horizon était obscurci par un mur de nuages et de pluie, fracassé par les éclairs. Le mur de boue et le mur de tempête étaient parallèles, délimitant les frontières de la région intermédiaire.

Les plus gros des enfants aquatiques aimaient à se rassembler à la surface. Ils étaient de deux sortes.

L'individu typique était mince et souple, avec un crâne osseux étroit, une seule crête, des yeux protubérants. Il était d'humeur changeante; il tendait à se quereller sans dignité et à se livrer à des bagarres soudaines qui étaient terminées à peine commencées. Les différences étaient nettes : certains étaient de sexe masculin et pour moitié de sexe féminin.

Par contraste, et en minorité, il y avait les enfants aquatiques à crêtes jumelles. Ils étaient plus massifs, dotés d'un crâne plus large, d'yeux moins proéminents et d'une disposition plus posée. Leur différenciation sexuelle n'était pas évidente et ils considéraient avec désapprobation les gambades des enfants à crête unique.

Ern appartenait à ce dernier groupe, bien que le développement de sa crête ne fût pas encore net et que, de plus, il fût encore plus carré et trapu que les autres. Sexuellement, il était lent dans sa croissance, mais il semblait nettement masculin.

Les plus âgés des enfants, à crête unique ou double, connaissaient quelques éléments de langage, transmis à partir d'une époque et d'une source inconnues. Ern finit par apprendre cette langue et passa dès lors de longs moments à discuter des événements des hauts-fonds marins. Le mur de tempête, avec son éblouissement incessant d'éclairs, était continuellement fascinant, mais les enfants vouaient la majeure partie de leur attention au marécage et au sol qui s'élevait au-delà, où ils savaient, en vertu d'une tradition transmise avec la langue, que leur destinée résidait : parmi les « hommes ».

On apercevait parfois des « hommes » qui sondaient la vase du rivage, en quête de poissons plats, ou se déplaçaient parmi les roseaux pour des raisons mystérieuses. Lors de ces occasions, les enfants aquatiques, poussés par quelque émotion inconnue, s'immergeaient immédiatement, à l'exception des plus hardis des crêtes-uniques qui flottaient, seul les yeux dépassant de l'eau, pour observer les hommes occupés par leurs fascinantes activités.

Chaque apparition des hommes stimulait la discussion parmi les enfants aquatiques. Les crêtes-uniques maintenaient que tous deviendraient des hommes et fouleraient la terre sèche, ce qu'ils déclaraient être le summum de la félicité. Les doubles-crêtes, plus sceptiques, convenaient qu'il se pouvait que les enfants abordent le rivage (après tout, c'était là une tradition), mais qu'adviendrait-il ensuite ? La tradition n'avançait aucune information sur ce point et la discussion restait dans le domaine des hypothèses.

Finalement, Ern vit des hommes de près. Alors qu'il fouillait le fond à la recherche de crustacés, il entendit un bruit rythmique d'éclaboussures et, en levant les yeux, il aperçut trois silhouettes allongées : quelles créatures magnifiques ! Ils nageaient avec grâce et puissance ; même l'ogre devait éviter de tels êtres ! Ern les suivit à distance respectueuse en se demandant s'il oserait s'approcher et se présenter à eux. Ce serait agréable, songea-t-il, de parler avec ces hommes, d'apprendre ce qu'était la vie sur le rivage... Les hommes marquèrent un temps d'arrêt pour inspecter un banc d'enfants en train de jouer, tendant la main çà et là tandis que les enfants interrompaient leur jeu pour lever les yeux avec émerveillement. Il se produisit alors un incident très troublant. Le plus grand des enfants aquatiques à crête-double était Zim le Donneur-de-Noms, une créature, de l'avis d'Ern, qui était à la fois âgée et sagace. C'était la prérogative de Zim de décider des noms de ses compagnons : Ern avait reçu son nom de Zim. Or Zim, qui n'avait pas remarqué les hommes, fit son apparition. Les hommes tendirent les bras, lancèrent des cris gutturaux et plongèrent sous la surface. Zim, paralysé par la surprise, hésita un instant, puis s'en fut à toute vitesse. Les hommes se lancèrent à sa poursuite, le traquant en tous sens, apparemment désireux de le capturer. Zim, fou de terreur, s'éloigna vers le large, jusqu'au golfe, où le courant l'emporta au loin en direction du rideau orageux.

Les hommes, avec force exclamations de colère, plongèrent vers les terres dans l'écume de leurs mouvements de bras et de jambes.

Curieux et fasciné, Ern les suivit : ils remontèrent une grande fondrière et parvinrent jusqu'à une plage de boue tassée. Les hommes pataugèrent jusqu'au rivage et s'en furent en longues enjambées parmi les roseaux. Ern se laissa dériver en avant, assailli par un frémissant conflit d'impulsions. Comment, se demandait-il, des êtres aussi magnifiques pouvaient-ils traquer jusqu'à la mort Zim le Donneur-de-Noms?

La terre était proche; les empreintes des pieds humains étaient nettes sur la boue de la plage : où conduisaient-elles? Quels panoramas merveilleux pouvaient s'étendre au-delà de l'alignement de roseaux? Ern s'approcha de la plage. Il abaissa les pieds et essaya de marcher. Ses jambes lui semblaient faibles et flexibles : ce n'était que par un immense effort de concentration qu'il pouvait placer un pied devant l'autre. Privé du support de l'eau, son corps paraissait grossier et maladroit. Des roseaux jaillit un cri rauque de stupéfaction. Les jambes d'Ern, soudain fiables, le ramenèrent par bonds hésitants jusqu'à la plage. Il plongea dans l'eau et nagea frénétiquement dans le marigot. Derrière lui apparurent des hommes qui brassaient l'eau. Ern se dissimula derrière un bouquet de roseaux pourrissants. Les hommes continuèrent d'avancer dans la fondrière jusqu'aux hauts-fonds qu'ils arpentèrent vainement pendant un certain temps.

Ern demeura à couvert. Les hommes repartirent et passèrent à une longueur seulement de la cachette d'Ern, si près qu'il distinguait leurs yeux scintillants et l'intérieur jaune foncé de leur cavité orale quand ils haletaient pour respirer. Avec leur ossature frêle, leur crâne en forme de proue et leur crête unique, ils ne ressemblaient ni à Ern ni à Zim, mais plutôt aux enfants aquatiques à crête unique. Ils n'étaient pas de sa race ! Il n'était pas un homme ! Perplexe, taraudé par l'excitation et l'insatisfaction, Ern retourna vers les hauts-fonds.

Mais tout avait changé. L'innocence de la précédente existence tranquille s'était enfuie ; il régnait désormais dans l'atmosphère un mauvais présage qui rendait amères les agréables habitudes anciennes. Ern trouvait difficile d'arracher son attention du rivage et il considérait les enfants à crête unique, ses compagnons de jeu d'antan, avec une prudence nouvelle : ils lui semblaient désormais étranges, différents de lui, et ils regardaient de leur côté les enfants à crête double avec méfiance, s'enfuyant en bancs surpris quand Ern ou l'un des autres arrivait près d'eux.

Ern devint morose et ombrageux. Les satisfactions anciennes avaient disparu ; il n'existait plus de compensations. A deux reprises encore, les hommes vinrent nager parmi les hauts-fonds, mais tous les enfants à crête double, Ern compris, se dissimulèrent sous les roseaux. Les hommes parurent alors se désintéresser d'eux et, pendant un certain temps, la vie reprit son cours plus ou moins normal. Mais le changement était ambiant. Le rivage devenait une préoccupation : que se trouvait-il derrière les îles de roseaux, entre les îles de roseaux et le mur de vase ? Où vivaient les hommes, dans quel environnement merveilleux ? Ce fut avec une extrême vigilance vis-à-vis de l'ogre qu'Ern remonta la plus grande des fondrières. De part et d'autre se trouvaient des îles couvertes de roseaux, un arbre-squelette ou un globe de broussailles s'y dressant parfois : des objets si fragiles qu'ils devaient s'écrouler au moindre contact. La fondrière se divisait, donnant sur des anses tranquilles qui reflétaient la lumière grise du ciel, et finissait par s'étrécir pour se réduire à un chenal de vase noire.

Ern n'osa aller plus avant. Si quelqu'un ou quelque chose l'avait suivi, il était pris au piège. Au même instant, une étrange créature jaune s'arrêta au-dessus de lui pour planer grâce à son millier d'écailles étincelantes. En avisant Ern, elle lâcha un ululement sauvage. Dans le lointain, Ern crut entendre un appel de voix rudes : des hommes. Il fit volte-face et revint par où il était arrivé, le drelin continuant de le survoler. Ern plongea sous la surface et redescendit la fondrière. Il nagea vers le côté et remonta prudemment à la surface. L'oiseau jaune tournait en cercles maladroits au-dessus du point où il s'était immergé, son cri ondulant réduit désormais à une ululation lugubre.

Ern retourna avec plaisir dans les hauts-fonds. Il était à présent clair que s'il désirait jamais aller sur le rivage, il lui fallait apprendre à marcher. A la stupéfaction de ses semblables, même ceux qui étaient dotés de crêtes doubles, il se mit à grimper sur la boue de l'île voisine pour renforcer ses jambes parmi les roseaux. Tout se passait assez bien et Ern ne tarda pas à pouvoir marcher sans effort, bien qu'il n'eût pas encore tenté d'aborder la terre derrière les îles. Il préféra nager le long de la côte, le mur orageux à sa droite, le rivage à sa gauche. Il s'aventura plus loin encore qu'il ne l'avait encore fait.

Le mur orageux était inchangé : rouleau de pluie et vapeur épaisse parcourue d'éclairs. Le mur de vase était le même : noir dense à l'horizon, s'éclaircissant progressivement pour devenir la faible lumière normale du ciel au-dessus des têtes. La terre étroite s'étendait à l'infini, hors de vue. Ern vit de nouveaux marécages, des îles couvertes de roseaux ; des replats de laisses de haute mer boueuses, une flèche de roches pointues. Finalement, le rivage s'incurvait et battait en retraite en direction du mur de vase pour constituer une baie en forme d'entonnoir dans lequel se déversait un fleuve glacial. Ern nagea jusqu'au rivage, rampa sur les galets et se dressa sur ses jambes encore hésitantes. De l'autre côté de la baie, de nouveaux marécages et îles continuaient jusqu'à la limite de sa vision et au-delà. Aucune créature vivante n'était en vue. Ern se tenait seul sur la barre de galets, petite silhouette grise oscillant sur des jambes toujours flexibles, examinant soigneusement les alentours. Le fleuve s'enfonçait en sinuant dans les ténèbres. L'eau de l'estuaire était âprement glacée, le courant coulait très vite; Ern décida de ne plus avancer. Il se glissa dans la mer et retourna sur son chemin.

Revenu dans les hauts-fonds familiers, il reprit ses anciennes habitudes, fouillant le fond à la recherche de crustacés, se gaussant de l'ogre, flottant à la surface en guettant l'apparition éventuelle des hommes, exerçant ses jambes sur l'île. Durant l'une de ses visites à terre, Ern surprit une scène des plus inhabituelles : une femme qui posait ses œufs dans la boue. Caché derrière un rideau de roseaux, il l'observa avec fascination. La femme n'était pas aussi grande que les hommes et ne possédait pas les traits rudes masculins, bien que sa crête crânienne fût tout aussi proéminente. Elle portait un châle de tissu rouge foncé; c'était le premier vêtement qu'eût jamais vu Ern et il s'émerveilla de la sophistication du mode de vie des humains.

La femme s'affaira un certain temps. Lorsqu'elle partit, Ern alla examiner les œufs. Ils avaient été soigneusement protégés des oiseaux cuirassés par une couche de boue et une impeccable petite tente en roseaux tressés. Le nid contenait trois couvées contenant chacune une rangée de trois œufs, chaque œuf précautionneusement séparé de son voisin par une levée de boue.

Telle était donc l'origine des bébés aquatiques, songea Ern. Il se rappelait les circonstances de sa propre naissance; de toute évidence, il était issu d'un tel œuf. Il replaça tente et boue et laissa les œufs comme il les avait trouvés avant de retourner à l'eau.

Le temps passait. Les hommes ne revenaient plus. Ern s'étonna qu'ils abandonnent une occupation pour laquelle ils avaient manifesté un aussi vif intérêt; mais il était vrai que toute la question dépassait les limites de son entendement.

Il redevenait la proie de l'effervescence. Sous ce rapport, il semblait unique : aucun de ses compagnons ne s'était jamais aventuré au-delà des hauts-fonds. Ern longea le rivage, nageant cette fois-ci avec le mur orageux à sa gauche. Il traversa la fondrière où résidait l'ogre, qui foudroya Ern du regard quand il passa et lui adressa un geste menaçant. Ern continua de nager énergiquement, bien qu'il fût désormais d'une taille dépassant celle que préférait attaquer l'ogre.

Le rivage, de ce côté-ci des hauts-fonds, était plus intéressant et diversifié que de l'autre. Il découvrit trois îles hautes couvertes d'une végétation variée : des arbres-squelettes; des troncs avec des touffes de feuillage rose et blanc serrées dans des doigts noirs; des agaves aux lamelles luisantes, les écailles supérieures s'ouvrant en feuilles grises. Puis les îles disparaissaient et la terre ferme s'élevait hors de la mer. Ern nagea à proximité de la plage pour éviter les courants et parvint bientôt à une pointe de galets qui s'avançait dans la mer. Il grimpa à terre et examina le paysage. Le sol s'élevait en pente sous une couverture d'arbres-parasols, puis se dressait brutalement pour devenir une butte couronnée de végétation noire et grise : le spectacle le plus remarquable de toute la vie d'Ern.

Ern se laissa glisser dans la mer et continua de nager. Le paysage s'aplatit, devint marécageux. Il dépassa un banc de vase noire couvert de fibrilles jaune-vert qui se tortillaient et qu'il prit soin d'éviter. Un peu plus tard, il entendit un éclaboussement sifflant et, regardant vers le large, il avisa un énorme ver blanc qui se glissait à travers les eaux. Ern flotta sans bouger et le ver continua sa route. Ern repartit. Il nagea encore et encore jusqu'à ce que, comme auparavant, le rivage fût interrompu par un estuaire qui conduisait dans le marécage. Il pataugea pour remonter sur la plage et put contempler dans toutes les directions un paysage sinistre qui n'abritait que des lambeaux de lichen brun. Le fleuve qui se déversait dans l'estuaire semblait encore plus grand et rapide que celui qu'il avait vu auparavant, et il charriait parfois un bloc de glace. Un vent piquant soufflait vers le mur d'orage, créant un champ de crêtes blanches qui battaient en retraite. Le rivage opposé, à peine visible, ne révélait ni relief ni contraste. La terre étroite ne paraissait pas se terminer : elle semblait s'étendre éternellement entre les murs d'orage et d'obscurité.

Ern revint aux hauts-fonds sans être totalement satisfait de ce qu'il avait appris. Il avait vu des merveilles inconnues de ses semblables, mais que lui avaient-elles appris? Rien. Ses questions demeuraient sans réponse.

Des changements se produisaient; ils ne pouvaient être ignorés. Toute la classe d'Ern vivait à la surface en respirant de l'air. Infectés par une forme pâle et diluée de la curiosité d'Ern, ils commençaient à se diriger en hésitant vers la terre. La différenciation sexuelle était évidente; certaines tendances au jeu sexuel se manifestaient, dont les enfants à crête double, avec leurs organes non développés, restaient à l'écart avec mépris. Les distinctions sociales aussi bien que physiques se développaient; il commençait à se produire des échanges de défis et d'imprécations, parfois une brève escarmouche. Ern se rangeait du côté des enfants à crête double, bien qu'en explorant son propre crâne il n'y découvrît que des bosses et des creux hésitants, ce qui l'embarrassait dans une certaine mesure.

Malgré la sensation généralisée d'imminence, l'arrivée des hommes prit les enfants par surprise.

Au nombre de deux cents, les hommes fondirent sur les marigots et nagèrent pour encercler les hauts-fonds. Ern et quelques autres se précipitèrent immédiatement parmi les roseaux de l'île et se dissimulèrent. Les autres enfants tournèrent et nagèrent en cercles excités. Les hommes hurlaient, frappaient l'eau avec les bras : plongeant et virant, ils ramenèrent les enfants jusqu'à la plage, laissant retourner aux hauts-fonds parrs et melets, s'emparant des doubles-crêtes avec des cris aigus d'exultation.

La sélection était achevée. Les enfants captifs furent emmenés en groupes et durent remonter la piste en titubant; ceux dont les jambes étaient trop faibles furent emportés.

Ern, fasciné par ce processus, observait à distance respectueuse. Quand hommes et enfants eurent disparu, il émergea de l'eau, remonta péniblement sur la plage pour surveiller ses anciens amis. Que faire, à présent? Retourner aux hauts-fonds? La vie d'antan semblait terne et insipide. Il n'osait se présenter aux hommes. C'étaient des crêtes-uniques; ils étaient durs et brutaux. Que restait-il? Il regardait alternativement dans un sens, puis l'autre, entre l'eau et la terre, et finit par adresser un adieu mélancolique à sa jeunesse : dorénavant, il vivrait sur terre.

Il fit quelques pas sur le sentier et s'arrêta pour écouter.

Le silence.

Il avança avec méfiance, prêt à plonger dans les broussailles au moindre bruit. Le sol devenait moins détrempé ; les roseaux disparaissaient et les cycas noirs et odorants longeaient le chemin. Au-dessus s'élevaient de souples et minces osiers aux feuilles emplies de gaz mi-flottantes, mi-soutenues. Ern se déplaçait encore plus prudemment, marquant des temps d'arrêt pour écouter de plus en plus fréquemment. Et s'il rencontrait les hommes ? Le tueraient-ils ? Ern hésitait et regardait même dans la direction d'où il venait... La décision avait été prise. Il continuait.

Un son, non loin devant lui. Ern quitta rapidement la piste et s'aplatit derrière un talus.

Personne n'apparut. Ern s'avança parmi les cycas et, à travers les frondaisons noires, ne tarda pas à apercevoir le village des hommes : quelle merveille d'ingéniosité et de complication ! A proximité se dressaient de grands barils contenant des produits alimentaires et, un peu plus loin, une rangée de stalles couvertes de chaume garnies de poteaux, de cordes lovées, de pots de pigments et de graisse. Des drelins, perchés sur les pignons, produisaient une constante clameur gloussante. Barils et stalles faisaient face à un espace découvert entourant une large plate-forme où se déroulait une cérémonie d'une importance manifeste. Sur la plate-forme se tenaient quatre hommes drapés de bandes de feuilles tissées et quatre femmes portant des châles rouge foncé et de grands chapeaux décorés d'écailles de drelins. A côté de l'estrade, serrés en un caillot gris, les enfants à crête unique formaient un groupe où les individus ne se distinguaient que par l'éclat d'un œil ou la contraction d'une crête pointue.

L'un après l'autre, les enfants étaient hissés jusqu'aux quatre hommes qui les examinaient soigneusement. La plupart des enfants mâles étaient rejetés et renvoyés dans la foule. Un sur dix environ était tué par un coup de maillet de pierre et soulevé contre la façade du mur d'orage. Les filles étaient envoyées à l'autre bout de la plate-forme, où attendaient les quatre femmes. Chacune des filles, tremblante, était alors étudiée. La moitié étaient chassées de l'estrade et remises à la garde d'une femme, puis conduites dans une cabine; on peignait en blanc le crâne d'une sur cinq environ, qui se retrouvait enfermée en compagnie des autres enfants à crêtes jumelles dans un enclos voisin. Celles qui restaient recevaient un coup de maillet. Les cadavres étaient hissés face au mur de boue...

Au-dessus de la tête d'Ern retentirent les ululements absurdes d'un drelin. Ern replongea dans les buissons. L'oiseau dérivait dans un cliquetis d'écailles. Les hommes se précipitèrent de part et d'autre pour se lancer à la poursuite d'Ern et finirent par le capturer. On le traîna jusqu'au village, on le poussa triomphalement sur la plate-forme au milieu des cris de surprise et d'excitation. Les quatre hommes, qui étaient peut-être des prêtres, entourèrent Ern pour procéder à son examen. Il y eut une nouvelle série d'exclamations de stupéfaction. Les prêtres reculèrent, perplexes, puis, après un marmonnement de discussions, firent signe aux femmes-prêtres. On avança le maillet... sans le lever. Un homme de la foule sauta sur l'estrade pour discuter avec les prêtres. Ils étudièrent encore soigneusement la tête d'Ern en marmonnant. L'un d'eux sortit alors un couteau et un autre étreignit la tête d'Ern. On lui passa le couteau sur toute la longueur du crâne, d'abord à gauche de la crête centrale, puis à droite, produisant une paire de coupures pratiquement parallèles. Un sang orange coula sur le visage d'Ern : la douleur le raidit et le crispa. Une femme avança une poignée de substance ignoble qu'elle frotta dans les blessures. Tous reculèrent avec force murmures et interrogations. Ern leur rendait leurs regards curieux, rendu à moitié fou par la peur et la douleur.

On le poussa jusqu'à l'intérieur d'une cabane. On bloqua l'ouverture à l'aide de barres attachées par des lanières.

Ern observait le restant de la cérémonie. Les cadavres étaient démembrés, bouillis, puis dévorés. Les filles badigeonnées de blanc étaient regroupées avec les enfants à crêtes jumelles auxquels Ern s'était auparavant identifié. Pourquoi n'avait-il pas été incorporé dans ce groupe? se demandait-il. Pourquoi avait-il été d'abord menacé du maillet, puis blessé par un poignard? La situation était incompréhensible.

On escortait les filles et les enfants à crêtes jumelles à travers les broussailles. Les autres filles, sans autre forme de procès, devenaient membres de la communauté. Les enfants mâles subissaient une instruction plus formelle. Chacun des hommes prenait un des garçons sous sa férule et le soumettait à une discipline rigoureuse. C'étaient des leçons de maintien, puis sur les nœuds, les armes, le langage, la danse et les différents cris.

Ern recevait une attention minimale. On le nourrissait irrégulièrement, quand s'en présentait l'occasion. La période d'internement ne pouvait être définie, car le ciel gris inchangé ne fournissait aucune référence temporelle : en vérité, le concept de temps qui passe en tant qu'intermèdes définis était étranger à l'esprit d'Ern. Il n'échappait à l'apathie qu'en profitant de l'instruction dispensée dans les cabines voisines, où l'on apprenait aux enfants à crête unique le langage et le maintien. Ern sut le langage bien avant les élèves officiels : lui et ses camarades à crêtes doubles utilisaient les rudiments de cette langue à l'époque des jours de bonheur paisible.

Les blessures jumelles sur le crâne d'Ern finirent par guérir, formant des bourrelets parallèles de tissu cicatriciel. Les peignes de plumage noir de la maturité croissaient également, couvrant de duvet tout son cuir chevelu.

Aucun de ses anciens camarades ne lui prêtait attention. Ils étaient endoctrinés dans les habitudes du village : l'ancienne vie des hauts-fonds avait battu en retraite dans leurs souvenirs. En les regardant passer fièrement devant sa prison, Ern trouvait qu'ils s'éloignaient de plus en plus de lui. Ils étaient souples, minces, agiles, tels de grands lézards aux traits énergiques. Il était pesant et possédait des traits plus grossiers, une tête plus large; sa peau était plus dure et plus épaisse, d'un gris plus foncé. Il était désormais presque aussi grand que les hommes, sans avoir leur musculature ni leur promptitude : quand le besoin s'en manifestait, ils étaient aussi rapides que le vif-argent.

Une ou deux fois, Ern, pris de fureur, tenta de briser les barreaux de sa cabane, ce qui lui valut des coups de bâton ; il s'abstint dès lors de se livrer à ce vain exercice. Il devenait nerveux et s'ennuyait. Les cahutes qui l'entouraient étaient désormais utilisées pour la copulation, activité qu'Ern observait avec un intérêt distant.

Sa cabane s'ouvrit enfin. Ern se rua à l'extérieur dans l'espoir de surprendre ses geôliers et de recouvrer sa liberté, mais un homme se saisit de lui et un autre le ligota avec une corde. Sans plus de cérémonie, on le conduisit hors du village.

Les hommes ne donnaient aucune indication sur leurs intentions. D'un pas trottinant, ils firent traverser à Ern la broussaille noire dans la direction connue sous le nom de *gauche marine*, c'est-à-dire qu'ils conservaient la mer à leur gauche. La piste tournait vers l'intérieur des terres, s'élevait sur des éminences dénudées, redescendait dans des creux marécageux bordés de dendrons noirs luxuriants.

Devant s'élevait un grand bouquet d'arbres-parasols d'une hauteur impressionnante, chaque tronc aussi épais que le corps d'un homme, chaque feuille gonflée assez large pour envelopper une demi-douzaine de cabanes comme celle dans laquelle Ern avait été emprisonné.

Quelqu'un avait visiblement travaillé en ce lieu : un certain nombre d'arbres avaient été coupés, les troncs avaient été ébranchés et soigneusement empilés, les feuilles découpées en draps rectangulaires pendus à des cordages. Les casiers abritant les grumes avaient été construits avec méticulosité et Ern se demanda qui avait bien pu procéder à un travail aussi précis : certainement pas les hommes du village, dont Ern lui-même trouvait les ouvrages malhabiles.

Un sentier conduisait à travers la forêt, droit comme un fil, de largeur constante, délimité par des lignes parallèles de pierres blanches, ouvrage technique dépassant de loin les capacités des hommes, songea Ern.

Les hommes paraissaient à présent furtifs et mal à

l'aise. Ern essayait de traîner, certain que ce que les hommes avaient en tête ne pouvait être à son avantage, mais il fut bon gré mal gré poussé en avant.

Le sentier tournait brutalement, remontait d'un creux marécageux entre des bouquets de cycas brun-noir pour déboucher sur un champ de mousse blanche et douce au centre duquel se dressait un splendide village de grande taille. Les hommes marquèrent un temps d'arrêt dans l'ombre, émirent des sons méprisants et exécutèrent des actes insultants... provoqués, soupçonna Ern, par la jalousie, car ce village surpassait le leur tout autant que le leur dépassait l'environnement des hauts-fonds. Il était constitué de huit rangées de huttes espacées avec précision, construites en planches sciées, décorées ou symboliquement peintes de manière élaborée en bleu, en marron et en noir. Aux extrémités droite marine et gauche marine de l'avenue centrale se dressaient des bâtisses plus grandes au toit très pointu, couvertes comme toutes les autres de tuiles de biotite. Le désordre et les ordures se faisaient remarquer par leur absence ; ce village, à la différence du village des hommes à crête unique, était d'une propreté pointilleuse. Derrière le village s'élevait la grande colline qu'Ern avait remarquée lors de son exploration de la côte.

En bordure du pré se dressait une rangée de six poteaux et les hommes attachèrent Ern au premier de ceux-ci.

— Ceci est le village des *Doubles*, déclara l'un des hommes. Des gens semblables à toi. Ne va pas raconter que nous t'avons entaillé le cuir chevelu, sinon tes affaires ne s'arrangeront pas.

Ils reculèrent et se mirent à couvert sous un massif de plantes vermiformes. Ern tira sur ses liens, convaincu que tout ce qui pouvait lui arriver n'aurait rien d'agréable.

Les villageois avaient remarqué Ern. Dix personnes traversèrent le pré. En premier s'avançaient prudemment quatre splendides Doubles au pas exagérément chaloupé, suivis de six jeunes *Uniques* d'une suavité stupéfiante dans leurs robes de feuilles de parasols ouatées. Ces filles avaient été dressées : elles n'arboraient plus leur habituelle démarche ondulante, mais marchaient en une simulation étudiée des attitudes des Doubles. Ern regardait, fasciné. Les Doubles paraissaient être du même genre que lui, plus trapus et plus lourds que les Uniques à tête de couperet.

Le couple à l'avant-garde partageait apparemment une autorité égale. Ils se comportaient avec une dignité canonique et leurs vêtements — châles à franges noirs, bruns et pourpres, bottes en membrane grise avec des agrafes métalliques, jambières métalliques diaphanes — étaient guindés et compliqués. Celui du côté orage portait une crête d'arêtes métalliques scintillantes ; celui du côté ténèbres une double rangée de hautes plumes noires. Les Doubles derrière eux semblaient posséder un prestige moindre. Ils portaient des toques aux plis et fronces compliqués et étaient armés de hallebardes trois fois plus hautes qu'eux. Tout à l'arrière marchaient les filles uniques, qui portaient des paquets. Ern vit qu'elles étaient membres de sa propre classe, appartenant au groupe qui avait été écarté après le rituel de sélection. Leur peau avait été teinte en rouge et jaune foncé ; elles avaient des toques d'un jaune fade, des châles et des sandales jaunes et avançaient avec la rigidité délicate qu'on leur avait enseignée.

Les premiers Doubles s'arrêtèrent de part et d'autre d'Ern et l'examinèrent avec une gravité de mauvais augure. Les hallebardiers le fixaient d'un regard menaçant. Les filles arboraient des attitudes affectées. Les Doubles plissèrent les yeux d'étonnement devant la crête double de tissu cicatriciel sur son cuir chevelu. Ils arrivèrent à un consensus hésitant.

— Il paraît en bon état, même s'il a un corps assez grossier et des crêtes bizarres.

L'un des hallebardiers posa son arme contre le poteau et détacha Ern, qui resta immobile sans trop savoir s'il ne devrait pas prendre ses jambes à son cou. Le Double aux crêtes métalliques l'interrogea.

— Est-ce que tu sais parler ?

— Oui.

— Il faut que tu dises : « Oui, Pédagogue de l'Éblouissement Orageux. » C'est le titre approprié.

Ern trouva cet ordre intriguant, mais pas davantage que les autres caractéristiques des Doubles. Son intérêt, décida-t-il, exigeait qu'il se range du côté d'une prudente coopération. Les Doubles, quoique arbitraires et capricieux, ne lui voulaient apparemment aucun mal. Les filles disposèrent les paquets à côté du poteau : un paiement pour les Uniques, semblait-il.

— Viens donc, ordonna celui qui portait les plumes noires. Attention à tes pieds, marche correctement ! Ne balance pas les bras : tu es un Double, un individu important ; tu dois agir en conséquence, selon la Coutume.

— Oui, Pédagogue de l'Éblouissement Orageux.

— Tu m'adresseras la parole sous le nom de « Pédagogue de la Froidure Ténébreuse » !

Troublé et rempli d'appréhension, Ern dut traverser le pré de mousse pâle. La piste, désormais délimitée par des alignements de pierres noires, semée de gravier noir, et luisant d'humidité, formait une parfaite bissectrice du pré qui était clos de hauts arbres-éventails brun-noir. D'abord avançaient les précepteurs, puis Ern, puis les hallebardiers et enfin les six Uniques.

La piste rejoignait l'avenue centrale du village, qui s'ouvrait au centre en une place pavée de carrés de bois. Côté ténèbres, se dressait une grande tour noire soutenant une série d'objets noirs particuliers ; côté orage, une tour blanche identique arborant des symboles de la foudre. De l'autre côté, en retrait d'un élargissement de l'avenue, c'était un palais allongé d'un étage, où Ern fut conduit et logé dans une cellule.

Un troisième couple de Doubles, d'un rang plus élevé que les hallebardiers mais inférieur à celui des Précepteurs — le « Pédagogue de l'Éblouissement Orageux » et le « Pédagogue de la Froidure Ténébreuse » — prirent Ern en charge. On le lava, l'oignit et inspecta de nouveau d'un air intrigué les enflures de son cuir chevelu. Ern commençait à soupçonner que les Uniques avaient usé de duplicité ; qu'afin de le vendre aux Doubles ils avaient simulé des crêtes jumelles sur son crâne ; et qu'il ne constituait après tout qu'une variété particulière d'Unique. Il était vrai que ses organes sexuels ressemblaient à ceux des Uniques masculins plutôt qu'aux organes neutres ou peut-être atrophiés des Doubles. Ce soupçon le mit plus mal à l'aise que jamais et il fut soulagé quand les Pédagogues lui apportèrent une toque, moitié écailles argentées, moitié fibres d'oiseau d'un noir luisant, qui lui couvrait le cuir chevelu, et un foulard qui lui pendait sur la poitrine et était serré à la ceinture, dissimulant ses organes sexuels.

Comme pour tous les aspects et activités du village, il existait des subtilités d'usage en rapport avec cette toque.

— La Coutume exige qu'au cours d'une activité de formalisme inférieur tu te tiennes le noir tourné vers la Nuit et l'argent vers le Chaos. Si un rituel ou une autre nécessité s'impose, retourne ta toque.

Les Pédagogues se montraient très critiques envers le comportement d'Ern.

— Tu es sensiblement plus grossier et malhabile que les élèves habituels, fit remarquer le Pédagogue de l'Éblouissement Orageux. La blessure de ta tête a affecté ton mental.

— Tu seras soigneusement élevé, lui apprit le Pédagogue de la Froidure Ténébreuse. Dès cet instant, tu peux te considérer comme un vide mental.

Une douzaine d'autres Doubles, y compris quatre de la classe d'Ern, étaient soumis à la formation. Comme l'instruction était fournie sur une base individuelle, Ern les voyait fort peu. Il étudiait avec diligence et assimilait les connaissances avec une facilité qui lui valait des compliments accordés à contrecœur. Quand il parut versé dans des domaines primaires, on l'introduisit à la cosmologie et à la religion.

— Nous habitons la Terre Étroite, déclara le Pédagogue de l'Éblouissement Orageux. Elle s'étend à l'infini ! Comment pouvons-nous affirmer ceci avec une telle confiance ? Parce que nous savons que les principes opposés de l'Orage et de la Froidure Ténébreuse, étant divins, sont infinis. De ce fait, la Terre Étroite, domaine de cette confrontation, est pareillement infinie.

Ern avança une question.

— Qu'est-ce qui existe derrière le mur d'orage ?

— Il n'y a pas d'arrière. Le CHAOS ORAGEUX *est*, et il éblouit les ténèbres de ses éclairs. C'est le principe masculin. La FROIDURE TÉNÉBREUSE, principe féminin, *est*. Elle accepte la rage et le feu et les éteint. Les Doubles participant de chacun, nous sommes en équilibre et donc parfaits.

Ern aborda un sujet qui le rendait perplexe.

— Les femmes doubles ne produisent pas d'œufs ?

— Il n'existe ni femmes doubles ni hommes doubles ! Nous sommes créés, par divine intervention duale, quand un couple d'œufs d'une couvée sont mis en juxtaposition. Par alternance, ceux-ci sont toujours mâle et femelle et produisent ainsi un individu double, neutre et sans passion, symbolisé par la paire de crêtes crâniennes. Les hommes uniques et les femmes uniques sont incomplets, à jamais poussés par la pulsion de s'accoupler : seule la fusion produit les véritables Doubles.

Il apparaissait clairement à Ern que ses questions perturbaient les Pédagogues, aussi s'abstint-il d'exprimer de nouvelles interrogations, car il ne désirait nullement attirer l'attention sur ses attributs un peu particuliers. Durant l'instruction, il avait sensiblement pris de la taille. Les crêtes de la maturité poussaient sur son crâne ; ses organes sexuels s'étaient développés notablement. Fort heureusement, les deux étaient dissimulés sous la toque et le châle. D'une certaine manière, il était différent des autres Doubles et les Pédagogues, s'ils venaient à le découvrir, en éprouveraient à tout le moins de la consternation et un trouble certain.

D'autres questions perturbaient Ern : à savoir, les impulsions que faisaient monter en lui les petites esclaves uniques. Ce genre de tendances étaient ignobles par définition ! Un Double ne devait pas se comporter ainsi ! Les Pédagogues seraient horrifiés d'apprendre cette inclination. Mais s'il n'était pas Double... qu'était-il donc ?

Ern essayait d'apaiser son sang bouillonnant par un zèle extrême. Il se mit à étudier la technologie double qui, comme tous les aspects de la société double, était rationalisée en termes de dogmes officiels. Il apprit le ramassage du fer des marais, les méthodes de la fonte, de la forge et du trempage. Il se demandait parfois comment ces arts avaient pu se développer, dans la mesure où l'empirisme, en tant que mode de pensée, était à l'antithèse de la Coutume Duale.

Ern aborda inconsciemment ce sujet durant une récitation. Les deux Pédagogues étaient présents. Le Pédagogue de l'Éblouissement Orageux répondit, assez sèchement, que toute connaissance était une dispensation des deux Principes Fondamentaux.

— De toute manière, affirma le Pédagogue de la Froidure Ténébreuse, la question est hors de propos. Ce qui est *est*, étant de par là même optimal.

— En vérité, fit remarquer le Pédagogue de l'Éblouissement Orageux, le fait même que tu aies formulé cette interrogation trahit un esprit désorganisé, plus typique d'un Anormal que d'un Double.

— Qu'est-ce qu'un Anormal? demanda Ern.

Le Pédagogue de la Froidure Ténébreuse eut un geste impérieux.

— Une nouvelle fois, ta mentalité tend aux associations erratiques et au mécontentement vis-à-vis de l'autorité!

— Avec tout le respect qui vous est dû, Pédagogue de la Froidure Ténébreuse, mon seul désir est d'apprendre la nature du *mal* afin de savoir le distinguer du *bien*.

— Contente-toi de t'imprégner du *bien* sans référence aucune au *mal*!

Ern fut bien forcé de se contenter de cette perspective. Les Pédagogues quittèrent la pièce en regardant derrière eux. Ern surprit un fragment de conversation :

— ... perversité surprenante...

— ... sans la marque patente des crêtes crâniennes...

Troublé, Ern arpenta sa cellule. Il était différent des autres étudiants : cela était clair.

Au réfectoire, où les petites Uniques apportaient la nourriture aux étudiants, Ern scrutait discrètement ses camarades. Bien que légèrement moins massifs que lui, ils semblaient proportionnés différemment : ils étaient presque cylindriques, avec des traits et des bosses moins proéminents. S'il était différent, quel genre de personne était-il? Un *Anormal*? Mais de quoi s'agissait-il? Un

Double mâle ? Ern penchait pour cette théorie, car elle expliquerait son intérêt pour les petites Uniques et il se tourna pour les regarder passer d'un pas souple, chargées de plateaux. Malgré leur unicité, elles étaient indéniablement attirantes...

Songeur, Ern rentra à sa cellule. Vint à passer une petite Unique. Ern l'appela dans la cellule et lui détailla ses désirs. Elle manifesta gêne et surprise, mais aucun écœurement.

— Tu es censé être neutre ; que penseront les autres ?

— Rien du tout, s'ils ignorent la situation.

— Exact. Mais la chose est-elle faisable ? Je suis Unique et tu es Double...

— La chose est ou non faisable ; comment la vérité sera-t-elle connue sans tentative, sans préjuger de l'orthodoxie ?

— Bien, comme tu voudras...

Un élève surveillant vint à regarder dans la cellule et resta bouche bée.

— Que se passe-t-il, là-dedans ?

Il regarda de plus près, puis recula dans la cour en titubant et en hurlant :

— Un Anormal, un Anormal ! Un Anormal parmi nous ! Aux armes, tuez l'Anormal !

Ern poussa la jeune fille vers l'extérieur.

— Mêle-toi aux autres, nie tout. J'ai le sentiment qu'il me faut partir, à présent.

Il sortit en courant dans l'avenue centrale qu'il examina dans les deux sens. Les hallebardiers, informés de l'état d'urgence, revêtaient le costume exigé par l'occasion. Ern en profita pour se sauver du village. Les Doubles se mirent à sa poursuite, lançant menaces et injures rituelles. Le sentier droite marine menant à la forêt d'agaves et au marécage lui était fermé : Ern s'enfuit à gauche marine, en direction de la grande butte. Évitant arbres-éventails et plantes vermiformes, il finit par se cacher sous un massif de fungus tandis que les hallebardiers passaient au pas de course.

Ern sortit de sa cachette et hésita un moment, se demandant où aller. Anormal ou non, les Doubles avaient manifesté une sorte d'antagonisme irrationnel.

Pourquoi l'avaient-ils attaqué? Il n'avait causé aucun dommage, perpétré aucune tromperie. La faute revenait aux Uniques. Afin d'abuser les Doubles, ils avaient entaillé la tête d'Ern... situation qu'il était difficile de lui imputer. Interdit, déprimé, Ern se dirigea vers le rivage, où il pourrait au moins trouver à manger. Il traversa une tourbière et fut aperçu par les hallebardiers, qui lancèrent aussitôt leur cri :

— Sus à l'Anormal! Sus à l'Anormal! Sus à l'Anormal!

Et Ern se retrouva forcé de se sauver à nouveau; il monta à travers une forêt de cycas et d'agaves en direction de la grande butte qui apparaissait maintenant devant lui.

Un mur de pierre massif lui barrait la route : la construction était de toute évidence très ancienne, recouverte de lichen noir et brun. Ern longea le mur en titubant et en trébuchant, les hallebardiers sur les talons hurlant toujours :

— Sus à l'Anormal! Sus à l'Anormal! Sus à l'Anormal!

Une ouverture apparut dans le mur. Ern bondit de l'autre côté et se dissimula derrière un bouquet de buissons plumeux. Les hallebardiers s'arrêtèrent net devant le trou, leurs cris s'apaisèrent et ils semblèrent sombrer dans une controverse.

Ern attendait, sans espoir, qu'on le découvre et le mette à mort, puisque les buissons ne constituaient qu'une piètre cachette. L'un des hallebardiers finit par s'aventurer précautionneusement à travers l'ouverture, mais il lâcha un gémissement de surprise et bondit en arrière.

Il y eut des pas qui battaient en retraite, puis le silence. Ern rampa prudemment hors de sa cachette et alla regarder par l'ouverture. Les Doubles étaient partis. Bizarre, songea Ern. Ils devaient savoir qu'il était à portée de main... Il se retourna. A dix pas de lui, appuyé sur une épée, l'homme le plus grand qu'il eût jamais vu l'inspectait d'un regard méditatif. L'homme devait bien faire deux fois la taille du plus grand des Doubles. Il portait une tunique marron en cuir souple et une paire de bracelets métalliques brillants. Sa peau était d'un gris rugueux, dure comme la corne ; les articulations de ses membres étaient des proéminences, des arêtes et des arcades osseuses et lui conféraient une apparence de puissance gigantesque. Son crâne était large, lourd, grossièrement indenté et ridé ; ses yeux étaient des cristaux flamboyants dans des orbites profondes. Le long de son cuir chevelu couraient trois crêtes dentelées. En plus de son épée, il avait sur l'épaule un appareil métallique bizarre au long canon. Il avança d'un pas lent. Ern recula, mais, pour une raison mystérieuse, fut dissuadé de prendre ses jambes à son cou.

L'homme parla d'une voix rauque :

— Pourquoi te chassent-ils ?

Ern fut encouragé par le fait que l'homme ne l'avait pas tué de but en blanc.

— Ils m'ont traité d'*Anormal* et m'ont couru après.

— *Anormal* ? Le Triple fixa son cuir chevelu. Tu es un Double.

— Les Uniques m'ont entaillé la tête pour me faire des cicatrices, puis ils m'ont vendu aux Doubles.

Ern palpa ses marques. De part et d'autre et au centre, presque aussi proéminentes que les cicatrices, il sentit trois crêtes d'adulte. Elles poussaient à toute allure ; même s'il ne s'était pas compromis, les Doubles l'auraient démasqué à la première occasion où il aurait ôté sa toque. Il ajouta humblement.

— Il semble que je sois un *Anormal*, comme toi.

Le Triple émit un son brutal.

— Accompagne-moi.

Ils traversèrent le bosquet jusqu'à un sentier qui remontait en biais le long de la butte, puis tournait avant d'entrer dans une vallée. A côté d'un étang s'élevait un grand palais en pierre flanqué de deux tours aux toits coniques abrupts... dont l'âge et la décrépitude ne pouvaient empêcher l'imagination d'Ern de s'envoler.

Par un portail en bois ils pénétrèrent dans une cour qui lui parut un lieu au charme sans pareil. A l'autre extrémité, des roches et une grosse plaque en surplomb formaient un effet de grotte. A l'intérieur, de l'eau qui tombait goutte à goutte, une mousse noire diaphane, des cycas pâles et un banc capitonné de roseaux tressés et de sphaigne. La surface à découvert était un jardin en marécage qui exhalait le parfum des roseaux, de la végétation saturée d'eau et du bois résineux. Remarquable, songea Ern, et enchanteur ; ni les Uniques ni les Doubles n'œuvraient autrement que pour le présent immédiat.

Le Triple lui fit traverser la cour pour entrer dans une chambre en pierre, également entrouverte à la bruine rafraîchissante et tapissée de sphaigne tassée. Sous l'abri constitué par le plafond étaient accrochés les seuls biens de l'existence du Triple : des cruches et des barils, une table, une armoire, des outils et des ustensiles.

Le Triple désigna un banc.

— Assieds-toi.

Ern obéit tout doucement.

— Tu as faim ?

— Non.

— Comment ton imposture fut-elle découverte ?

Ern relata les circonstances ayant conduit à sa mise à jour. Le Triple ne manifesta aucun signe de désapprobation, ce qui encouragea Ern.

— Je soupçonnais depuis longtemps que j'étais différent des *Doubles*.

— Tu es manifestement un *Triple*, lui dit son hôte. A la différence des Doubles neutres, les Triples sont nettement masculins, ce qui explique ton attirance pour la femme unique. Malheureusement, il n'existe pas de femmes triples. (Il scruta Ern.) Ils ne t'ont pas appris comment tu es né ?

— Je suis le fruit de la fusion d'œufs d'Uniques.

— Exact. La femme unique pond des œufs de l'un et l'autre sexe, par couvées de trois. Le schéma est mâle-femelle-mâle ; telle est la nature de son organisme. Un étui se forme à l'intérieur de son ovipositeur ; quand les œufs émergent, un sphincter se referme et capsule les œufs. Si elle n'y prend garde, elle ne sépare pas correctement les œufs et pond une couvée où deux œufs sont en contact. Le mâle se fond avec la femelle puis, ainsi renforcé, pénètre la coquille du dernier œuf et assimile l'autre mâle. Il en résulte un Triple, de sexe masculin.

Ern se rappelait son premier souvenir.

— J'étais seul. J'ai pénétré la coquille mâle-femelle. Nous avons combattu longuement.

Le Triple réfléchit un long moment. Ern se demanda s'il l'avait incommodé. Finalement, le Triple déclara :

— Je m'appelle Mazar l'Ultime. Maintenant que tu es ici, je ne serai plus *l'Ultime*. Je suis accoutumé à la solitude; je suis devenu vieux et sévère; tu risques de trouver ma compagnie peu plaisante. Si tel est le cas, tu es libre d'aller poursuivre ton existence ailleurs. Si tu décides de rester, je t'enseignerai tout ce que je sais, activité peut-être vaine, puisque les Doubles ne tarderont pas à envoyer une armée nous tuer tous deux.

— Je reste, annonça Ern. Aujourd'hui, je ne connais que les cérémonials des Doubles, que je risque de ne jamais pouvoir utiliser. N'y a-t-il pas d'autres Triples?

— Les Doubles les ont tous tués... tous en dehors de Mazar l'Ultime.

— ... et d'Ern.

— Et d'Ern, à présent.

— Qu'en est-il de la gauche marine et de la droite marine, au-delà des fleuves, le long des autres rivages? Il n'y a plus d'autres hommes?

— Qui sait? Le Mur d'Orage fait face au Mur de Ténèbres; la Terre Étroite s'étend... mais jusqu'où? Qui sait? Si c'est jusqu'à l'infini, toutes les possibilités existent alors; il y a donc d'autres Uniques, d'autres Doubles et d'autres Triples. Si la Terre Étroite s'achève au Chaos, alors nous sommes seuls.

— J'ai voyagé à droite marine et à gauche marine et je me suis heurté à de larges cours d'eau. La Terre Étroite continuait sans indication qu'elle s'arrête. Je crois qu'elle s'étend à l'infini; en fait, il est difficile de concevoir un état de choses différent.

— Peut-être, peut-être, fit Mazar d'un ton bourru. Viens.

Il lui fit faire le tour du palais et ils traversèrent ateliers et magasins, salles encombrées de souvenirs, de trophées et d'un bric-à-brac mystérieux.

— Qui utilisait ces objets merveilleux? Y avait-il beaucoup de Triples?

— Nous étions nombreux, jadis, entonna Mazar

d'une voix aussi rauque et lugubre que le bruit du vent. C'était il y a si longtemps que je ne puis trouver les mots pour le décrire. Je suis le dernier.

— Pourquoi y en avait-il autant jadis et aussi peu aujourd'hui ?

— C'est une histoire pleine de mélancolie. Une tribu d'Uniques vivait le long du rivage, avec des coutumes différentes des Uniques du marécage. C'était un peuple doux et ils étaient dirigés par un Triple qui était né par accident. C'était Ména l'Original et il demanda aux femmes de produire des couvées d'œufs volontairement unis, de telle sorte qu'il naissait un grand nombre de Triples. Ce fut une époque grandiose. Nous n'étions pas satisfaits de la vie rude des Uniques ni de la vie rigide des Doubles ; nous avions créé une nouvelle existence. Nous avions appris à utiliser le fer et l'acier, nous avions construit ce palais et bien d'autres encore : Uniques et Doubles tiraient de grands bénéfices de nos enseignements.

— Pourquoi vous ont-ils fait la guerre ?

— Par notre liberté nous avions encouru leur peur. Nous nous étions mis à explorer la Terre Étroite. Nous avions voyagé sur des lieues et des lieues à gauche marine et à droite marine. Une expédition avait pénétré la Froidure Ténébreuse jusqu'à un désert de glace, tellement sombre que les explorateurs devaient avancer à la lumière des torches. Nous avions construit une embarcation que nous avions envoyée sous le Mur d'Orage. Trois Uniques étaient à bord. L'embarcation était reliée à terre par un long câble ; quand nous l'avons ramenée, les Uniques avaient été foudroyés et ils étaient morts. Ces actes causèrent la fureur des précepteurs doubles. Ils déclarèrent que nous étions impies et rameutèrent les Uniques du marécage. Ils massacrèrent les Uniques du rivage, puis firent la guerre aux Triples. Embuscades, empoisonnements, chausse-trappes, ils ne montraient aucune pitié. Nous tuions les Doubles ; il y avait toujours davantage de Doubles, mais plus de Triples.

« Je pourrais parler longuement de cette guerre, de la façon dont chacun de mes camarades trouva la mort. De tous, je suis le dernier. Je ne dépasse jamais le mur et les Doubles ne sont pas très désireux de me tuer, car ils redoutent le feu de mon fusil. Mais cela suffit, à présent. Va où tu veux, mais pas au-delà du mur, où les Doubles sont dangereux. Il y a de la nourriture dans les barils ; tu peux te reposer dans la mousse. Réfléchis à ce que tu vois ; et quand tu auras des questions, je te donnerai les réponses.

Mazar partit de son côté. Ern se rafraîchit dans l'eau qui tombait dans la grotte, mangea ce qui se trouvait dans les barils, puis marcha dans le pré gris pour méditer sur ce qu'il avait appris. C'est là que Mazar, pris de curiosité, le découvrit.

— Eh bien, donc, que penses-tu, maintenant ?

— Je comprends bien des choses qui m'intriguaient, répondit Ern. Je regrette aussi d'avoir laissé la petite Unique qui était prête à coopérer avec moi.

— Cette disposition varie suivant les individus. Au temps jadis, nous en employions beaucoup comme domestiques, bien que leurs capacités mentales ne soient guère impressionnantes.

— S'il y avait des femmes triples, ne produiraient-elles pas des œufs et, finalement, des enfants triples ?

Mazar eut un geste brusque.

— Il n'existe pas de femmes triples ; il n'y a jamais eu de femmes triples. Le processus n'en permet pas la formation.

— Et si le processus était contrôlé ?

— Peuh ! L'ovulation des femmes uniques n'est pas susceptible d'être contrôlée.

— Il y a longtemps, j'ai regardé une femme unique qui préparait son nid. Elle a pondu des couvées de trois. Si suffisamment d'œufs étaient rassemblés, redisposés et unis, dans certains cas le principe féminin pourrait dominer.

— La proposition est peu orthodoxe et, à ma connaissance, elle n'a jamais été mise à l'épreuve. Cela ne peut être faisable… Ces femmes risqueraient d'être stériles. Ou d'être de véritables anormales.

— Nous sommes les produits de ce processus, argumenta Ern. Parce qu'il y a deux mâles dans une couvée, nous sommes masculins. S'il y avait deux femelles et un mâle, ou trois femmes, pourquoi n'en résulterait-il pas une femelle? Quant à la fertilité, nous ne saurons rien sans avoir essayé.

— Ce processus est impensable! gronda Mazar en se dressant, les crêtes hérissées. Je n'écouterai pas un mot de plus!

Paralysé par la fureur de la réaction du vieux Triple, Ern resta coi. Lentement, il se retourna et commença à marcher à droite marine, en direction du mur.

— Où vas-tu? lui lança Mazar.

— Au marécage.

— Et qu'y feras-tu?

— Je vais trouver des œufs et essayer de provoquer la naissance d'une femme triple.

Mazar le foudroya du regard et Ern se prépara à se sauver. Mazar déclara alors :

— Si ton système est correct, tous mes camarades seront morts en vain. L'existence ne sera plus qu'une comédie.

— Peut-être mon idée ne produira-t-elle rien. Dans ce cas, rien n'aura changé.

— Cette tentative est dangereuse, grommela Mazar. Les Doubles seront sur le qui-vive.

— Je vais descendre jusqu'au rivage et nager jusqu'au marécage : ils ne me remarqueront nullement. En tout cas, je ne vois pas quel meilleur usage peut avoir ma vie.

— Va donc, dit Mazar de sa voix la plus rauque. Je suis vieux et sans initiative. Peut-être notre race pourra-t-elle se régénérer. Va, sois prudent et reviens sain et sauf. Toi et moi sommes les seuls Triples en vie.

***

Mazar patrouillait le long du mur. Parfois, il s'aventurait dans la forêt d'agaves, écoutait, espionnait le village double. Ern était parti depuis longtemps, lui semblait-il. Enfin, des cris d'alerte, le cri :

— Sus à l'Anormal! Sus à l'Anormal! Sus à l'Anormal!

Frénétique, les crêtes furieusement érigées, Mazar se

rua en direction du bruit. Ern apparut parmi les arbres, hagard, taché de boue et portant un panier d'osier. Il était poursuivi par des hallebardiers doubles et, sur le côté, par une bande d'Uniques.

— Par ici ! gronda Mazar. Au mur !

Il sortit son fusil. Les hallebardiers, affolés, ignorèrent cette menace. Ern passa à côté de lui en vacillant ; Mazar braqua son arme et appuya sur la gâchette : une flamme enveloppa quatre des hallebardiers qui se précipitèrent dans la forêt en agitant les membres en tous sens. Les autres firent halte. Mazar et Ern reculèrent jusqu'au mur et franchirent l'ouverture. Les hallebardiers, excités au point de se montrer imprudents, bondirent à leur suite. Mazar fit entrer son épée en action ; l'un des Doubles perdit la tête. Les autres battirent en retraite, paniqués, couinant d'horreur devant tant de morts.

Ern s'affala par terre, couvant les œufs sous son corps.

— Combien ? voulut savoir Mazar.

— J'ai découvert deux nids. J'ai pris trois couvées dans chacun d'eux.

— Chaque nid est séparé et chaque couvée aussi ? Les œufs de nids différents risquent de ne pas fusionner.

— Chacun est séparé.

Mazar transporta le cadavre jusqu'au trou dans le mur et le lança de l'autre côté, puis jeta la tête en direction des Uniques qui attendaient sans bouger. Nul n'osa le défier.

Revenu dans le palais, Mazar disposa les œufs sur un banc de pierre. Il émit un bruit de satisfaction.

— Dans chaque couvée se trouvent deux œufs ronds et un ovale : mâles et femelle ; ne comptons pas deviner quelles peuvent être les combinaisons. (Il réfléchit un instant.) Deux mâles et une femelle produisent le Triple masculin ; deux femelles et un mâle devraient exercer une influence égale dans la direction inverse... Il y aura nécessairement excédent d'œufs mâles. Ils produiront deux Triples masculins ; plus encore, peut-être, si trois œufs mâles sont capables de fusionner. (Il émit un bruit songeur.) On pourrait être tenté de fusionner quatre œufs.

— Je recommande une certaine prudence dans ce cas, suggéra Ern.

Mazar recula, surpris et mécontent.

— Ta sagesse est-elle à ce point plus profonde que la mienne ?

Ern eut un geste d'effacement, politesse qu'il avait apprise à l'école double.

— Je suis né dans les hauts-fonds, parmi les enfants aquatiques. Notre pire ennemi était l'ogre, qui vivait dans une fondrière. Tandis que je cherchais ces œufs, je l'ai revu. Il est plus grand que toi et moi réunis ; ses membres sont grossiers ; sa tête est malformée et elle est couverte de caroncules rouges. Sur sa tête se dressent quatre crêtes.

Mazar resta silencieux. Il finit par annoncer :

— Nous sommes des Triples. Mieux vaut produire d'autres Triples. Fort bien, donc, au travail.

Les œufs reposaient dans la vase fraîche, à trois pas de l'eau de l'étang.

— Nous n'avons plus qu'à attendre, à présent, dit Mazar. Attendre et nous interroger.

— Je les aiderai à survivre, dit Ern. Je leur apporterai de la nourriture et assurerai leur sécurité. Et... si ce sont des femelles...

— Il y aura deux femelles, déclara Mazar. De cela je suis certain. Je suis vieux... mais, eh bien, nous verrons.

Le Penseur de Mondes

UN

Par la fenêtre ouverte entraient les bruits de la ville : le souffle de la circulation aérienne, le grincement du trottoir roulant sur la rampe, des bruits de fond rauques en provenance des niveaux inférieurs. Cardale était assis près de la fenêtre et étudiait une feuille de papier contenant une photographie et quelques lignes dactylographiées :

EN FUITE !

Isabel MAY : 21 ans; 1,65 m; structure moyenne.
Chevelure : noire (peut-être teinte)
Yeux : bleus
Signes particuliers : aucun.

Cardale porta son attention sur la photographie et étudia le joli visage aux yeux colériques incongrus. Un panneau sur la poitrine indiquait : *94E-627*. Cardale revint à ce qui avait été écrit.

> Condamnée à trois années d'emprisonnement au pénitencier féminin du Nevada, Isabel MAY a accumulé au cours de ses six premiers mois d'incarcération 22 mois de réclusion supplémentaire. La prudence est recommandée lors de son arrestation.

Le visage, songea Cardale, était plein de défi, frondeur, outragé, mais ni grossier ni bête... un visage, en fait, illuminé par l'intelligence et la sensibilité. Ce n'est pas le visage d'une criminelle, pensa Cardale.

Il appuya sur un bouton. Le télécran prit brutalement vie.

— Observatoire lunaire, annonça Cardale.

L'écran passa à une vue d'un bureau austère, le paysage de la lune visible par la fenêtre. Un homme en blouse rose regardait l'écran.

— Salut, Cardale.

— Qu'est-ce qu'on sait sur May?

— On la piste. Elle nous a donné du fil à retordre, mais ça ne vous intéresse pas. Une seule chose : à l'avenir, gardez les cargos dans un autre secteur quand vous voudrez qu'on suive un fugitif. On a dû s'occuper de six fausses pistes.

— Mais vous avez repéré May?

— Absolument.

— Gardez-la en vue. Je vous envoie quelqu'un qui prendra la relève.

Cardale éteignit l'écran d'une pichenette.

Il rumina un moment, puis fit apparaître l'image de sa secrétaire.

— Passez-moi Detering, au Contre-espionnage.

Le tourbillon polychrome finit par révéler le visage rubicond de Detering.

— Cardale, si c'est un service que vous voulez que je...

— Je veux une équipe mixte, hommes et femmes, dans un vaisseau rapide, pour attraper une fugitive. Elle s'appelle Isabel May. Elle est indocile, rebelle, incorrigible... mais je ne veux pas qu'elle soit blessée.

— Permettez-moi de continuer ce que je disais. Cardale, si c'est un service que vous voulez que je vous rende, vous n'avez pas de chance. Il n'y a littéralement personne au bureau à part moi.

— Alors, venez en personne.

— Pour récupérer une femme excitée et me faire tirer les cheveux et gifler? Non, merci... Un instant. Il y a un homme qui attend à la porte pour infractions répétées à la discipline. Soit je le fais passer devant un tribunal militaire, soit je vous l'envoie.

— De quoi s'est-il rendu coupable?

— Insubordination. Arrogance. Mépris des ordres.

C'est un solitaire. Il fait ce qui lui plaît et envoie au diable le règlement.

— Et ses résultats ?

— Il obtient des résultats... en quelque sorte. Des résultats à sa manière.

— C'est peut-être l'homme qu'il me faut pour récupérer Isabel May. Comment s'appelle-t-il ?

— Lanarck. Il se refuse à utiliser son grade de capitaine.

— On dirait un esprit libre... Allez. Envoyez-le-moi.

***

Lanarck arriva presque immédiatement. La secrétaire l'introduisit dans le bureau de Cardale.

— Asseyez-vous, je vous prie. Je m'appelle Cardale. Vous êtes Lanarck, exact ?

— Tout à fait.

Cardale inspecta son visiteur avec une curiosité non dissimulée. La réputation de Lanarck, songea Cardale, était démentie par son apparence. Il n'était ni grand ni costaud et se comportait discrètement. Ses traits, profondément marqués par les ondes radioactives de l'espace, étaient réguliers et dominés par la franchise froide des yeux gris et du nez proéminent. La voix de Lanarck était agréable et douce.

— Le général Detering m'a envoyé pour recevoir mes ordres de vous, monsieur.

— Il vous recommande chaleureusement. J'ai un travail délicat sur les bras. Regardez ceci.

Il lui passa la feuille portant la photographie d'Isabel May. Lanarck la scruta sans un commentaire et la lui rendit.

— Cette fille a été emprisonnée il y a six mois pour attaque à main armée. Elle s'est échappée dans l'espace avant-hier... ce qui est plus ou moins banal en soi. Mais elle emporte avec elle une certaine quantité d'informations importantes qui doivent être récupérées pour le bien-être économique de la Terre. Ceci peut vous paraître une affirmation extravagante, mais acceptez-la comme un fait.

Lanarck répondit d'une voix patiente :

— M. Cardale, je sais que je travaille plus efficacement quand je dispose de tous les faits. Donnez-moi tous les détails de cette affaire. Si vous avez l'impression que ceci est trop délicat pour moi, je me retirerai et vous pourrez utiliser des agents plus qualifiés.

Cardale répliqua avec irritation :

— Le père de cette fille est un mathématicien de haut vol qui travaille pour l'Échiquier. Selon ses instructions, une méthode complexe de sécurité pour réguler les transferts de fonds a été développée. En guise de précaution ultime, il a élaboré un système de commande prioritaire consistant en plusieurs mots à prononcer dans une séquence préétablie. Un criminel pourrait prendre un téléphone, appeler l'Échiquier, utiliser ces mots et diriger par sa seule voix le transfert d'un milliard de dollars sur son compte personnel. Ou une centaine de milliards.

— Pourquoi ne pas annuler cette commande prioritaire et la remplacer par une autre ?

— A cause de la diabolique subtilité d'Arthur May. La commande prioritaire est dissimulée à l'intérieur de l'ordinateur ; elle est enfouie, totalement inaccessible, afin d'être protégée au cas où quelqu'un demanderait à l'ordinateur de la révéler. La seule façon dont la commande prioritaire pourrait être annihilée serait de l'utiliser en premier et de donner des ordres appropriés.

— Continuez.

— Arthur May connaissait la commande prioritaire. Il a accepté de transférer le renseignement au Chancelier, puis de se soumettre à un processus hypnotique pour l'ôter de son cerveau. Or, il s'est produit un événement assez sordide concernant la rémunération de May, et à mon avis il était absolument dans son droit.

— Je connais cette impression. J'ai eu moi aussi maille à partir avec ces scélérats. Le seul bon intendant est un intendant mort.

— Quoi qu'il en soit, il s'ensuit une histoire incroyable de négociations, de propositions, d'estimations, d'arrangements, de contre-propositions, de contre-arrangements et d'intrigues qui s'achève dans une dépression nerveuse pour Arthur May, après laquelle il a oublié la commande prioritaire. Mais il avait plus ou moins prévu un cas semblable et laissé un mémo à sa fille, Isabel May. Quand les autorités sont venues chercher son père, elle a refusé de les laisser entrer ; elle s'est livrée à des actes de violence ; elle a été enfermée dans une institution pénitentiaire, d'où elle s'est évadée. Où que se situent les torts de chacun, il faut la capturer, plus ou moins doucement, et la ramener... avec la commande prioritaire. Vous comprenez naturellement tout ce qu'implique cette situation.

— C'est une affaire compliquée, dit Lanarck. Mais je vais retrouver cette fille et, avec un peu de chance, je vous la ramènerai.

*
**

Six heures plus tard, Lanarck arrivait à l'Observatoire lunaire. Le diaphragme d'entrée s'ouvrit ; le navire pénétra lourdement.

A l'intérieur du dôme, Lanarck déverrouilla le sas et sortit. L'astronome en chef s'approcha. Derrière, arrivaient les mécanos, dont l'un portait un instrument qu'ils soudèrent sur la coque de Lanarck.

— C'est une cellule de détection, expliqua l'astronome. Pour l'instant, elle est braquée sur l'astronef que vous devez suivre. Une fois l'indicateur sur la zone neutre, vous l'aurez en vue.

— Et où ce vaisseau semble-t-il se diriger ?

L'astronome haussa les épaules.

— Hors de l'espace tellurien. Elle a dépassé Fomalhaut et file tout droit.

Lanarck restait silencieux. Isabel May était en train de pénétrer en espace hostile. Dans un jour ou deux, elle trancherait la bordure du Système clantlalien, où la patrouille spatiale de cet empire sombre et inamical détruisait sans semonce tous les vaisseaux qui approchaient. Au-delà, s'ouvrait une région d'étoiles noires, habitée par des peuples inclassables qui ne valaient guère mieux que des pirates. Plus loin encore, s'étendaient des régions inexplorées et par conséquent dangereuses.

Les mécanos avaient terminé. Lanarck remonta dans l'astronef. Le diaphragme de sortie s'ouvrit ; il enfila son appareil à l'intérieur, descendit la piste et plongea dans l'espace.

Une lente semaine suivit, où la distance était annihilée. L'empire de la Terre fuyait à l'arrière : un petit amas d'étoiles. Sur un côté, le Système clantlalien brillait de plus en plus et, au passage, les sphères spatiales clantlaliennes tentèrent de rattraper Lanarck. Il mit en action la batterie de génératrices de secours et propulsa l'appareil loin en avant. Un jour, Lanarck le savait, il se faufilerait derrière les chiens de garde pour atteindre la planète-mère près des soleils rouges jumeaux et découvrirait quel était le secret défendu aussi âprement. Mais, aujourd'hui, il avait le détecteur centré sur le cadran et, jour après jour, les signaux de sa proie ne cessaient de croître.

Ils traversèrent la ceinture d'étoiles noires infestée de hors-la-loi pour pénétrer dans une région de l'espace connue uniquement par des contes glissés par des renégats clantlaliens imbibés d'alcool... histoires de planètes couvertes de ruines impressionnantes, légendes d'un astéroïde jonché d'un millier d'astronefs naufragés. D'autres mythes étaient encore plus incroyables. Un dragon qui broyait les vaisseaux spatiaux dans ses mâchoires était censé écumer cette contrée et l'on prétendait aussi que, seul sur une planète désolée, un être quasi-divin créait des mondes selon son bon plaisir.

Les signaux de la cellule de détection crûrent bientôt à un point tel que Lanarck dut ralentir de crainte qu'en dépassant sa proie il ne perde sa radiation. C'est alors qu'Isabel May se mit à virer vers les systèmes stellaires qui passaient comme des lucioles, comme si elle cherchait un point de repère. Et les signaux du détecteur ne cessaient de croître.

Une étoile jaune brillait de plus en plus fort devant eux. Lanarck savait que l'appareil d'Isabel May était tout près. Il la suivit dans le système de cette étoile jaune et détecta le sillage conduisant à l'unique planète. Bientôt, comme la planète se transformait en globe devant lui, les signaux cessèrent totalement.

L'atmosphère élevée et claire freina le mouvement de l'astronef de Lanarck. Sous lui, c'était un paysage brun grisâtre brûlé par le soleil. Au télescope, la surface paraissait uniformément rocailleuse et plate. Des nuages de poussière indiquaient la présence de vents en hauteur.

Il n'éprouva aucune difficulté à retrouver le vaisseau d'Isabel May. Dans le champ de son télescope se trouvait un bâtiment cubique blanc : seul point de repère visible d'un horizon à l'autre. A côté de l'édifice était posé l'appareil argenté d'Isabel May. Lanarck effectua un large virage pour atterrir, s'attendant à demi à un éclair de son faisceau. Le sas de l'astronef était ouvert, mais elle n'apparut point quand il se posa à côté sur sa quille d'urgence.

L'air était respirable, découvrit-il. Il mit son faisceau à la ceinture et sortit sur le sol rocheux. Les rafales brûlantes le fouettèrent, lui frappant le visage, lui arrachant des larmes. Des cailloux emportés par le vent rebondissaient sur le sol et lui frappaient les jambes. La lumière du soleil lui brûlait les épaules.

Lanarck inspecta le terrain et ne découvrit aucun signe de vie, soit dans la bâtisse blanche, soit dans l'astronef d'Isabel May. Ce paysage s'étendait à perte de vue, nu, poussiéreux et baigné par le soleil. Lanarck considéra l'édifice blanc. Elle devait se trouver à l'intérieur. C'était la fin de la chasse qui lui avait fait traverser la galaxie.

DEUX

Lanarck fit le tour du bâtiment. Côté sous le vent, il trouva une voûte basse et sombre. De l'intérieur montait l'odeur lourde de la vie : une senteur mi-animale, mi-reptilienne. Il s'approcha de l'entrée, son faisceau prêt à entrer en action.

Il lança :

— Isabel May!

Il tendit l'oreille. Le vent sifflait aux coins du bâtiment; des graviers passaient en grinçant, balayant l'interminable désert ébloui de soleil. Aucun autre bruit.

Une voix sonore pénétra son cerveau.

— Celle que tu cherches est partie.

Lanarck resta pétrifié.

— Tu peux entrer, Terrien. Nous ne sommes pas ennemis.

La voûte était sombre devant lui. Pas à pas, il avança. Après l'éclat du soleil blanc, la pénombre de la salle ressemblait à une nuit sans lune. Lanarck cligna les yeux.

Lentement, les objets autour de lui adoptèrent une forme. Deux yeux énormes perçaient l'ombre ; derrière se trouvait une fabuleuse masse en dôme. Une pensée surgit dans l'esprit de Lanarck.

— Tu es agité sans nécessité. Il n'y aura ici aucun risque de violence.

Lanarck se détendit, se sentant légèrement réduit à quia. La télépathie n'était pas fréquemment pratiquée sur Terre. Les messages de la créature arrivaient comme une voix paradoxalement silencieuse, mais il ne savait absolument pas comment faire pour émettre ses propres messages. Il fit une expérience.

— Où est Isabel May?

— En un lieu qui t'est inaccessible.

— Comment est-elle partie ? Son astronef est à l'extérieur et elle a atterri il y a une demi-heure seulement.

— Je l'ai envoyée ailleurs.

Le faisceau à la main, Lanarck fouilla le bâtiment. La jeune fille resta introuvable. Saisi par une soudaine peur, il courut jusqu'à l'entrée et regarda à l'extérieur. Les deux appareils étaient ainsi qu'il les avait laissés. Il remit le faisceau dans son étui et se tourna vers le léviathan chez qui il percevait un amusement bienveillant.

— Fort bien, donc... qui es-tu et où est Isabel May?

— Je suis Laoomé, lui fut-il répondu. Laoomé, jadis Tiers de Narfilhet... Laoomé le Penseur de Mondes, le Sage Ultime du Cinquième Univers... Quant à la fille, je l'ai placée, à sa demande, sur un monde agréable mais inaccessible dont je suis le créateur.

Lanarck restait perplexe.

— Regarde ! lui dit Laoomé.

L'espace vibra devant les yeux de Lanarck. Une

ouverture sombre apparut en plein air. Lanarck regarda à travers et distingua, accrochée apparemment à un mètre seulement de ses yeux, une sphère chatoyante... un monde miniature. Sous son regard, il grossit pour devenir de la taille d'un petit ballon.

Ses horizons s'évanouirent au-delà des confins de l'ouverture. Des continents et des océans prirent forme, tachetés de volutes nuageuses. Les calottes polaires brillaient d'un blanc bleuté à la lumière d'un soleil invisible. Pourtant, tout le temps, ce monde paraissait n'être qu'à un mètre de lui. Une plaine apparut, bordée de montagnes noires et pointues. La couleur de la plaine, d'un ocre roux, il ne tarda pas à le voir, était due à un tapis forestier au feuillage roussâtre. L'agrandissement cessa.

Le Penseur de Mondes parla :

— Ce que tu vois devant toi est une matière aussi réelle et tangible que toi-même. Je l'ai créée grâce à mon esprit. Tant que je ne l'aurai pas dissoute de la même manière, elle existera. Tends la main et touche ce monde.

Lanarck s'exécuta. Il était bel et bien à un mètre de son visage et la forêt rousse s'écrasa comme une mousse sèche sous le bout de ses doigts.

— Tu viens de détruire un village, commenta Laoomé, qui fit encore grandir la planète à une vitesse impressionnante, jusqu'à ce que Lanarck se trouve à trente mètres au-dessus de la surface. Il contemplait la dévastation que son contact avait provoquée un instant auparavant. Les arbres, bien plus gros qu'il ne l'avait supposé, avec des troncs de neuf ou dix mètres de diamètre, étaient à terre, fracassés. Les ruines de huttes grossières étaient visibles, et il en sortait des appels et des cris de douleurs, à peine audibles aux oreilles de Lanarck. Des corps d'hommes et de femmes gisaient çà et là, écrasés. D'autres fouillaient frénétiquement les décombres.

Lanarck regardait, incrédule.

— Il y a de la vie ! Des hommes !

— Sans vie, un monde est sans intérêt, une boule de roche. J'utilise fréquemment les hommes tels que toi.

Vous disposez d'une gamme très étendue d'émotions et d'initiatives, une grande flexibilité face aux milieux variés que j'introduis.

Lanarck fixa le bout de ses doigts, puis le village en ruines.

— Sont-ils vraiment vivants?

— Certainement. Et tu découvrirais, si tu venais à converser avec l'un d'eux, qu'ils possèdent un sens de l'histoire, un héritage racial de leurs traditions et une culture bien adaptée à leur environnement.

— Mais comment un seul cerveau peut-il concevoir les détails d'un monde? Les feuilles de chaque arbre, les traits de chaque homme...

— Cela serait fort ennuyeux, acquiesça Laoomé. Mon esprit ne conçoit qu'au sens large, introduit les racines déterminées dans les équations hypostatiques. Les détails évoluent ensuite automatiquement.

— Tu m'as laissé détruire une centaine de ces... hommes.

Des tentacules curieux sondèrent son esprit. Lanarck perçut l'amusement de Laoomé.

— Cette idée te répugne? En un instant je puis dissoudre ce monde... Mais si tu le préfères, je puis le restaurer. Regarde!

Immédiatement, la forêt fut intacte, le village à nouveau normal, paisible dans sa petite clairière.

Lanarck prit soudain conscience d'une curieuse raideur dans le rapport qu'il avait établi avec le Penseur de Mondes. Il regarda derrière lui et se rendit compte que les grands yeux étaient devenus vitreux, que le terrible corps noir était agité de tressauts et de secousses. Et la planète de rêve de Laoomé se transformait. Lanarck se pencha en avant, fasciné. Les nobles arbres roux étaient devenus des tiges grises pourries qui oscillaient comme des ivrognes. D'autres s'écroulaient et se repliaient comme des colonnes de papier mâché.

Sur le sol, des boules de vase noire roulaient en tous sens, poursuivant avec une énergie vicieuse les villageois qui s'enfuyaient en tous sens, terrorisés.

Des cieux tombait une pluie de flammes. Les villageois furent tués, mais les créatures de vase noire ne semblaient que douloureusement blessées. Aveuglées, elles s'agitaient en tous sens, s'enfouissaient furieusement dans le sol ondulant pour échapper aux impacts. Plus soudainement qu'il n'avait été créé, le monde s'évanouit. Lanarck arracha son regard de l'endroit où il s'était trouvé. Il tourna la tête et découvrit Laoomé comme auparavant.

— Ne sois pas inquiet. (La pensée était venue calmement.) Ma crise est terminée. Elle ne se produit que rarement ; pour quelle raison, je l'ignore. J'imagine que mon cerveau, sous la pression de pensées exactes, se détend grâce à des spasmes réflexes. Ce n'était qu'une attaque mineure. Le monde sur lequel je me concentre est habituellement totalement détruit.

Le flot de mots silencieux s'interrompit à nouveau brutalement. Des instants s'écoulèrent. Puis les pensées se déversèrent à nouveau dans le cerveau de Lanarck.

— Je vais te montrer une autre planète... l'une des plus intéressantes que j'aie jamais conçues. Il y a presque un million d'années terrestres que je la développe dans mon esprit.

L'espace devant Lanarck frissonna. Dans le vide imaginaire était suspendue une nouvelle planète. Comme avant, elle grossit pour que les traits géographiques adoptent une perspective normale. De près de seize cents mètres de diamètre, ce monde était divisé à l'équateur par une ceinture de désert sablonneux. A l'un des pôles miroitait un lac, à l'autre poussait une jungle de végétation luxuriante.

De cette jungle qu'observait alors Lanarck rampa une forme semi-humaine. Un travesti d'humanité, le visage long, sans menton et furtif, des yeux vifs en trous de vrilles. Les jambes étaient bizarrement longues : les épaules et les bras étaient sous-développés. Il rôda un moment à la limite du désert, marqua un temps d'arrêt, regarda prudemment dans les deux sens, puis commença une course folle à travers le sable pour rejoindre le lac.

A mi-chemin, on entendit un terrible grondement. De l'horizon proche jaillit un monstre semblable à un dragon. Avec une vitesse affolante, il poursuivit l'humanoïde, qui le distança et atteignit la limite du désert avec soixante mètres d'avance. Quand le dragon parvint à la limite du secteur sablonneux, il fit halte et beugla une note inquiétante et lugubre qui fit froid dans le dos de Lanarck. Nonchalamment, l'humanoïde rejoignit alors le lac en trottinant, se jeta à plat ventre et but longuement.

— Une expérience dans le domaine de l'évolution, lui expliqua Laoomé. Il y a un million d'années, ces créatures étaient des hommes comme toi. Ce monde est bizarrement conçu. A une extrémité se trouve la nourriture, à l'autre la boisson. Afin de survivre, les « hommes » doivent traverser le désert presque tous les jours. Le dragon ne peut quitter le désert en raison de barrières actiniques. Si les hommes parviennent à traverser le désert, ils sont donc en sécurité.

« Tu as pu voir combien ils se sont admirablement adaptés à leur environnement. Les femmes sont particulièrement agiles, car elles se sont ajustées au handicap que constituent leurs petits. Tôt ou tard, naturellement, l'âge les rattrape et leur vitesse décroît graduellement jusqu'à ce qu'ils se fassent attraper et dévorer.

« Une curieuse religion et des tabous se sont instaurés. Je suis adoré comme dieu primitif de la Vie et Shilal, ainsi qu'ils appellent le dragon, naturellement, est la déité de la Mort. Bien entendu, il constitue le souci fondamental de leur vie et affecte toutes leurs pensées. Ils sont proches des élémentaires, ces gens-là. La nourriture, la boisson et la mort s'entrelacent pour eux en un concept presque unique.

« Ils ne peuvent construire d'armes métalliques contre Shilal, car leur monde ne possède pas de minerais appropriés. Jadis, il y a cent mille ans, l'un de leurs chefs élabora une catapulte gigantesque qui devait projeter contre Shilal un tronc d'arbre taillé en pointe. Malheureusement, les fibres de la corde de tension se brisèrent et le chef fut tué par le recul. Leurs prêtres interprétèrent cela comme un signe et...

« Regarde, là! Shilal attrape une vieille femme épuisée et trempée qui essaie de retourner à la jungle!

Lanarck assista à l'impressionnante déglutition de la bête.

— Ainsi fut créé un tabou et aucune arme ne fut plus jamais construite.

— Mais pourquoi avoir soumis ces pauvres gens à un million d'années d'existence misérable? demanda Lanarck.

Laoomé eut un haussement d'épaules mental.

— Je suis juste et en vérité je suis également bienveillant. Ces hommes m'adorent comme un dieu. Sur une certaine éminence, qu'ils considèrent sacrée, ils apportent leurs malades et leurs blessés. Là, si l'envie m'en prend, je leur rends la santé. En ce qui concerne leur existence, ils apprécient la longueur de leur vie tout autant que toi.

— Pourtant, en créant ces mondes, tu es responsable du bonheur de leurs habitants. Si tu étais véritablement bienveillant, pourquoi permettrais-tu qu'existent maladie et terreur?

Laoomé eut son nouveau haussement d'épaules mental.

— Je pourrais dire que j'utilise notre propre univers comme modèle. Peut-être existe-t-il un autre Laoomé qui rêve les mondes sur lesquels nous vivons nous-mêmes. Quand un homme meurt de maladie, la bactérie survit. La dragon vit en mangeant l'homme. Quand l'homme mange, plantes et animaux meurent.

Lanarck resta coi, empêchant soigneusement ses pensées de s'élever jusqu'à la surface de son esprit.

— Je crois comprendre qu'Isabel May ne se trouve sur aucune de ces planètes?

— C'est exact.

— Je te demande de me permettre de communiquer avec elle.

— Mais je l'ai mise sur cet autre monde précisément pour éviter qu'on se livre sur elle à des voies de fait.

— Je crois qu'elle a tout à gagner à entendre ce que j'ai à lui dire.

— Fort bien. Il n'est que justice que je t'accorde les mêmes possibilités qu'à elle. Tu pourras te rendre sur ce monde. Souviens-toi toutefois que c'est à tes risques et périls, tout comme pour Isabel May. Si tu venais à périr sur Markavvel, tu serais aussi complètement mort que sur Terre. Je ne puis remplacer la Destinée pour influencer l'une ou l'autre de vos vies.

Il y eut un hiatus dans les pensées de Laoomé, un tourbillon d'idées trop rapides pour que Lanarck puisse les saisir. Enfin, les yeux de Laoomé se fixèrent à nouveau sur lui. Un instant de faiblesse quand Lanarck sentit une connaissance introduite en lui de force.

Tandis que Laoomé le considérait en silence, Lanarck se prit à penser que son corps, gros dôme de chair noir, était singulièrement inadapté à la vie sur la planète où il habitait.

— Tu as raison, lui dit la pensée de Laoomé. Je suis venu d'un Au-delà qui t'est inconnu, banni de la sombre planète Narfilhet, dans les eaux noires et insondables de laquelle je nageais. C'était il y a bien longtemps, mais même à présent je ne puis y retourner.

Laoomé replongea dans son introspection.

Lanarck s'agita nerveusement. A l'extérieur, le vent fouettait la bâtisse. Laoomé gardait le silence, rêvant peut-être aux sombres océans de l'antique Narfilhet. Lanarck lança impatiemment une pensée :

— Comment puis-je atteindre Markavvel?

Laoomé se força à revenir au présent. Ses yeux se posèrent sur un point à côté de Lanarck. L'ouverture qui conduisait dans ses divers espaces imaginaires était maintenant creusée pour la troisième fois. A une légère distance dans le vide, un astronef dérivait. Les yeux de Lanarck s'étrécirent sous l'effet d'un intérêt soudain.

— C'est un 45-G... mon propre appareil! s'exclama-t-il.

— Non, ce n'est pas le tien. C'en est un qui lui est semblable. Le tien est encore dehors.

L'appareil s'approcha et finit par flotter à portée de main.

— Grimpe dedans, dit Laoomé. A l'heure actuelle, Isabel May se trouve dans la cité située à la pointe supérieure du continent triangulaire.

— Mais comment reviendrai-je?

— Tu pointeras ton vaisseau vers l'étoile visible la plus brillante quand tu quitteras Markavvel. Tu briseras alors les dimensions mentales donnant sur cet univers-ci.

Lanarck tendit le bras dans l'univers imaginaire et rapprocha l'astronef imaginé jusqu'à l'ouverture. Il ouvrit le sas et entra tout doucement dedans tandis que le touchaient les pensées d'adieu de Laoomé.

— Si tu es en péril, je ne pourrai modifier le cours naturel des événements. D'un autre côté, je ne placerai pas intentionnellement de dangers sur ta route. Si tu en rencontres, cela sera dû au seul hasard.

TROIS

Lanarck claqua la porte du sas, s'attendant à demi que le vaisseau se dissolve sous ses pieds. Mais il était assez solide. Il regarda en arrière. Le trou donnant sur son propre univers avait disparu, remplacé par une étoile d'un bleu éclatant. Il se trouvait dans l'espace. En dessous, scintillait le disque de Markavvel, fort semblable aux autres planètes qu'il avait approchées à partir du vide. Il tira sur la manette et fit basculer le nez de l'appareil. Que les abstractions s'occupent de leurs oignons ! Le vaisseau descendait sur Markavvel.

La planète semblait assez agréable. Un soleil blanc brûlant était accroché dans l'espace ; des océans bleus recouvraient une grande partie de la surface. Parmi les masses de terre dispersées, il découvrit le continent triangulaire. Il n'était pas très grand. Il comportait des montagnes avec des pentes couvertes de forêts vertes et un plateau central : panorama assez terrestre... et Lanarck n'eut pas l'impression étrangère donnée par la plupart des planètes.

Lanarck, à l'aide de son télescope, découvrit la ville, étalée et blanche, à l'embouchure d'un large fleuve. Il poussa son appareil dans la stratosphère, puis ralentit et descendit à une cinquantaine de kilomètres en mer. Frôlant à peine les vagues bleues qui étincelaient, il vola en direction de la ville.

A quelques kilomètres à gauche, une île élevait ses falaises de basalte contre l'océan. Sous ses yeux, un objet noir flottait sur la crête d'une lame. Au bout d'un instant, il disparut dans le creux : un radeau déglingué.

Dessus, une fille aux cheveux dorés luttait désespérément contre des créatures marines qui cherchaient à monter à bord.

Lanarck fit descendre le vaisseau dans les eaux à côté du radeau. L'éclaboussure qu'il produisit renversa le radeau sur la fille.

Lanarck se glissa par le sas et plongea dans l'eau vert clair. Il n'y aperçut que des silhouettes sous-humaines qui s'enfonçaient, à peine distinctes. Il remonta à la surface et rejoignit le radeau à la nage, plongea, se saisit de la forme molle de la jeune fille et la remonta à l'air libre.

Un instant, il resta accroché au radeau pour reprendre son souffle tandis qu'il maintenait la tête de la fille bien au-dessus de l'eau. Il perçut le retour des créatures sous-marines. Des formes sombres s'élevaient dans l'ombre du radeau et une main aux longs doigts poisseux se referma sur sa cheville. Il donna un coup de pied et sentit son pied qui heurtait quelque chose ressemblant à un visage. D'autres formes montaient des profondeurs. Lanarck mesura la distance qui le séparait de son astronef. Une douzaine de mètres. Trop loin. Il grimpa sur le radeau et tira la fille derrière lui. Il se mit en extension pour récupérer la pagaie et se prépara à frapper la première créature marine qui sortirait de l'eau. Mais elles se contentèrent toutes d'effectuer des cercles incessants six mètres plus bas.

Le plat de la pagaie étant cassé, Lanarck ne pouvait déplacer la masse du radeau. Cependant, la brise poussait l'astronef encore plus loin. Lanarck fit encore quinze minutes d'efforts en brassant les eaux grâce à la pagaie fendue, mais l'espace ne fit que s'accroître. Écœuré, il jeta l'instrument et se tourna vers la jeune fille qui, assise en tailleur, le considérait songeusement. Sans raison apparente, Lanarck songea à Laoomé dans la pénombre de son édifice blanc sur le monde venteux. Tout ceci, songea-t-il, son regard passant de la fille aux yeux clairs, à la mer ondulante éclairée par le soleil et aux hautes terres du continent devant lui, était une idée dans le cerveau de Laoomé.

Il regarda de nouveau la fille. Sa chevelure éclatante,

blonde comme les blés, frisait en boucles autour de sa tête, produisant, de l'avis de Lanarck, un effet des plus agréables. Elle lui retourna un moment son regard, puis, avec une grâce féline, se leva.

Elle parla à Lanarck qui, à sa grande surprise, découvrit qu'il la comprenait. Puis il se rappela les manipulations effectuées par Laoomé sur son cerveau : extraction d'idées, modification et insertion de concepts nouveaux ; et sa surprise s'atténua.

— Merci de ton aide, dit-elle. Mais nous nous trouvons désormais tous les deux dans la même mauvaise passe.

Lanarck resta coi. Il s'agenouilla et commença à ôter ses bottes.

— Que vas-tu faire ?

— Nager, répondit-il.

Le nouveau langage lui semblait totalement naturel.

— Le peuple des Profondeurs te fera couler avant que tu aies parcouru dix mètres.

Elle tendit le bras vers l'eau, qui grouillait de formes sombres en train de tourner. Lanarck sut qu'elle disait vrai.

— Tu es aussi de la Terre ? demanda-t-elle en l'inspectant soigneusement.

— Oui. Qui es-tu et que sais-tu de la Terre ?

— Je suis Djiro de Gahadion, la ville qui est là-bas. La Terre est la patrie d'Isabel May, qui est arrivée dans un vaisseau comme le tien.

— Isabel May est arrivée il y a une heure seulement ! Comment peux-tu la connaître ?

— Une heure ? Elle est ici depuis trois mois !

Cette dernière phrase avait été prononcée avec une légère amertume.

Lanarck se fit la réflexion que Laoomé contrôlait dans son univers le temps aussi arbitrairement que l'espace.

— Comment t'es-tu retrouvée sur ce radeau ?

Elle fit une grimace en direction de l'île.

— Les prêtres sont venus me chercher. Ils vivent sur l'île et enlèvent les gens du continent. Ils m'ont enlevée, mais je me suis évadée la nuit dernière.

Lanarck regarda l'île, puis la ville sur le continent.

— Pourquoi les autorités de Gahadion ne contrôlent-elles pas les prêtres?

Les lèvres de la jeune fille s'arrondirent parfaitement.

— Ce sont les prêtres sacrés du Dieu Suprême Laoomé et ils sont donc tabous.

Lanarck se demanda quel unique processus de l'évolution avait été mis en branle.

— Rares sont ceux qui ont tenté de retourner sur le continent, continua-t-elle. Ceux qui se libèrent, et qui peuvent échapper au peuple des Profondeurs, vivent habituellement dans la brousse. S'ils retournent à Gahadion, ils sont molestés par des fanatiques et parfois recapturés par les prêtres.

Lanarck resta silencieux. Après tout, que lui importait ce que devenaient ces gens? C'étaient des êtres fantasmagoriques, habitant une planète imaginaire. Pourtant, quand il regardait Djiro, le détachement devenait plus facile à envisager qu'à réaliser.

— Isabel May est-elle à Gahadion?

Les lèvres de Djiro se pincèrent.

— Non. Elle habite sur l'île. Elle est la Triple Adepte, la Grande Prêtresse.

Lanarck fut surpris.

— Pourquoi l'ont-ils faite Grande Prêtresse?

— Un mois après son arrivée, le Hiérarque, ayant appris l'existence de la femme aux cheveux couleur de nuit comme les tiens, essaya de l'emmener en esclavage à Dreftéli, l'Ile Sacrée. Elle le tua avec son arme. Puis, comme les éclairs de Laoomé ne la consumèrent point, l'on sut que Laoomé approuvait, et elle fut faite Grande Prêtresse en lieu et place du Hiérarque abattu.

Une telle philosophie, songea Lanarck, eût parût naïve sur Terre, où les dieux étaient plus discrets dans leur supervision des affaires humaines.

— Isabel May est-elle une amie à toi... ou ta maîtresse? demanda doucement Djiro.

— Loin de là.

— Que lui veux-tu donc?

— Je suis venu la ramener sur Terre. (Il considéra avec inquiétude l'espace croissant entre le radeau et son astronef.) Du moins, c'était mon intention.

— Tu ne tarderas pas à la voir, annonça Djiro. (Elle désigna une longue galère noire qui venait de quitter l'île.) Les Ordonnés. Je suis de nouveau esclave.

— Pas encore, dit Lanarck en palpant la forme de son faisceau.

La galère, propulsée par la force de vingt longues rames, fondait sur eux. Sur le gaillard d'arrière se tenait une jeune femme, les cheveux noirs au vent. Comme ses cheveux devenaient distincts, Lanarck reconnut le visage de la photographie de Cardale, désormais serein et confiant.

Isabel May regardait les deux naufragés sur le radeau et l'astronef qui surnageait à quatre cents mètres de là et elle parut éclater de rire. La galère, dirigée par des hommes de haute taille aux cheveux dorés, aborda le radeau.

— Le Contre-espionnage terrestre me rend donc visite? (Elle parlait en anglais.) Comment vous m'avez retrouvée, je ne puis le deviner. (Elle considéra avec curiosité le visage sombre de Lanarck.) Comment?

— J'ai suivi votre piste, puis j'ai expliqué la situation à Laoomé.

— Et quelle est la situation, précisément?

— J'aimerais arriver à un compromis qui satisfasse toutes les parties.

— Peu m'importe que je satisfasse quiconque.

— C'est compréhensible.

Ils s'étudièrent mutuellement. Isabel May demanda soudain :

— Comment vous appelez-vous?

— Lanarck.

— Lanarck tout court? Pas de prénom?

— Lanarck suffit.

— Comme vous voudrez. Je ne sais vraiment pas que faire de vous. Je n'ai aucun désir de vengeance et je ne veux pas handicaper votre carrière. Mais vous transporter jusqu'à votre astronef serait un peu donquichottesque. Je suis bien ici et je n'ai pas la moindre intention de vous remettre mes biens.

Lanarck tendit la main vers son faisceau.

Elle le regarda sans la moindre émotion.

— Les faisceaux humides ne fonctionnent pas très bien.

— Celui-ci est une exception.

Lanarck fit exploser la figure de proue de la galère.

L'expression d'Isabel May changea soudain.

— Je vois que je suis dans l'erreur. Comment avez-vous fait ?

— C'est un procédé personnel, répondit Lanarck. Je vais maintenant vous demander de me conduire jusqu'à mon astronef.

Isabel May le fixa un moment et dans ses yeux bleus Lanarck décela quelque chose de familier. Où avait-il vu des yeux avec cette expression ? Sur Fan, la Planète des Plaisirs ? Dans les Bosquets magiques de Hycithil ? Durant les incursions contre les enclos d'esclaves de Starlen ? Dans la macropode de Tran, sur Terre même ?

Elle se retourna et marmotta quelque chose à son contremaître, un géant bronzé dont les cheveux dorés étaient retenus en arrière par un bandeau de cuivre. Il s'inclina et s'écarta.

— Très bien, dit Isabel May. Montez à bord.

Djiro et Lanarck escaladèrent le plat-bord sculpté. La galère filait vers l'avant, créant un sillage d'écume blanche.

Isabel May porta son attention vers Djiro, qui considérait avec désespérance l'île de Dreftéli.

— Vous allez vite pour vous faire des amies. Elle est très belle. Quels sont vos plans la concernant ?

— C'est une de vos esclaves en fuite. Je n'ai aucun plan. Cet endroit appartient à Laoomé ; c'est lui qui élabore des plans. La seule chose qui m'intéresse, c'est de vous ramener sur Terre ; ou alors de récupérer le document que vous avez emporté, si vous tenez à rester ici.

— Navrée. Le document reste chez moi. Je ne l'ai pas sur moi, alors inutile d'essayer de me fouiller.

— Voilà qui semble bien catégorique. Vous savez ce que contient ce document ?

— Plus ou moins. C'est une sorte de chèque en blanc sur la richesse de la Terre.

— Excellente définition. Si j'ai bien compris cette

triste affaire, vous vous êtes mise en colère devant le traitement accordé à votre père?

— Définition très insuffisante.

— L'argent aiderait-il à apaiser votre colère?

— Je ne veux pas d'argent. Je veux me venger. Je veux enfoncer des têtes dans la boue ; je veux donner des coups de pieds à certaines personnes et leur rendre la vie infernale.

— Ne reniez tout de même pas l'argent. C'est chouette d'être riche. Vous avez toute votre vie devant vous. Je ne crois pas que vous voudrez la passer ici, à l'intérieur de la tête de Laoomé.

— C'est vrai.

— Donnez-moi donc un chiffre.

— Je ne peux chiffrer la colère et le chagrin en dollars.

— Pourquoi pas? Un million? Dix millions? Cent millions?

— Arrêtez. Je ne sais pas compter plus loin.

— C'est votre chiffre.

— A quoi me servira l'argent? On me reconduira au Nevada.

— Non. Je m'en porte personnellement garant.

— Absurde. Je ne sais rien de vous.

— Nous pourrons y remédier pendant le retour.

Isabel May déclara :

— Lanarck, vous êtes très persuasif. Si vous voulez savoir la vérité, j'ai le mal du pays.

Elle se détourna et contempla l'océan. Lanarck l'observa. Elle était indéniablement séduisante et il trouva difficile d'arracher son regard. Mais, en s'asseyant sur le banc à côté de Djiro, il éprouva une émotion différente, plus forte. Cela l'irrita et il s'efforça de la repousser.

QUATRE

Barbotant dans la houle, l'astronef se trouvait juste devant. La galère fendait l'eau à toute allure et les rameurs ne ralentirent pas en approchant. Les yeux de

Lanarck se plissèrent ; il bondit et hurla des ordres. La galère continua de filer tout droit et écrasa l'astronef sous sa proue blindée. L'eau se précipita dans le sas ouvert ; l'appareil frémit et sombra, ombre noire plongeant dans les profondeurs vertes.

— Dommage, fit remarquer Isabel. D'un autre côté, cela nous met à égalité. Vous avez un faisceau, j'ai un astronef.

Lanarck s'assit sans mot dire. Au bout d'un moment, il demanda :

— Où est votre faisceau ?

— Je l'ai fait exploser en essayant de le recharger avec les génératrices de l'astronef.

— Et où est votre astronef ?

Isabel éclata de rire.

— Vous vous attendez à ce que je vous le dise ?

— Pourquoi pas ? Je ne risque pas de vous abandonner ici.

— Malgré tout, je ne crois pas que je vous le dirai.

Lanarck se tourna vers Djiro.

— Où est l'astronef d'Isabel May.

Isabel parla d'une voix hautaine :

— En tant que Grande Prêtresse du Tout-puissant Laoomé, je t'ordonne de garder le silence !

Djiro regarda l'un, puis l'autre. Elle se décida.

— Il est sur la grand-place du Temple de Malachite à Gahadion.

Isabel resta coite.

— Laoomé est en train de s'amuser, dit-elle enfin. Djiro s'est entichée de vous. Vous vous intéressez manifestement à elle.

— Laoomé ne doit pas s'en mêler.

Elle eut un rire amer.

— C'est ce qu'il m'avait dit... et regardez-moi ça ! Je suis Grande Prêtresse. Il m'avait dit également qu'il ne laisserait personne atterrir sur Markavvel pour se livrer sur moi à des voies de fait. Mais vous êtes ici !

— Je n'ai pas l'intention de me livrer sur vous à des voies de fait, dit sèchement Lanarck. Nous pouvons aussi facilement être amis qu'ennemis.

— Je n'ai pas envie de devenir une de vos amies. Et

comme ennemi vous ne représentez pas un problème insurmontable. Allez ! lança Isabel comme approchait le grand contremaître.

L'homme se précipita sur Lanarck. Lanarck se tordit, se débattit, poussa, et le solide gaillard blond s'étala dans les petits fonds, où il resta assommé.

Une main douce caressa la cuisse de Lanarck. Il regarda derrière lui en lissant ses cheveux noirs humides et vit Isabel May qui lui souriait largement. Elle avait au bout des doigts le faisceau de Lanarck.

Djiro se leva du banc. Avant qu'Isabel ait pu réagir, Djiro lui avait fourré la main dans le visage et, de l'autre, avait saisi le faisceau. Elle braqua l'arme sur Isabel.

— Asseyez-vous, dit Djiro.

Pleurant de rage, Isabel retomba sur le banc.

Djiro, son visage juvénile empourpré et joyeux, recula contre le banc de nage, le faisceau levé.

Lanarck ne bougeait pas.

— Je prends le commandement, à présent. Toi... Isabel ! Dis à tes hommes de ramer en direction de Gahadion !

Maussade, Isabel s'exécuta. La longue galère noire tourna sa proue vers la ville.

— C'est peut-être un sacrilège, fit remarquer Djiro à Lanarck. Mais j'étais déjà condamnée après m'être évadée de Dreftéli.

— Qu'as-tu l'intention de faire, dans ta nouvelle position ? lui demanda Lanarck en se rapprochant légèrement.

— Primo, me servir de cette arme contre quiconque s'imagine pouvoir me l'arracher. (Lanarck recula doucement.) Ensuite... mais vous ne tarderez pas à voir.

Gahadion aux blancs gradins se rapprochait rapidement.

Isabel boudait sur le banc. Lanarck n'avait guère d'autre choix que de laisser les événements suivre leur cours naturel. Il se détendit contre un banc de nage en regardant Djiro du coin de l'œil. Elle se tenait droite derrière le banc où était assise Isabel, ses yeux clairs sondant les étincelles bondissantes de l'océan. La brise rabattait ses cheveux vers l'avant et collait la tunique contre son corps mince. Lanarck poussa un long soupir. Cette fille aux cheveux blonds comme les blés était irréelle. Elle s'évanouirait dès que Laoomé se désintéresserait de la planète Markavvel. Elle était moins qu'une ombre, moins qu'un mirage, moins qu'un rêve. Lanarck regarda ensuite Isabel, la fille de la Terre, qui le foudroyait de ses yeux maussades. Elle était assez réelle.

Ils remontèrent l'embouchure du fleuve jusqu'aux quais blancs de Gahadion. Lanarck se leva. Il parcourut la ville du regard, examina sur le quai les gens vêtus de tuniques blanches, rouges et bleues, puis il se tourna vers Djiro.

— Il me faut cette arme, à présent.

— Recule, ou bien je...

Lanarck lui prit l'arme sans effort tandis qu'Isabel regardait avec un amusement amer.

Un grondement sourd, semblable au pouls d'un cœur gigantesque, retentit dans les cieux. Lanarck pencha la tête et tendit l'oreille. Il scruta le ciel. A l'horizon apparut un nuage étrange, tel une bande de métal blanc, qui se gonflait au rythme des palpitations célestes. Il s'allongea à une vitesse miraculeuse et finit par encercler les quatre points cardinaux. La palpitation était devenue un vaste borborygme. L'air lui-même semblait pesant, de mauvais augure. Une terrible idée frappa Lanarck. Il se tourna et hurla aux rameurs frappés de terreur qui laissaient dériver leurs avirons dans le fleuve :

— Vite... aux quais!

Ils bondirent sur leurs rames et, sous leur frénésie, la galère se remit à filer. L'eau du fleuve était devenue huileuse, lisse, presque sirupeuse. Le bateau se rapprocha du quai. Lanarck sentait Isabel terrifiée d'un côté, et Djiro de l'autre.

— Que se passe-t-il? chuchota Isabel.

Lanarck observa le ciel. La bande nuageuse de métal brillant frissonna et se sépara en une autre qui ondulait et bondissait juste au-dessus.

— J'espère me tromper, mais je soupçonne Laoomé d'être en train de devenir fou. Regardez nos ombres!

Il se tourna pour regarder le soleil, qui s'agitait comme un insecte à l'agonie, effectuant des cercles sans but. Ses peurs les plus graves se réalisaient.

— C'est impossible ! s'écria Isabel. Que va-t-il se passer ?

— Rien de bon.

La galère heurta un quai. Lanarck aida Isabel et Djiro à monter sur le quai, puis les suivit.

Des masses paniquées de gens aux cheveux dorés tournaient en rond dans l'avenue.

— Conduisez-moi à l'astronef !

Lanarck devait crier pour se faire entendre dans le tumulte de la ville. Son esprit se figea dans une pensée : qu'allait-il arriver à Djiro ?

Il repoussa cette pensée. Isabel le tira en insistant.

— Venez, dépêchez-vous !

Il prit la main de Djiro et suivit Isabel qui courait vers le temple au portique noir à l'autre bout de l'avenue.

Une constriction tordit l'air : il tomba une pluie de globules rouges et chauds : de petites méduses écarlates qui piquaient la peau nue comme des orties. Le vacarme de la ville atteignit un point d'hystérie. Les plasmas augmentèrent et finirent par devenir un nuage de vase rose qui sourdait à présent du sol jusqu'aux chevilles.

Isabel trébucha et s'affala dans la masse dangereuse. Elle se débattit et Lanarck l'aida à se relever.

Ils continuèrent à courir vers le temple, Lanarck soutenant les deux filles et gardant un œil inquiet sur les édifices de part et d'autre.

L'averse de créatures rouges cessa, mais les rues continuaient d'être envahies par le liquide.

Le ciel changeait de couleur... mais quelle couleur ? Elle n'avait de place dans aucun spectre. C'était une couleur que seul pouvait concevoir un dieu fou.

La vase rouge se recroquevilla et se dispersa comme du vif-argent, se transformant en un instant en des millions et des millions de mannequins bleu vif hauts de huit centimètres. Ils couraient, bondissaient, décampaient ; les rues n'étaient plus qu'un tapis bleu tremblant d'homoncules au visage vacant. Ils s'accrochaient aux vêtements de Lanarck, ils lui montaient aux jambes comme des souris. Il les écrasait, indifférent à leurs glapissements.

Le soleil, agité de petits mouvements spasmodiques,

perdait son éclat, devenait aplati. Des stries le parcouraient et, comme la population abasourdie de Gahadion se calmait sous l'effet d'une crainte révérencielle, le soleil se transforma en une limace blanche à anneaux, aussi longue que cinq soleils, aussi large qu'un seul. Elle se tordit la tête et baissa les yeux sur Markkavel à travers le ciel à la couleur étrange.

En délire, les Gahadionites se ruèrent dans les larges avenues. Lanarck et les deux filles furent presque écrasés quand ils voulurent traverser un croisement.

Sur une placette, ils trouvèrent refuge à côté d'une fontaine de marbre. Lanarck avait atteint un certain état de détachement : une conviction que ce qu'il vivait là était un cauchemar.

Une créature humanoïde bleue se fourra dans ses cheveux. Elle chantait avec un petit baryton très net. Lanarck la déposa sur le sol. Son esprit se calmait. Ce n'était pas un cauchemar; c'était la réalité, si l'on pouvait donner cette interprétation à ce terme ! Vite ! Le flot humain était passé; la route était relativement libre.

— Allons-y !

Il tira les deux filles qui observaient la limace accrochée à travers le ciel.

Comme ils se mettaient en chemin, la métamorphose qu'attendait, et redoutait, Lanarck se produisit. La matière de Gahadion, et de tout Markavvel, se modifia en substance hors nature. Les bâtiments de marbre blanc devinrent carton-pâte et s'affaissèrent sous leur propre poids. Le Temple de Malachite, dôme vertigineux posé sur des piliers de malachite verte, s'écroula et glissa en une masse boueuse. Lanarck pressa les jeunes filles essoufflées de courir plus vite.

Les Gahadionites ne couraient plus; ils n'avaient aucune destination. Ils gardaient les yeux vissés sur le ciel, paralysés par l'horreur. Une voix hurla :

— Laoomé ! Laoomé !

D'autres voix reprirent le cri :

— Laoomé ! Laoomé !

Si Laoomé les entendit, il n'en donna aucune indication.

Lanarck gardait un œil inquiet sur ces gens, redoutant

qu'eux aussi, en tant que créatures de rêve, ne se changent en créatures aberrantes. Car s'ils changeaient, Djiro ferait de même. Pourquoi l'emmener jusqu'à l'astronef? Elle ne pouvait exister en dehors de l'esprit de Laoomé... Mais comment pouvait-il la laisser aller?

La face de Markavvel changeait. Des pyramides noires poussaient dans le sol et, s'allongeant fabuleusement, elles filaient vers le haut pour devenir des flèches noires hautes de plusieurs kilomètres.

Lanarck vit l'astronef, encore en parfait état, produit d'une matière mentale plus durable sans doute que Markavvel même. Des processus terrifiants se déroulaient sous ses pieds, comme si le cœur de la planète était en train de dégénérer. Encore cent mètres avant le vaisseau!

— Plus vite! souffla-t-il aux filles.

Tout en courant, il surveillait les gens de Gahadion. Comme une bise soufflant sur son cerveau, il savait que le changement arrivait. Il ralentit presque le pas de désespoir. Les Gahadionites eux-mêmes le savaient. Ils titubaient sous l'effet de la surprise et de l'incrédulité, contemplant leurs mains, palpant leur visage.

Trop tard! Absurdement, Lanarck avait espéré qu'une fois dans l'espace, loin de Markavvel, Djiro pourrait conserver son identité. Mais c'était trop tard! Un fléau s'était abattu sur les Gahadionites. Ils griffaient leurs visages ratatinés, vacillaient et tombaient, leurs jambes rabougries incapables de les soutenir.

Angoissé, Lanarck sentit l'une des mains qu'il tenait devenir dure et ridée. Comme ses jambes se flétrissaient, il la sentit s'affaler. Il marqua un temps d'arrêt et se retourna pour contempler ce qui avait été Djiro.

Le sol sous ses pieds remua. Autour de lui se tordaient des Gahadionites à l'agonie. Au-dessus, tombant à travers le ciel étrange, arrivait la limace. Des flèches noires dominaient sa tête. Lanarck n'y prêtait aucune attention. Devant lui se trouvait Djiro... une Djiro qui haletait et titubait d'épuisement, mais une Djiro intacte et dorée! Celle qui se tordait sur le pavé de marbre était la créature de rêve qu'il avait connue sous le nom d'Isabel May. Il prit la main de Djiro, se tourna et se dirigea vers l'astronef.

Il poussa péniblement le sas et introduisit Djiro à l'intérieur. Au moment même où il touchait la coque, il se rendit compte que l'astronef changeait lui aussi. Le métal glacial avait acquis une vie palpitante. Lanarck claqua le panneau du sas et, sans se soucier du préchauffage de sécurité, poussa la puissance au maximum.

L'astronef se rua en avant, évitant la forêt d'épines noires scintillantes, hautes de centaines de kilomètres, virant à deux mille kilomètres pour échapper à l'immense limace qui tombait inexorablement vers la surface de Markavvel. Comme le vaisseau s'arrachait à l'attraction de la planète, Lanarck regarda en arrière et vit la limace étalée sur la moitié d'un hémisphère. Elle se tortillait, empalée sur les hautes flèches noires.

Lanarck poussa le vaisseau à toute allure vers l'étoile-balise. Elle brillait, bleue et éclatante, seul objet fixe au firmament. Tout le reste se déversait en flots tumultueux à travers l'espace noir : des grains de poussière qui refluaient dans une mare d'encre.

Lanarck regarda brièvement en direction de Djiro.

— Au moment où j'ai décidé que plus rien ne pouvait me surprendre, Isabel May est morte et toi, Djiro la Gahadionite, tu es en vie.

— Je suis Isabel May. Tu le sais déjà.

— Oui, parce que c'était la seule possibilité.

Il posa la main contre la coque. La sensation métallique impersonnelle était devenue celle d'une vie chaude.

— A présent, si nous échappons à cette folie, ce sera un miracle.

Les changements se produisirent rapidement. Les commandes s'atrophièrent; les hublots s'opacifièrent comme du cartilage. Les moteurs et les tuyauteries devinrent des organes complexes; les parois étaient une chair rose et humide qui palpitait régulièrement. De l'extérieur arrivait un bruit semblable à un battement d'ailes; autour de leurs pieds coulait un liquide sombre. Lanarck, pâle, secoua la tête. Isabel s'appuya contre lui.

— Nous sommes dans l'estomac de... quelque chose.

Isabel ne répondit pas.

Un bruit de bouchon qui saute, un flot de lumière

grise. Lanarck avait guidé correctement le vaisseau ; il avait continué sa course dans l'univers raisonnable où sa destruction était inévitable.

Les deux créatures terrestres se retrouvèrent en train de tituber dans la demeure de Laoomé. Dans un premier temps, ils ne purent appréhender leur délivrance ; la sécurité ne semblait plus qu'un nouveau changement de tableau.

Lanarck recouvra enfin l'équilibre. Il aida Isabel à se relever ; ensemble, ils surveillèrent Laoomé, qui était encore en proie aux spasmes de l'agonie. Des tremblements ondoyants couraient le long de son cuir noir, les yeux en soucoupe étaient vides, vitreux.

— Allons-y ! chuchota Isabel.

Lanarck lui prit le bras sans rien dire : ils sortirent sur la plaine éblouissante fouettée par le vent. Là se tenaient les deux astronefs, comme auparavant. Lanarck guida Isabel jusqu'à son appareil, ouvrit le sas et lui fit signe d'entrer.

— Je reviens dans un instant.

Lanarck verrouilla la manette d'alimentation électrique.

— Pour éviter une nouvelle surprise.

Isabel resta coite.

Il passa à l'astronef dans lequel Isabel May était arrivée et verrouilla le mécanisme de la même manière. Puis il se dirigea vers l'édifice en béton blanc.

Isabel écouta, mais le gémissement du vent couvrait tous les autres bruits. Le grésillement d'un faisceau ? Elle n'en était pas sûre.

Lanarck ressortit du bâtiment. Il grimpa dans le vaisseau et claqua le sas. Ils restèrent assis en silence tandis que les tubes de propulsion chauffaient, et ils ne parlèrent pas davantage quand il enclencha la manette d'alimentation électrique et que le vaisseau s'élança dans le ciel.

Aucun des deux ne parla avant qu'ils soient loin dans l'espace.

Lanarck regarda Isabel.

— Comment connaissais-tu Laoomé ?

— Par mon père. Il y a vingt ans, il avait rendu un

petit service à Laoomé… il avait tué un lézard qui l'ennuyait, ou quelque chose de ce genre.

— Et c'est pour ça que Laoomé t'a protégée en créant la fausse Isabel?

— Oui. Il m'a dit que tu venais me chercher. Il a pris toutes dispositions pour que tu rencontres une fausse Isabel, me laissant ainsi le temps de te jauger à ton insu.

— Pourquoi ne ressembles-tu pas davantage à la photo?

— J'étais furieuse; j'avais pleuré; je grinçais des dents, pratiquement. J'espère bien ne pas vraiment ressembler à ça.

— Et tes cheveux?

— Ils sont décolorés.

— L'autre Isabel connaissait ton identité?

— Je ne crois pas. Non, je sais que non. Laoomé l'avait dotée de mon cerveau avec tous ses souvenirs. Elle était vraiment moi.

Lanarck branla du chef. Là était la source des indices de reconnaissance. Il dit songeusement :

— Elle était très observatrice. Elle disait que toi et moi étions… eh bien, attirés l'un vers l'autre. Je me demande si elle avait raison.

— Je me le demande aussi.

— Nous aurons le temps de méditer sur le sujet… Un dernier point : les documents, avec la commande prioritaire?

Isabel eut un petit rire joyeux.

— Il n'y a pas de documents.

— Pas de documents?

— Aucun. Tu veux me fouiller?

— Où sont donc ces documents?

— Il n'y en avait qu'un. Un bout de papier. Que j'ai déchiré.

— Qu'y avait-il dessus?

— La commande prioritaire. Je suis la seule personne vivante à la connaître. Tu ne crois pas que je devrais garder ce secret pour moi seule?

Lanarck réfléchit un instant.

— J'aimerais bien la connaître. Ce genre d'information est toujours utile.

— Où est la centaine de millions de dollars que tu m'as promise?

— Sur Terre. Quand on y sera, tu pourras utiliser la commande prioritaire.

Isabel éclata de rire.

— Tu es un homme très terre à terre. Qu'est-il arrivé à Laoomé?

— Laoomé est mort.

— Comment?

— Je l'ai détruit. J'ai pensé à tout ce que nous avons vécu. Ses créatures imaginaires... étaient-elles réelles? Elles m'ont semblé réelles, et elles se croyaient réelles elles-mêmes. Une personne est-elle responsable de ce qui se passe durant un cauchemar? Je l'ignore. J'ai obéi à mes instincts, ou à ma conscience, comme tu voudras, et je l'ai tué.

Isabel May lui prit la main.

— Mes instincts me disent que je peux te faire confiance. La commande prioritaire est un couplet :

Tom, Tom, vilain fils du joueur de pipeau,
A volé un cochon et s'en est allé.

CINQ

Lanarck fit son rapport à Cardale.

— Je suis heureux de vous informer que cette affaire a trouvé une conclusion satisfaisante.

Cardale le considéra avec scepticisme.

— Qu'entendez-vous par là?

— La commande prioritaire est en sécurité.

— Vraiment? Et où cela?

— J'ai jugé préférable de vous consulter avant de porter la commande sur moi.

— C'est peut-être faire preuve d'une discrétion exagérée. Et Isabel May? Est-elle incarcérée?

— Afin d'obtenir la commande prioritaire, j'ai dû faire des concessions importantes mais raisonnables, y compris une amnistie totale, le retrait de tous les chefs d'inculpation contre elle, des excuses officielles ainsi qu'un paiement compensatoire forfaitaire pour arrestation illégale et dommages-intérêts. Elle exige un document officiel confirmant ces concessions. Si vous voulez bien faire préparer ce papier, je le transmettrai et l'affaire sera ainsi terminée.

Cardale demanda d'une voix glaciale :

— Qui vous a autorisé à faire de telles concessions?

Lanarck répondit d'un air dégagé :

— Voulez-vous cette commande prioritaire?

— Bien entendu.

— Alors, faites ce que je viens de vous suggérer.

— Vous êtes encore plus arrogant que Detering me l'avait indiqué.

— Les résultats parlent d'eux-mêmes, monsieur.

— Comment puis-je être sûr qu'elle n'utilisera pas la commande prioritaire pour son propre compte?

— Vous pourrez l'utiliser et la changer, si j'ai bien compris.

— Comment puis-je savoir si elle ne l'a pas déjà utilisée jusqu'à plus soif?

— J'ai parlé de paiement compensatoire. L'ajustement a été réalisé.

Cardale se passa les doigts dans les cheveux.

— Quels sont les dégâts?

— La somme n'est pas conséquente. Si Isabel May avait voulu exprimer des exigences démesurées, elles n'auraient pu égaler tous les dommages qu'elle a subis.

— C'est vous qui le dites.

Cardale ne pouvait se décider à exploser, menacer ou lever les bras au ciel. Enfin, il s'appuya contre le dossier de son fauteuil.

— Le document sera prêt demain et vous pourrez apporter cette commande prioritaire.

— Très bien, M. Cardale.

— J'aimerais tout de même savoir, à titre purement officieux, combien elle a pris pour régler les choses à l'amiable.

— Nous avons réquisitionné cent un millions sept cent soixante-deux dollars répartis sur divers comptes personnels.

Cardale écarquilla les yeux.

— Je croyais que vous aviez dit qu'elle avait limité ses exigences!

— Il paraissait aussi facile de demander une grosse somme qu'une petite.

— Plus facile, en fait. C'est un chiffre bizarre. Pourquoi sept cent soixante-deux dollars?

— Cela, monsieur, représente la somme qui m'est due et pour laquelle l'intendant se refuse à donner son accord. Elle représente mes débours lors d'une mission précédente : pots-de-vin, alcools et les services d'une prostituée, s'il vous faut tous les détails.

— Et pourquoi un million de plus?

— Il représente un fonds de garantie que je me réserve afin de ne pas être harcelé à l'avenir. Dans un sens discret et modéré, il reflète également mon irritation devant l'attitude de l'intendant.

Lanarck se leva.

— Je vous revoie demain à la même heure, monsieur.

— A demain, Lanarck.

Des sardines douteuses

Bannir le Mal du monde? Absurde! Encouragez-le, favorisez-le, protégez-le. Le monde a une dette inimaginable envers le Mal. Réfléchissez! Sans cupidité, l'ambition faiblit. Sans vanité, l'art devient oisive méditation. Sans cruauté, la bienveillance sombre dans la passivité. La superstition, par amour-propre, a amené l'homme à avoir confiance en soi et, sans la bêtise, où serait la saveur d'un entendement supérieur?

Magnus Ridolph

Magnus Ridolph était allongé sur un transatlantique, sous un parasol vert et orange combattant le plus gros du soleil africain. La table à côté de lui portait un cigare qui se consumait, les *Études sur l'Information* de Shemmlers posées sur le dos, ainsi qu'un verre contenant de la glace et un reste de citron pressé. Bref, l'image de la détente, d'une paix idyllique... Le transgraphe cliqueta à l'intérieur de la maison.

Au bout d'un moment, Magnus Ridolph, énervé, se leva, entra dans l'appartement et prit le message dans le bac de réception. Ce dernier disait :

Cher Magnus,
Prévisions de mon chef sur le dîner de demain : oie rôtie aux truffes et compote de cerises de Marchisand, salade de la Reine Persis, artichauts de Sirius V. Prévisions annexes de mon cru : vins des trois planètes, y compris un incroyable bordeaux de Fragence, et, pour finir, un plat de sardines en boîte.
Si vous en avez le loisir, j'aimerais votre verdict sur la

qualité de ce menu... concernant en particulier les sardines, qui n'ont rien de commun.

Joël Karamor

Magnus Ridolph retourna à son transatlantique, relut l'invitation, la replia et la posa sur la petite table. Il caressa sa courte barbe blanche, puis, se laissant aller en arrière, il ferma à demi les yeux, apparemment absorbé par un petit bateau à voile, aussi blanc que les murs de Marrakech, qui fendait la surface bleu foncé du lac Sahara.

Il se leva brutalement, passa dans son cabinet, s'assit à son Mnémophot et composa la combinaison de *Sardines*.

Plusieurs minutes durant, des informations jouèrent sur l'écran. Peu de détails significatifs, et il ne découvrit aucune note personnelle sur le sujet. La *sardina pilchardis*, suivant le Mnémophot, appartenait à la famille des harengs, nageait en bancs importants et se nourrissait de minuscules animaux marins. Les autres détails concernaient le dessin des écailles, la reproduction, les habitudes, les ennemis naturels et une étude des espèces variantes.

Magnus Ridolph rédigea une note d'acceptation à l'invitation, cocha le code adresse de Joël Karamor et inséra le message dans la fente du transgraphe.

*
**

Karamor était un homme robuste et vigoureux doté d'un gros nez, d'un gros menton et de cheveux poivre et sel coupés en brosse. C'était un homme honnête qui menait sa vie avec pour bases la franchise, la simplicité et la bonne volonté. Magnus Ridolph, accoutumé à des extrêmes de tromperie et d'égoïsme, lui trouvait un côté rafraîchissant.

Le dîner fut servi dans une grande salle lambrissée de bois du Congo et décorée de masques primitifs perchés dans l'ombre du plafond. Une paroi vitrée donnait sur un panorama magnifique de crépuscule bleu clair et, trente kilomètres au sud, la silhouette des contreforts du Tibesti.

Les deux hommes s'assirent à une table en bois de gaïac poli où trônait une girandole en malachite sculptée que Magnus Ridolph reconnut comme une œuvre de la Génération Trois de la Côte de Golwana de la planète Mugh... produit centenaire et minutieux du labeur du père, du fils et du fils du fils[1].

Le dîner surpassait les standards habituels de Karamor. L'oie était rôtie à point, la salade était exceptionnelle. Les vins étaient capiteux et flamboyants, riches sans être affadissants. Le dessert était composé d'un fruit givré, suivi de vulgaires crackers et de fromage.

— A présent, dit Karamor en observant Magnus Ridolph d'un air rusé, passons aux sardines et au café.

Magnus Ridolph le gratifia de la grimace qu'il savait devoir afficher.

— J'apprécierai certainement le café. Les sardines devront être d'une qualité spectaculaire pour me tenter.

Karamor hocha la tête de façon significative.

— Elles sont inhabituelles.

Il se leva, fit coulisser le panneau d'un lambris et revint à la table avec une boîte de conserve plate aux vives couleurs rouges, bleues et jaunes.

— Pour vous, dit Karamor en s'asseyant et en considérant son invité d'un air impatient.

L'étiquette disait : *Qualité supérieure. Sardines premier choix à l'huile. Mises en boîte par les Conserveries de Chandaria, Chandaria.*

Les fins sourcils blancs de Magnus Ridolph se haussèrent.

— Importées de Chandaria ? Un long voyage pour des poissons.

— Ces sardines sont de première qualité, dit Karamor. Bien meilleures que ce que l'on peut trouver sur Terre... des friandises de qualité supérieure, et à prix d'or.

1. *Le catalogue de Pomukka-Dhen, dernier des empereurs de Golwana, répertorie 7 000 pièces Séculaires, 136 pièces Millénaires et 14 pièces Dix-millénaires. Une rumeur était parvenue jusqu'à Magnus Ridolph, selon laquelle une œuvre Cent-millénaire pratiquement achevée, une gigantesque tourmaline ciselée, se trouvait dans l'Arrière-Pays.*

— Au premier abord, je ne vois pas comment ils arrivent à en tirer des bénéfices, commenta Magnus Ridolph, dubitatif.

— C'est là que vous vous trompez, déclara Karamor. Bien entendu, il vous faut comprendre que les frais généraux de cette conserverie sont très bas et compensent le coût du transport. Le fret spatial n'est d'ailleurs pas tellement cher. En fait, nous nous en sortons assez bien.

Magnus Ridolph leva les yeux de la boîte de conserve.

— Nous?

— George Donnels, mon associé dans cette conserverie, et moi-même. J'ai financé sa proposition et je m'occupe des ventes. Il dirige la conserverie et la pêcherie.

— Je vois, dit Magnus Ridolph d'un ton qui restait dans le vague.

— Il y a quelques mois, continua Karamor en fronçant les sourcils, il m'a offert de me racheter ma part. Je lui ai dit que j'y réfléchirais. Et alors... (Karamor indiqua la boîte.) Ouvrez-la.

Magnus Ridolph se pencha sur la boîte, souleva la languette et appuya sur le bouton d'ouverture... *Bang!* Le couvercle s'était envolé dans les airs et le contenu de la boîte s'était dispersé dans toutes les directions.

Magnus Ridolph se rassit et haussa les sourcils en considérant Karamor sans mot dire. Il se caressa la barbe et en ôta les fragments de poisson qui s'étaient collés aux poils.

— Tout à fait spectaculaire, dit enfin Magnus Ridolph. Je suis d'accord avec vous. Quels autres produits désiriez-vous me voir tester?

Karamor se leva et fit le tour de la table.

— Croyez-moi, Magnus, cela m'a surpris tout autant que vous. Je ne m'attendais à rien de tel...

— A quoi vous attendiez-vous donc? demanda sèchement Magnus Ridolph. A un vol de moineaux?

— Non, non, je vous en prie, croyez-moi, Magnus. Vous devriez savoir que je ne me livrerais pas à une plaisanterie de cette sorte.

Magnus Ridolph s'essuya le visage avec sa serviette.

— Quelle est l'explication de ce... (Il s'humecta les lèvres.)... cet événement?

Karamor retourna à son siège.

— Je l'ignore. Je suis inquiet. Je veux le découvrir. J'ai ouvert une douzaine de boîtes de sardines au cours de la semaine. La moitié étaient en bon état. Le reste... toutes trafiquées, d'une manière ou d'une autre.

» Dans l'une, les poissons étaient pleins de fils ténus. Dans une autre, la chair avait un goût de pétrole. Une autre dégageait une odeur infecte. Je n'arrive pas à comprendre. Quelqu'un veut ruiner la réputation des Conserveries de Chandaria.

— Quelle est l'étendue de ces sabotages?

— Ils ne concernent que la dernière cargaison, à ma connaissance. Nous n'avions reçu que des compliments, jusqu'à présent.

— Et qui soupçonnez-vous?

Karamor écarta ses grosses mains.

— Je ne sais pas. Donnels n'en tirerait aucun profit, cela est certain... à moins qu'il n'ait imaginé pouvoir me forcer à vendre en m'effrayant, mais je crois qu'il me connaît mieux que ça. J'ai pensé que vous pourriez effectuer une enquête... agir en mon nom.

Magnus Ridolph réfléchit un moment.

— Eh bien... à l'heure actuelle, il se trouve que je suis libre.

Karamor se détendit et sourit.

— Les scellés d'exportation étaient tous intacts, apprit-il à son invité.

— Et ils sont appliqués à la conserverie?

— Exact.

— Il est donc évident que la malveillance a sa source sur Chandaria.

***

Magnus Ridolph monta à bord du paquebot pour la ville des Mille Chandelles Rouges, sur Rhodope, quatrième planète de Fomalhaut, où il prit une chambre à l'Auberge d'Ernst Delabri.

Il savoura un dîner tranquille dans la salle à manger

extérieure, puis loua une barque et laissa le batelier le promener le long des canaux longtemps après la tombée de la nuit.

Le lendemain matin, Magnus Ridolph prit la défroque d'un nouveau personnage. Oubliant sa tunique blanche et bleue, il enfila une combinaison de travail marron usée et colla une casquette de tissu gris sur sa touffe de cheveux blancs. Puis, traversant le canal du Roi et le Panalaza, il emprunta les rues crasseuses de la Vieille Ville pour rejoindre le bureau d'embauche central.

Là il trouva peu d'activité. Quelques hommes, des bureaucrates nerveux, un groupe d'anthropoïdes capelliens, un Oiseau-Jaune, quelques indigènes rhodopiens regardaient nonchalamment l'écran d'appel. Bien en évidence sur le mur, un panneau déclarait :

NOUS RECHERCHONS POUR CHANDARIA
DES OUVRIERS DE CONSERVERIE

... offre qui excitait peu l'attention.

Magnus Ridolph s'avança jusqu'au guichet. Le commis rhodopien à la peau de velours inclina la tête courtoisement et murmura :

— Oui, monsieur?

— Je voudrais essayer de travailler pour cette conserverie sur Chandaria, annonça Magnus Ridolph.

Le Rhodopien lui adressa un regard brunâtre.

— En quelle qualité?

— Quels postes sont disponibles?

Le Rhodopien jeta un coup d'œil à sa liste.

— Électricien... trois cents munits; mécano sur intégrateur... trois cent vingt munits; soudeur... deux cent quatre-vingt-dix munits; manœuvre... deux cents munits.

— Hum, fit Magnus Ridolph. Pas d'emploi de bureau?

— Actuellement, non.

— Je vais prendre la place d'électricien.

— Oui, monsieur, dit le Rhodopien. Puis-je voir votre carte du syndicat des électriciens?

— Nom de nom, j'ai oublié de la mettre dans mes bagages!

Le Rhodopien révéla ses dents roses mal taillées.

— Je peux vous prendre comme manœuvre. L'intendant va vous faire signer votre contrat.

— Très bien, dit Magnus Ridolph avec un soupir.

Un cargo emportait les recrues pour la conserverie jusqu'à Chandaria... une coque épaisse et grossière imprégnée de part en part de relents de graisse chaude, de sueur et d'ammoniaque. Magnus Ridolph et une douzaine d'autres étaient claustrés dans une cale vide. Ils mangeaient dans le mess de l'équipage et avaient droit à quatre litres d'eau par jour pour se laver. Interdiction de fumer.

Passons sur ce voyage. Durant des années, Magnus Ridolph devait s'efforcer d'en effacer le souvenir de son cerveau. Quand les passagers, clignant les yeux, sortirent enfin en file indienne sur Chandaria, Magnus Ridolph ressemblait parfaitement à son personnage. Sa barbe était broussailleuse et sale, il avait les cheveux qui lui tombaient sur les oreilles et il se mêlait parfaitement à ses compagnons.

Sa première impression de la planète fut une perspective sinistre et glauque, des plaques de brouillard à la dérive, des lumières marron faiblardes. Chandaria était l'antique planète d'un antique soleil rouge, et les terres se trouvaient au même niveau que l'océan... une lugubre pénéplaine hantée par des brumes paresseuses.

Malgré son âge, Chandaria n'entretenait pas de vie indigène plus évoluée que des roseaux et quelques fougères arborescentes. Les protozoaires grouillaient dans les mers et, dépourvues d'ennemis naturels, les vingt mille sardines déversées à l'origine dans les eaux s'étaient remarquablement développées.

Comme les passagers quittaient la cale du cargo, ils virent s'avancer un jeune homme au long visage jaune chevalin, aux épaules très larges et aux hanches très étroites.

— Par ici, les gars, dit-il. Apportez vos bagages.

Les nouveaux venus lui collèrent aux talons et foulèrent le sol qui tremblait. Le sentier conduisait dans le brouillard ; sur quatre cents mètres, les seules caractéristiques du paysage que distingua Magnus Ridolph furent quelques arbres pourris poussant leurs branches esseulées à travers la brume et des mares d'eau stagnante.

La brume ne tarda pas à faiblir, révélant des baraques basses et, plus loin, une étendue de roseaux dans le miroitement de l'eau.

— Voici vos dortoirs, pour ceux d'entre vous qui dorment. (Le jeune homme désigna du doigt les hommes et les anthropoïdes.) Allez vous inscrire auprès du responsable du dortoir. Toi, l'Oiseau-Jaune, toi, le Portmar, et toi, le Rhodopien, par ici.

Magnus Ridolph hocha lugubrement la tête en montant les marches spongieuses du dortoir. C'était probablement le point le plus bas de sa carrière. Deux cents munits par mois pour farfouiller au sein d'entrailles intimes de poissons. Il eut une grimace et entra dans le bâtiment.

Il trouva une cellule libre, jeta son sac de toile sur la couchette et se rendit dans la salle de récréation, qui sentait le poisson. Du contreplaqué brut recouvrait les murs barrés de chevrons en aluminium non traité. Un télécran bon marché à l'autre bout de la salle présentait une plantureuse jeune femme en train de chanter et de tortiller son corps avec une véhémence presque égale.

Magnus Ridolph poussa un nouveau soupir et demanda à voir le responsable du dortoir.

*
**

Il fut posté à l'éviscérateur n° 4. Son travail était simple. A intervalles d'environ trois minutes, il tirait sur un levier qui relevait un panneau. D'un bassin extérieur arrivait un flot d'eau chargé de milliers de sardines qui entraient sereinement dans la machine, où des doigts, des calibreuses et des jets d'eau les triaient, les guidaient vers des couteaux étincelants et les projetaient enfin à travers une rinceuse puis sur une série de tapis roulants où, se débattant encore faiblement, elles étaient fourrées dans les boîtes par une rangée d'empaqueteurs.

Ces empaqueteurs étaient généralement des Banshoos de Thadéus XII, non loin de Chandaria... torses gris et bulbeux dotés de tentacules à trois doigts, un œil et un cerveau secondaire au bout de chaque tentacule.

Après les empaqueteurs, les boîtes recevaient leurs couvercles, étaient conduites à travers une batterie de fours électroniques et finalement empilées dans des cartons hermétiquement fermés et parés pour l'exportation.

Magnus Ridolph considéra ce processus d'un œil songeur. Chaîne efficiente et bien conçue, décida-t-il. Les empaqueteurs banshoos constituaient le seul stade non mécanisé du processus et, en observant le jeu leste des tentacules sur le tapis, Magnus Ridolph songea qu'aucune machine ne pourrait travailler aussi vite ni aussi souplement.

Quelque part le long de cette chaîne, songea-t-il, les sardines avaient été, et étaient peut-être encore, altérées. Où ? Pour l'instant, aucune réponse ne se présentait.

Il mangea son déjeuner dans une cafétéria voisine. La nourriture était passable... précuite sur Terre et servie sur des plateaux scellés sous vide. Il retourna à son poste à l'éviscérateur n° 4 et remarqua une porte qui donnait sur une passerelle en planches.

Magnus Ridolph marqua un temps d'arrêt et sortit. La passerelle, soutenue par des poteaux plantés dans la vase, courait tout le long de l'usine. Magnus Ridolph se tourna vers l'océan dans l'espoir d'apercevoir la flotte de pêche de la conserverie.

La brume s'était légèrement levée, révélant des kilomètres et des kilomètres de marigots couverts de roseaux et une mer stagnante. Les terres elles-mêmes ne pouvaient être distinguées du marigot que grâce à un rarc cycas qui montrait sa terne frondaison au grand soleil sombre. C'était un panorama sinistre et inexprimablement inquiétant, un monde sans espoir ni joie.

Magnus Ridolph tourna à l'angle de l'usine et tomba sur le bassin de concentration d'où les poissons étaient dirigés vers les éviscérateurs. Il regarda à gauche et à droite, mais, en dehors d'une barque impeccable en aluminium, aucun bateau d'aucune sorte n'était visible. Comment la conserverie était-elle alimentée en poissons ?

Il porta son attention sur le bassin en béton, peu

profond, de quinze mètres sur six, avec un accès à la mer d'un mètre carré. Magnus Ridolph se rapprocha et aperçut un alignement de longs poils transparents dirigés vers l'ouverture, permettant aux poissons d'entrer mais les empêchant de ressortir.

Sous ses yeux, la surface terne de l'océan se rida. Il vit les reflets d'un millier de petites nageoires et dans le bassin pénétrèrent d'abord un poisson, puis cent, puis mille et encore plusieurs milliers qui finirent par grouiller d'une vie concentrée.

Magnus Ridolph sentit le poids d'un regard. Il leva la tête et avisa, debout de l'autre côté du bassin, le jeune homme aux larges épaules et au long visage jaune. Il portait des bandes molletières, de hautes bottes en nulastique, une veste brune, et il fit alors le tour du bassin pour se diriger à grands pas vers Magnus Ridolph.

— Tu es censé être ici ? Ou au travail ?

— Oui, je suis employé, répondit doucement Magnus Ridolph. Je surveille un... (Il toussa.)... un éviscérateur. Mais pour l'instant je viens de finir mon déjeuner.

La bouche du jeune homme se tordit.

— Le sifflet a retenti il y a une demi-heure. En route, Pépé, parce qu'on ne t'a pas fait faire trois années-lumière pour jouer au touriste.

— Si, comme vous le dites, le sifflet a retenti, je vais naturellement retourner à mon travail. Euh... à qui ai-je le plaisir de m'adresser ?

— Je m'appelle Donnels. C'est moi qui signe ton chèque en fin de mois.

— Ah... oui, je vois, fit Magnus Ridolph en hochant la tête.

Il retourna songeusement à son éviscérateur.

Son travail n'était pas pénible mais monotone. Ouverture du panneau, fermeture ; ouverture du panneau, fermeture... et, de temps à autre, déblocage des trieuses encombrées par une quantité de corps argentés frénétiques. Magnus Ridolph avait amplement le temps de réfléchir.

Une explication des mystérieux sabotages semblait aussi éloignée que jamais. L'homme qui pouvait réaliser cet acte de malveillance le plus facilement était George

Donnels, mais, autant que pût en juger Magnus Ridolph, l'usine semblait d'une efficacité absolue. Il était exact que Donnels voulait racheter les parts de Karamor dans la conserverie, mais pourquoi mettre en péril la réputation de son propre produit?

Surtout quand on disposait d'un matériau brut aussi admirable... car les poissons, avait remarqué Magnus Ridolph, étaient plus gros et plus gras que les spécimens affichés par son Mnémophot. De toute évidence, l'environnement de Chandaria leur convenait, à moins que Donnels n'eût peuplé ce monde de poissons sélectionnés.

Ouverture du panneau, fermeture. Et il remarqua que le flot de poissons sur le toboggan formait un schéma récurrent. D'abord, un poisson... plutôt plus gros, peut-être le chef du banc... puis un millier qui se précipitaient avidement derrière lui dans les lames. Aucune hésitation. Dès l'instant où le panneau s'ouvrait, le chef de banc se précipitait, suivi de ses ouailles impatientes.

*
**

Les races les plus fréquentes à la conserverie étaient les Banshoos, les anthropoïdes capelliens, les hommes et les toricles cordoviens, dans cet ordre. Chacune disposait d'un dortoir et d'une salle de mess séparés... bien que le terme de dortoir fût peut-être mal approprié pour décrire les cuves de boue chaude où pataugeaient les Banshoos, ou les baraques hermétiques à l'air des Capelliens.

Après une douche et son repas du soir, Magnus Ridolph s'aventura dans la salle de récréation. Le télécran était pour l'instant inerte et deux parties de cartes étaient en cours. Magnus Ridolph prit un siège à côté d'un homme chauve trapu, aux joues renflées et aux petits yeux bleus de cochon, occupé à lire le fax-info de l'après-midi.

Au bout d'un moment, il posa la feuille de côté, étira ses bras dodus et rota. Magnus Ridolph, avec un air de courtoisie très sérieuse, lui offrit une cigarette.

— Merci, ça te dérange pas? fit gaiement l'homme trapu.

— On s'ennuie plutôt, non? demanda Magnus Ridolph.

— Ça, c'est sûr. (Et son nouvel ami lâcha un plumet de fumée dans l'atmosphère déjà brumeuse.) Je crois que je vais quitter cette jungle par le prochain vaisseau.

— On pourrait croire que la compagnie fournirait des distractions un peu plus sophistiquées.

— Oh, la seule chose qui les intéresse, c'est le fric. J'ai jamais travaillé dans des conditions pareilles. Le minimum syndical, pas un seul avantage en plus.

— Il y a quelque chose qui m'intrigue... commença Magnus Ridolph.

— Il y a beaucoup de trucs qui m'intriguent, fit son ami en reniflant.

— Comment les poissons arrivent-ils à la conserverie?

— Oh, fit l'homme en exhalant un nuage sagace de fumée, ils sont censés avoir fourré un appât dans ce bassin. Il y a tant de poissons et ils ont tellement faim qu'ils mordent à n'importe quoi. Donnels fait de sacrées économies, comme ça, pour sûr... il a le poisson gratuit, pour ainsi dire. Il lui coûte pas un sou, apparemment.

— Et où vit donc Donnels? voulut savoir Magnus Ridolph.

— Il a un chouette cabanon derrière le laboratoire.

— Oh... le laboratoire, fit le sage à la barbe blanche d'un air méditatif. Et où se trouve ce laboratoire? Je ne l'avais pas remarqué.

— Au bout de la piste, un peu plus loin, près de la rive.

— Je vois.

Magnus Ridolph ne tarda pas à se lever et aller rôder un moment dans la salle. Puis il se glissa dans la nuit.

Chandaria n'avait pas de lune et une brume pesante voilait les étoiles. Dix pas conduisirent Magnus Ridolph dans les ténèbres absolues. Il alluma sa torche de poche, avança prudemment sur le sol spongieux et finit par arriver à la piste du laboratoire... une allée couverte de gravier, sèche et ferme.

Une fois engagé sur l'allée, il baissa la torche, s'arrêta et tendit l'oreille. Il entendit un murmure lointain de voix en provenance de la conserverie et un phonographe qui couinait faiblement de la musique capellienne.

Il continua d'avancer, se guidant d'après la sensation du gravier, s'arrêtant souvent pour écouter. Il marcha un laps de temps interminable, à travers des ténèbres si denses qu'elles semblaient s'écarter devant son visage. Une rangée de fenêtres allumées brilla soudain à travers le brouillard. Magnus Ridolph s'approcha aussi près que possible de l'une de ces fenêtres, se dressa sur la pointe des pieds et regarda.

Il contemplait une salle équipée en laboratoire de biologie. Donnels et un petit homme basané en blouse blanche bavardaient à côté d'une caisse en forme de cercueil.

Sous ses yeux, Donnels prit une paire de cisailles et coupa la bande métallique qui fermait la caisse. Les côtés en fibre tombèrent, le bourrage fut enlevé et un costume de plongée tout neuf apparut… coque semi-rigide avec dôme transparent, génératrice d'oxygène et unité de propulsion.

Donnels écarta d'un coup de pied tous les débris et examina l'appareillage avec une satisfaction évidente. Magnus Ridolph tendit l'oreille pour essayer de saisir la conversation. Impossible : la fenêtre était en insulglass. Il trotta jusqu'à la porte et l'entrouvrit.

— … équipement parfait, pour quatre cent cinquante munits, fit la voix atonale de Donnels.

— Reste à savoir si c'est bien ce qu'il nous faut.

— Bien sûr. (Donnels paraissait doté d'une confiance à toute épreuve.) Il n'y a pratiquement pas de courant. En cinq minutes, j'aurai pu faire le tour de la colonie et, avant qu'ils aient pu savoir ce qui leur arrive, la stessonite les aura tués comme des mouches.

— Harumph, toussa le laborantin. Ils vous verront arriver… harumph… tout comme quand vous avez voulu les désintégrer.

— La barbe, Naile ! croassa Donnels, tu es un pessimiste ! J'arriverai par le fond. A la différence du bateau, ils ne verront pas le scaphandre. D'ailleurs, il peut aller aussi vite qu'eux ; aucune chance qu'ils s'avertissent. De toute façon, on va essayer. Ça ne coûte rien d'essayer. Comment vont tes élèves ?

— Très, très bien. Deux dans la cuve D sont prêts pour le tableau 5 et dans la cuve H... le gros gaillard... il est sur le tableau 8.

Magnus Ridolph se redressa légèrement, puis se pencha à nouveau. Il entendit la voix de Donnels.

— La méthode Barnett? Et ce gars, tout seul?

— Ah, fit Naile, c'est le petit malin! Je pense parfois qu'il en sait plus que moi.

— C'est lui qui va nous rendre millionnaires, dit Donnels avec une intonation chantante dans la voix. A condition que je puisse racheter les parts de Karamor.

Le silence régna. Puis Magnus Ridolph entendit un léger mouvement de pieds. Il se précipita vers la fenêtre, à temps pour apercevoir la silhouette carrée de Donnels qui quittait le laboratoire.

Magnus Ridolph se mit en action. Il lui fallait récolter d'autres informations. Il marcha jusqu'à la porte et, avec une décontraction presque insolente, entra dans le laboratoire.

Un équipement standard : projecteur et visionneuse permo-faisceau, radio-activateur, microscopes... visuels et quantiques... balances, scalpels automatiques, calibreurs de gènes, berceaux de mutation. Il les rejeta d'un simple regard. A hauteur de son épaule se dressait le scaphandre. Le plus important d'abord, songea Magnus Ridolph. Il inspecta l'appareil d'un œil connaisseur.

— Excellent matériel, se dit-il. Conception admirable, exécution consciencieuse. Dommage d'être obligé de devoir saboter une si belle réalisation.

Il haussa les épaules, passa la main à l'intérieur et détacha la tête du joint de casque... petit bout de métal ajusté avec précision et sans lequel le scaphandre ne pouvait être étanche.

Un mouvement de l'autre côté de la pièce. *Naile!* Magnus Ridolph se dirigea tranquillement vers la porte. Ce qui ne manqua pas d'attirer l'attention du laborantin.

— Hé! s'écria ce dernier. Qu'est-ce que vous fabriquez ici? (Il bondit en avant.) Revenez un peu ici!

Mais Magnus Ridolph était déjà entré dans la nuit de Chandaria.

Un rayon de lumière produisit une déchirure laiteuse

dans le brouillard et se posa un instant sur Magnus Ridolph.

— Hé, vous ! gronda Naile.

Pour un homme aussi petit, songea Magnus Ridolph, il avait une voix remarquablement puissante. Il entendit le martèlement des pieds de Naile. L'homme paraissait également agile et prompt.

Magnus Ridolph gémit une seule fois, puis, comme le bruit de pas se rapprochait, il sauta hors de l'allée et plongea dans le marécage.

Il s'enfonça jusqu'aux genoux dans la vase fraîche, s'accroupit et se jeta à plat ventre. Le rayon de la torche de Naile lui passa au-dessus de la tête et les pas retentirent tout près de lui. Les ténèbres retombèrent.

Magnus Ridolph se débattit pour traverser la bourbe et retrouver le sentier en avançant prudemment.

La brume s'éloignait, vague comme dans un rêve. Magnus Ridolph aperçut les lumières de son dortoir à une centaine de mètres. Mais elles furent obscurcies par quelque chose qui rôdait sur la route. Serait-ce Naile ?

Magnus Ridolph fit demi-tour, trottina aussi vite que ses vieilles jambes le lui permirent et passa vers la gauche. Puis il revint par derrière au dortoir. Il se dirigea directement vers la douche, où il nettoya ses vêtements comme sa personne.

Il retourna à la salle de récréation et trouva l'homme chauve trapu assis exactement à l'endroit où il l'avait laissé une heure auparavant.

Magnus Ridolph prit un siège.

— Je crois que Donnels était en train de tirer dans l'océan.

L'homme s'esclaffa.

— Ouais, m'sieur, c'est sûr. Pourquoi diable, ça, j'en sais rien. Je pense parfois que... eh bien, qu'il lui pète les plombs, en quelque sorte. Il est un peu excitable.

— Il est possible qu'il ait voulu aller tuer quelques poissons ? suggéra Magnus Ridolph.

Son ami haussa les épaules et serra ses grosses lèvres autour du tuyau de sa pipe.

— Avec des centaines de tonnes de poissons qui se ruent de leur plein gré dans la conserverie, il voudrait aller en tuer encore? Je pense pas. A moins qu'il soit plus dingue que je pense.

— Et où a-t-il tiré?

Son ami lui jeta un regard de ses petits yeux de cochons tout bleus.

— Eh bien, je vais te dire... bien que je voie pas à quoi ça peut te servir. Il était au cap, là-bas, qui s'avance dans l'océan... avec les trois grands arbres dessus. A peu près à quinze cents mètres au bord de l'eau.

— Étrange, songea Magnus Ridolph en sortant de sa poche la petite pièce métallique qu'il manipula. Étrange. Des sardines qui se précipitent tête la première dans leurs boîtes... Donnels et Naile qui appliquent la méthode Barnett à quelque chose dans une cuve... Donnels qui tire dans l'océan et qui essaie de l'empoisonner... et par-dessus le marché le sabotage des sardines en boîte....

*
**

Il revint travailler à l'éviscérateur avec une théorie qui rôdait au seuil de son esprit, comme l'une des fougères arborescentes dans la brume de Chandaria. Il se pencha sur le toboggan, les yeux sous les sourcils blancs brillant d'excitation autant qu'il pouvait se le permettre.

Ouverture du panneau... le flot de poissons. Fermeture du panneau. Ouverture du panneau... le toboggan qui grouille de croissants argentés et luisants. Fermeture du panneau. Ouverture du panneau... les poissons, un d'abord, puis les autres en rangs serrés. Fermeture du panneau.

Magnus Ridolph remarqua qu'il y avait toujours une sardine solitaire qui s'engageait en premier sur le toboggan, une foule de congénères sur la queue. En suivant leur descente dans l'éviscérateur, Magnus Ridolph remarqua une déviation où le premier poisson s'engageait invariablement tandis que les autres plongeaient vers la mort.

Songeur, Magnus Ridolph prit un chiffon, tendit le bras très bas et boucha la déviation. Ouverture du panneau. Le poisson de tête plongea dans le toboggan...

suivi aveuglément par la horde à nageoires. Il atteignit la déviation et tapa frénétiquement contre le chiffon. Il fut emporté par la masse des autres poissons et disparut sous les lames. Fermeture du panneau. Ouverture du panneau. Et le poisson de tête, bloqué dans son évasion par le chiffon, fut emporté vers la mort par ses congénères.

Six fois la manœuvre fut répétée. La septième, quand Magnus Ridolph ouvrit le panneau, il n'y eut aucun flot de poissons. Il tendit le bras, ôta le chiffon et fixa le toboggan d'un œil innocent.

Un contremaître ne tarda pas à arriver.

— Qu'est-ce qu'il y a ? Qu'est-ce qui ne marche pas ?

— Les poissons ont manifestement appris que le toboggan est dangereux, répondit Magnus Ridolph.

Le contremaître lui accorda un regard méprisant.

— Continue à faire marcher le panneau.

Il se détourna.

Dix minutes plus tard, quand Magnus Ridolph ouvrit le panneau, des poissons se déversèrent comme avant. Le contremaître vint surveiller quelques minutes, s'assura que les poissons agissaient comme avant, puis repartit. Magnus Ridolph replaça le chiffon dans la déviation. Six manœuvres plus tard, le flot d'eau était à nouveau vide de poissons. Magnus Ridolph ôta immédiatement le chiffon.

Le contremaître arriva au pas de course. Magnus Ridolph secoua la tête tristement et afficha un sourire peiné derrière sa barbe.

— Ça ne peut pas se produire... c'est *impossible* ! beugla le contremaître. Qu'est-ce qui se passe donc, ici ?

Il s'en fut au pas de gymnastique pour revenir avec un Donnels aux yeux glacés.

Donnels scruta le toboggan et palpa la déviation. Il se retira, se redressa et jeta un regard vif à Magnus Ridolph, qui le lui rendit froidement.

— Jette un autre élément dans le bassin, dit Donnels au contremaître. Surveille-le et vérifie ce qui se passe.

— Oui, monsieur.

Le contremaître s'éloigna rapidement.

Donnels se tourna vers Magnus Ridolph, son long visage jaune impassible, la bouche tombant très bas aux commissures.

— Tu es arrivé par le dernier vaisseau?

— Eh bien, oui, répondit Magnus Ridolph. Un voyage sinistre. On était très à l'étroit et la nourriture était abominable.

La bouche mince frissonna.

— Où t'es-tu embauché?

— Sur Rhodope. Je m'en souviens parfaitement, c'était...

— Parfait, parfait, dit Donnels. (Et, après un bref temps d'arrêt :) — Tu m'as l'air d'un gars rudement malin.

— Ah, euh-hum, fit Magnus Ridolph. Seriez-vous sur le point de me proposer une promotion? Je serais heureux d'avoir un poste de responsabilité, dans les bureaux peut-être.

— Si tu es malin, dit Donnels d'un ton égal mais menaçant, tu garderas ton esprit fixé sur ton travail... et *rien d'autre*.

— A vos ordres, dit Magnus Ridolph avec dignité.

Le contremaître revint. Donnels fit signe à Magnus Ridolph de lever le panneau et les poissons se précipitèrent à nouveau dans le toboggan.

Donnels resta à proximité pendant une vingtaine de minutes et le contremaître dix minutes encore après le départ de Donnels.

Le restant de sa période de travail, Magnus Ridolph exécuta son travail avec application... mais il trouva le moyen de se distraire en tendant la main pour taper au passage sur le poisson judas, lequel finit par rester prudemment de l'autre côté du toboggan. Magnus Ridolph n'aurait pu continuer ce sport qu'au prix d'efforts pénibles et il dut s'arrêter.

***

Magnus Ridolph était assis sur le banc poisseux devant le dortoir et contemplait le paysage. Il y avait peu de choses à voir. Près de la ligne d'horizon, le soleil rouge géant était accroché, obscurci irrégulièrement par les vapeurs vagabondes. Devant lui, s'étalaient les hauts-fonds boueux, l'océan couleur de plomb et, à sa gauche, s'élevaient la conserverie et l'entrepôt. A sa droite, était visible le laboratoire, à deux cents mètres au bout de l'allée couverte de gravier.

Magnus Ridolph tendit la main pour prendre un cigare et se rappela qu'il n'en avait pas mis dans son maigre paquetage... et la marque vendue au foyer agressait au lieu de satisfaire son palais.

Un mouvement au laboratoire. Magnus Ridolph s'assit plus droit sur le banc. Donnels et Naile émergèrent, suivis de deux manœuvres capelliens qui portaient le scaphandre.

Magnus Ridolph pinça les lèvres. De toute évidence, l'absence du joint n'avait pas été détectée.

Il regarda impassiblement le petit groupe qui tournait en direction du quai de la conserverie... et Donnels lui accorda un long regard de côté au passage.

Dès qu'ils se furent éloignés, Magnus Ridolph se leva et se mit vivement en route vers le laboratoire. Il trouva la porte déverrouillée et, en entrant, se tourna directement vers le mur qu'il n'avait pu examiner quand il se trouvait à la fenêtre.

Des cuves longeaient le mur, des cuves remplies de poissons : des sardines. Certaines nageaient placidement, d'autres étaient toutes proches de la paroi en verre et regardaient fixement. Magnus Ridolph prit conscience de certaines différences.

Certaines avaient des queues monstrueuses et des têtes de lézards. D'autres ressemblaient à des têtards, avec des nageoires et une queue rudimentaires qui remuaient à peine leur crâne hypertrophié. Les yeux globuleux fixaient Magnus Ridolph... des yeux semblables à des bulles, des yeux rouge feu, des yeux noir d'encre. Un poisson arborait des nageoires en traîne de mariée, un autre portait en guise de coiffure de véritables bois de cerf.

Magnus Ridolph examina cet étalage sans émotion. Il avait déjà vu de pareils spectacles dans d'autres laboratoires de biologie, des déformations anormales de toutes catégories. Dans la clinique de triste mémoire de la planète Pandore... mais Magnus Ridolph revint à l'affaire en cours et chercha un poisson tout seul dans une cuve : le *petit malin*.

Il était là... à l'autre extrémité : un poisson normal, en dehors d'une tête légèrement plus grosse que de coutume.

— Bien, bien... fit Magnus Ridolph. Bien, bien...

Il se pencha en avant, regarda dans la cuve, et la sardine, sans cligner des yeux, sans changer d'expression, lui rendit son regard. Magnus Ridolph se retourna et inspecta la pièce. Là... les vingt tableaux composant la *méthode Barnett pour l'établissement de communications avec les intelligences étrangères*.

Magnus Ridolph ouvrit le tableau de base devant la cuve et le poisson se rapprocha du verre.

— Début de communication, signala Magnus Ridolph.

Puis il attendit. Le poisson plongea au fond de la cuve et revint avec un bout de métal dans la gueule. Il tapa sur le verre : une fois, deux fois, une fois...

Magnus Ridolph n'avait pas besoin de consulter le tableau.

— Commencement, lui avait dit le poisson.

Il se pencha sur le tableau et choisit soigneusement les symboles, marquant de nombreux temps d'arrêt pour s'assurer que le poisson le suivait.

— Homme-instructeur... toi... désirer... utiliser... toi... but... blesser... tes congénères... Moi... (négation) connaître... méthode.

Le poisson tapa sur le verre : 5-3-5, 4-3-2-, 5-6-1, 2-6-3-4.

Magnus Ridolph suivit ce code sur le tableau.

— Mes congénères... exister... (interrogation, indéfini) lieu.

Magnus Ridolph lui répondit :

— Grand (accentuation)... étendue... eau... exister... extérieur... Beaucoup (accentuation)... tes congénères... exister... Congénères homme-instructeur... tuer... tes congénères... manger... tes congénères.

— (Interrogation) but... toi, lui demanda la sardine.

— Mélange complexe, répondit Magnus Ridolph. Constructif... Toi... (interrogation) désirer... quitter... cuve... rejoindre... beaucoup... tes congénères.

Le poisson fit racler son bout de métal de manière hésitante.

— (Interrogation) nourriture.
— Beaucoup, répondit Magnus Ridolph. Nager... étendue (accentuation)... barrières (négation).
Le poisson agita les nageoires et se retira dans un coin sombre. Comme Magnus Ridolph commençait à s'impatienter, le poisson ressortit de son coin et revint tapoter contre la vitre.
Magnus Ridolph fouilla le laboratoire et trouva un seau. Il le plongea dans la cuve, mais le poisson l'évitait nerveusement. Magnus Ridolph le récupéra malgré tout et, fourrant les tableaux de Barnett dans sa poche, il quitta le laboratoire.

*
**

Il emprunta vivement le sentier et tourna vers le quai. Il avisa alors Donnels et Naile qui revenaient vers lui, des rides fendant le visage jaune de Donnels en segments durs. Magnus Ridolph déposa prudemment le seau à côté du dortoir et était placidement assis sur le banc quand Donnels et Naile passèrent.
— ... glisseur était là en train de travailler, cette nuit, j'en suis sûr.
Magnus Ridolph avait entendu un bout de phrase de la part de Naile. Donnels secoua la tête vigoureusement.
Dès qu'ils furent passés, Magnus Ridolph prit le seau et continua sa route vers le quai.
Le scaphandre était au bord du débarcadère, prêt à être utilisé... sans prendre en compte l'absence de joint d'étanchéité. Les manœuvres capelliens, à côté, regardaient sans bouger, indifférents.
Magnus Ridolph se frotta le menton. Le scaphandre... le joint... pourquoi pas? Il changea d'avis au sujet de la sardine qu'il voulait jeter dans l'océan; il s'approcha du costume et l'examina soigneusement. Deux cadrans sur la poitrine; l'un contrôlait l'unité de propulsion, l'autre la génératrice d'air. La simplicité même.
Il replaça le joint d'étanchéité et, avec un regard de côté vers les deux Capelliens, il se glissa dans le scaphandre et le referma. Les Capelliens s'agitèrent, mal à l'aise, la cervelle excitée par ce qu'ils savaient être une

situation anormale... mais pour laquelle ils ne disposaient d'aucune instruction. Magnus Ridolph se ravisa, rouvrit le scaphandre, transféra les tableaux de Barnett dans la poche extérieure et se renferma dans le costume.

A la ceinture il avait un poignard, une hache et une lampe-torche. Une autre lampe était fixée en haut du casque transparent. Il palpa la poitrine de son costume, s'assura que les cadrans se déplaçaient facilement et mit en marche la génératrice d'air.

Il regarda par-dessus son épaule. Un mouvement près du laboratoire. Il fit flotter le seau sur l'eau paresseuse et quitta le quai pesamment. Un dernier regard à l'arrière lui montra George Donnels qui courait dans sa direction, le visage contorsionné par la rage. Derrière lui arrivait Naile, blouse blanche au vent.

Magnus Ridolph tapa sur le côté du seau, hésitant quant au code et espérant qu'il ne se trompait pas.

— Nager... proximité... moi.

Puis il renversa le seau. La sardine fila. Magnus Ridolph s'immergea.

Il tourna le cadran de propulsion. L'eau fut aspirée par l'unité et repoussée vers l'arrière. Magnus Ridolph fonça droit dans l'eau. Et quelque chose siffla à côté du casque en produisant un vague claquement dans ses oreilles.

Magnus Ridolph tourna encore le cadran et l'élément liquide résista à son avance.

Deux ou trois minutes plus tard, il ralentissait et remontait à la surface. Le quai se trouvait à quatre cents mètres derrière lui et il aperçut la stature imposante de Donnels qui fouillait les eaux. Magnus Ridolph gloussa.

Le cap surmonté de trois grands arbres descendait à sa gauche dans l'océan. Il alluma sa lampe de casque, fixa sa direction grâce à une boussole qui s'affichait sur sa visière et replongea pour se remettre en route.

L'eau était vert émeraude, plus claire qu'il ne semblait de la surface. Il entra dans une gigantesque forêt sous-marine : des arbres marins aux délicates feuilles argentées plantés au fond par des troncs d'une finesse incroyable, des lianes aquatiques s'élevant droit comme des crayons de lumière à partir des profondeurs, des globes brillants espacés le long des tiges.

Ce n'étaient peut-être pas de vraies plantes, songea Magnus Ridolph, mais sans doute des groupes de polypes à l'instar des anémones de la Terre. Se rappelant la piqûre des physalies, il resta à distance respectueuse des lianes marines.

Partout nageaient des sardines, un banc au-dessus de l'autre, des sardines par millions, et la lumière de son casque étincelait sur les flancs argentés palpitant comme la lune sur un lac frisé par la brise.

Magnus Ridolph regarda autour de lui pour vérifier si le poisson qu'il avait libéré se trouvait non loin de lui. Si tel était le cas, il n'arrivait pas à le distinguer de ses semblables.

Il continua d'avancer, suspendu entre le dessous de la surface qui faisait miroir et la pénombre des profondeurs, à côté d'épaulements de boue paisible, à travers des abysses brutales et les bosquets d'arbres marins.

Il remonta encore à la surface et ajusta sa trajectoire. La conserverie était une masse indistincte loin sur le rivage gris. Il replongea et continua sa route.

Un mur blanc miroitait devant lui. Il vira, ralentit et vit que la barrière était une digue sous-marine, un rempart impressionnant de felsite ou de quartzite qui enjambait le fond de l'océan. Il s'approcha du mur, remonta vers l'air libre... pour découvrir un plateau de roche à cinq mètres en dessous de la surface.

Magnus Ridolph se laissa flotter tranquillement en réfléchissant. C'était approximativement la direction où avait tiré Donnels, un peu plus loin peut-être. Il tourna et nagea juste au-dessus du plateau rocheux blanc. Il s'arrêta et ne bougea plus.

En dessous de lui, plusieurs dizaines de bulles étaient accrochées à la pierre, de gros globes disposés en rangs bien ordonnés. Ils semblaient flexibles et oscillaient légèrement sous les divers courants. A l'intérieur, Magnus Ridolph aperçut de petits objets compliqués et une lumière clignotante très forte qui jaillissait de plusieurs des globes.

Magnus Ridolph se rendit soudain compte que les poissons étaient de plus en plus nombreux, serrés contre lui comme jamais il ne les avait sentis. Il remarqua alors les crânes hypertrophiés, les yeux globuleux et les mouvements délibérés ; il eut alors l'impression qu'il en savait soudain beaucoup plus sur la conserverie de Chandaria.

Il éprouvait également une impression de malaise. Pourquoi plusieurs des poissons poussaient-ils une bulle lestée dans sa direction ?

Il sortit les tableaux de Barnett, trouva le numéro 1 et effectua les gestes qui exprimaient l'idée d'intentions amicales.

Plusieurs des poissons se rapprochèrent et suivirent soigneusement ses mouvements. L'un d'eux... semblable en tous points aux autres aux yeux de Magnus Ridolph... vint taper sur son casque.

1-2-1 :

— Début de communication.

Magnus Ridolph poussa un soupir, se détendit dans son scaphandre et indiqua les symboles sur les tableaux.

— Moi... venir... but... aider... tes congénères.

— Doute... Tes congénères... (interrogation) destructeur.

— Mes congénères... dans bâtiment... mes amis (négation)... Moi... constructif... Ami... tes congénères.

— Tes congénères... but... tuer... mes congénères.

Magnus Ridolph se débattait avec des concepts élémentaires. Tout précieux que fussent ces tableaux, communiquer une signification précise ressemblait un peu à réparer une montre à l'aide d'une clé à pipe.

— Pensée... complexe... Mes congénères... apporter... tes congénères... ce lieu... Construire... pensée... tienne... plus forte.

Un petit mouvement se glissa soudain à travers la foule, des flancs argentés scintillèrent. Magnus Ridolph tendit l'oreille : le bourdonnement d'une hélice. Il remonta à la surface. A moins de cent mètres se trouvait la barque, propulsée par un moteur hors-bord. L'homme dans la barque aperçut Magnus Ridolph et vira de bord. D'une main, il portait un tube allongé doté d'un busc. Magnus Ridolph replongea rapidement.

L'hélice grondait de plus en plus fort, de plus en plus près. Le fond de la barque se précipitait directement sur lui.

Magnus Ridolph tourna son cadran de propulsion. L'eau jaillit de l'unité de propulsion et dispersa les poissons. Magnus Ridolph plongea en biais.

La barque suivit rapidement son mouvement. L'hélice s'arrêta, le bateau ralentit. Sous la surface, apparut le tube qui se braqua sur Magnus Ridolph. Il tressauta et éjecta un petit projectile qui se rua sur lui en faisant des bulles.

Magnus Ridolph se lança de côté et le jet de son propulseur toucha le projectile et le fit légèrement dévier. Derrière lui, il entendit une terrible explosion... qui secoua Magnus Ridolph comme un coup de marteau. Et la barque repartit à sa poursuite.

Magnus Ridolph cligna les yeux et secoua la tête. Il se contorsionna, remonta en biais en direction de la barque. Il arriva sur le côté de l'embarcation légère, casque le premier. Pleine puissance du propulseur... et la barque chavira. Une forme sombre maladroite tomba à l'eau et le lance-roquettes plongea rapidement dans les ténèbres. La barque se remplit d'eau et se posa dans la pénombre.

Magnus Ridolph refit surface, observant placidement Naile, le laborantin, qui pataugeait en direction de la rive. C'était un bien piètre nageur et le rivage était à près de deux kilomètres. S'il le rejoignait, il aurait encore plusieurs kilomètres de marécages à traverser avant de retrouver la conserverie. Au bout d'un moment, Magnus Ridolph replongea pour retourner vers le grand rempart blanc sous-marin.

***

Joël Karamor arpentait la pièce à grands pas, les mains derrière le dos, les sourcils froncés. Magnus Ridolph, tranquillement installé dans un fauteuil en cuir à l'ancienne, sirotait un verre de xérès. Ils se trouvaient dans le bureau de Joël Karamor, tout en haut de la Tour du Pavillon Français... l'un des monuments de Tran, la ville miraculeuse au bord du lac Sahara.

— Oui, marmotta Karamor, mais où était Donnels tout ce temps ? Où est-il actuellement ?

Magnus Ridolph toussa discrètement et caressa sa barbe blanche, redevenue nette et bien taillée.

— Ah, Donnels, fit-il, songeur. L'appréciiez-vous comme associé ?

Karamor s'arrêta net et dévisagea son visiteur.

— Que voulez-vous dire ? Où est Donnels ?

Magnus Ridolph rapprocha le bout des doigts de ses mains.

— Je vais continuer mon compte rendu. Je suis revenu au quai et, comme c'était un peu après le coucher du soleil, qu'il faisait très sombre, j'imagine que personne ne m'observait. Un grand nombre de poissons intelligents, puis-je ajouter, m'accompagnaient pour des raisons qui leur étaient propres et que je n'ai pas cherché à connaître.

« Je présumais que Donnels m'attendrait sur le quai, probablement armé et émotionnellement prêt à m'abattre sans me laisser le temps de lui communiquer l'objet de ma mission. Je crois avoir dit que le quai était le seul accès de la conserverie vers l'océan... le rivage étant un marécage insurmontable.

« Si Donnels se tenait sur le quai, il devrait dominer totalement le sol. Mon problème était donc de trouver le moyen de rejoindre la terre ferme sans être aperçu par Donnels.

Karamor avait repris sa déambulation.

— Oui, marmonna-t-il. Continuez.

Magnus Ridolph sirota son xérès.

— J'avais trouvé un expédient approprié. Comprenez bien, Joël, que je ne pouvais, au risque de perdre la vie, remonter tranquillement sur le quai.

— Je le comprends parfaitement. Qu'avez-vous fait ?

— J'ai franchi à la nage le piège donnant sur le bassin de concentration. Mais je serais toujours exposé si j'essayais de sortir de l'eau, aussi...

— Aussi ?

— Aussi ai-je nagé jusqu'au panneau de la conserverie, j'ai attendu son ouverture et me suis propulsé sur le toboggan en direction de l'éviscérateur.

— Hah ! lâcha Joël Karamor. Dieu m'épargne d'avoir à ouvrir une boîte de sardines pour vous découvrir dedans. Un Magnus Ridolph en boîte !

— Non, fit le sage à la barbe blanche. Je ne craignais pas grand-chose de l'éviscérateur. Le toboggan a une pente douce... Comme vous pouvez l'imaginer, le responsable de la machine a été légèrement surpris quand j'ai fait mon apparition devant lui. Heureusement, c'était un Capellien, expert en tâches de routine, mais manquant d'esprit d'initiative, et il n'a pas poussé les hauts cris quand je me suis levé du toboggan.

« J'ai enlevé mon scaphandre, j'ai expliqué au Capellien que je testais la pente du toboggan... ce qui a semblé le satisfaire... puis je me suis aventuré sur le quai.

« Comme je le soupçonnais, Donnels se tenait là et surveillait l'eau. Il ne m'a pas entendu... je marche assez discrètement. Il m'est alors venu à l'esprit que, puisque Donnels était jeune et athlétique, d'humeur colérique et que de plus il portait une arme, ma position était assez faible. En conséquence, je l'ai poussé dans l'eau.

— Quoi ? Et ensuite ?

Magnus Ridolph afficha une expression attristée.

— Et ensuite, que diable ? beugla Karamor.

— Un événement tragique, répondit Magnus Ridolph. (Il hocha la tête.) J'aurais pu le prévoir, en y réfléchissant. Vous vous rappelez que j'ai parlé des poissons qui m'avaient suivi depuis la digue.

Karamor le regarda fixement.

— Est-ce que vous voulez dire... ?

— Donnels s'est noyé. Les poissons l'ont noyé. Faibles individuellement, ils l'ont emporté en masse loin du quai et l'ont submergé. Un spectacle déprimant. J'en ai été bouleversé.

Karamor passa d'un bout à l'autre de la pièce, une fois, deux fois, puis se laissa tomber dans un fauteuil en face de Magnus Ridolph.

— Un accident, hein ? Pauvre malheureux Donnels, hein ? C'est donc ça ? L'ennui, Magnus, c'est que je vous connais trop bien. Toute l'histoire semble bien trop précise. Ces... euh... sardines intelligentes... (Il eut une moue sardonique.) ... n'avaient aucune idée que Donnels serait poussé dans l'eau ?

— Eh bien, dit songeusement Magnus Ridolph. J'avais bel et bien *dit* qu'il attendrait probablement sur le quai. Et les tableaux de Barnett, quoique très utiles, ne sont naturellement pas infaillibles. Je suppose qu'il n'est pas impossible que les poissons aient supposé...

— Peu importe, peu importe, fit Karamor avec lassitude.

— Considérez la chose sous cet angle, suggéra tranquillement Magnus Ridolph. Si Donnels n'avait pas tenté de tuer ces poissons, ils ne l'auraient pas noyé. Si Donnels n'avait pas envoyé Naile me tirer dessus dans l'eau et ne m'avait pas attendu sur le quai pour avoir l'honneur de m'abattre personnellement, je ne l'aurais pas poussé.

— Oui, dit Karamor, et si vous ne lui aviez pas volé son scaphandre, il ne vous aurait probablement pas attendu.

Magnus Ridolph pinça les lèvres.

— Si nous allons plus loin pour trouver une responsabilité à la source de ceci, nous finirons par arriver jusqu'à vous qui, en tant qu'associé de Donnels, êtes légalement responsable de ses actes.

*
**

Karamor poussa un soupir.

— Et comment tout cela a-t-il commencé?

— Évolution naturelle, répondit Magnus Ridolph. Donnels et Naile, en peuplant Chandaria de sardines, avaient naturellement choisi les meilleures possibles. Puis, au laboratoire, en attendant que les poissons se multiplient, ils avaient encouragé des mutations pour améliorer encore la race.

« L'une de ces mutations s'était avérée particulièrement intéressante et j'imagine que c'était ce qui avait donné sa grande idée à Donnels. Pourquoi n'élèverait-il pas une race de poissons intelligents à qui il apprendrait à travailler pour lui, comme des chiens de berger ou, mieux encore, comme le bélier judas qui conduit les moutons à l'abattoir?

« Ils se sont mis au travail : ils ont effectué des croisements en tous sens et ont fini par obtenir une sardine effectivement très intelligente. Celles qui acceptaient de coopérer avec Donnels lui rendaient un service de taille en lui permettant de pêcher sans se donner la peine d'aller les chercher.

« Certains des poissons, les plus intelligents, ont préféré la liberté et ont fondé une colonie près de la digue. Donnels n'a pas tardé à apprendre l'existence de cette colonie parce que seuls les plus serviles des poissons judas n'étaient pas allés rejoindre leurs frères.

« Apprivoiser ces poissons, les éduquer, était une tâche laborieuse et Donnels a décidé d'exterminer la colonie. Il redoutait aussi que les poissons intelligents ne finissent par l'emporter en nombre sur les normaux et refusent de se laisser aveuglément conduire dans le bassin de concentration. Il a essayé de les abattre et de les empoisonner à partir de la surface, mais en vain, car les poissons le voyaient arriver. Il a donc commandé un scaphandre de plongée à Rhodope.

« Dans l'entre-temps, les poissons avaient lancé une contre-offensive. Ils n'avaient aucune arme... ils ne pouvaient attaquer directement Donnels. Mais ils savaient que la conserverie avait pour but de mettre en boîte des sardines pour que les humains les consomment.

« Ils ont développé la possibilité de construire des bulles sur la digue... une sécrétion, je crois... et ont préparé une série de substances offensives. Un grand nombre de sardines ordinaires ont alors été capturées, bourrées de ces substances et envoyées dans la conserverie pour l'exportation.

Joël Karamor se leva brutalement et arpenta de nouveau le sol vitrifié.

— Et qu'est-il arrivé à Naile ?

— Il a réapparu le lendemain. Ce n'était qu'un instrument.

Karamor hocha la tête.

— Je suppose que l'usine est fichue. Vous avez pris les dispositions pour évacuer les ouvriers ?

Magnus Ridolph écarquilla les yeux sous la surprise.

— Absolument pas. Étais-je censé le faire ?

— Je vous avais donné les pleins pouvoirs, lâcha Karamor. Vous auriez dû vous en occuper.

Un vibreur retentit. Karamor appuya sur le bouton. Une voix douce s'éleva. Les cheveux poivre et sel de Karamor se hérissèrent de surprise.

— Une cargaison de sardines en boîte? Ne quittez pas. (Il se tourna vers Magnus Ridolph.) Qui a expédié ces sardines? Que se passe-t-il ici... et là-bas?

Magnus Ridolph haussa les épaules.

— La conserverie fonctionne comme auparavant... mais avec une nouvelle équipe dirigeante. J'ai usé de mes pouvoirs pour prendre les dispositions nécessaires. Votre part de bénéfices sera la même qu'avant.

Karamor s'arrêta au milieu d'un pas.

— Comment? Et qui est mon associé? Naile?

— En aucun cas. Il n'a rien à offrir.

— Qui est-ce donc? beugla Karamor.

— Mais la colonie de sardines intelligentes dont je vous ai parlé, naturellement.

— *Quoi?!*

— Oui. Vous êtes désormais associé commercialement avec un banc de sardines. Dans la Compagnie Sardines-Karamor.

— Nom de nom, lâcha Karamor. *Nom de nom!*

— Les avantages pour tous ceux qui sont concernés sont évidents, expliqua Magnus Ridolph. Vous avez l'assurance d'un management efficace avec la garantie de matières premières de qualité exceptionnelle. Les sardines profitent de tous les charmes de la vie civilisée qu'elles peuvent désirer.

Karamor resta quelques instants silencieux. Il braqua un œil étréci sur Magnus Ridolph toujours impassible.

— Je décèle la touche Ridolph dans cette combinaison. Une caractéristique absence de principes, une évacuation calculée des pratiques orthodoxes...

— Tut-tut, fit Magnus Ridolph. Pas du tout, pas du tout...

Karamor renifla avec mépris.

— Vous niez que tout ce programme fut votre idée?

— Eh bien, expliqua prudemment Magnus Ridolph, j'admets volontiers avoir signalé aux poissons les avantages de cet arrangement.

Le temple de Han

Dans l'exercice qui se joue sur le fil du rasoir et qui s'intitule rester en vie, Briar Kelly n'avait pas encore été capable de jeter le masque. L'aventure avait quelque peu tourné au vinaigre ; il ne s'attendait pas à connaître autant de problèmes.

Jusqu'au moment où il était entré dans le bizarre temple sombre de la Ville Nord, le déguisement avait bien fonctionné. Il s'était fondu parmi les Hans ; nul ne l'avait regardé à deux fois. Une fois à l'intérieur du temple, il se trouvait seul et le déguisement était inutile.

C'était un endroit curieusement impressionnant. Un réseau gothique d'arcs-boutants soutenait le plafond ; les niches le long des murs étaient encombrées de statues. Des lampes rouges et vertes projetaient une lumière absorbée par d'épaisses draperies noires.

Marchant lentement dans la nef centrale, tous les nerfs picotant, Kelly s'était approché du haut miroir noir à l'autre bout. Il avait contemplé son propre reflet inquiétant avec une fascination hypnotique. Des profondeurs limpides étaient visibles au-delà et Kelly eût regardé de plus près s'il n'avait aperçu le joyau : une boule de feu vert et froid reposant sur un coussin de velours noir.

Les doigts émerveillés, Kelly l'avait soulevé et retourné... et le tumulte s'était déclenché. Des lumières rouges et vertes qui clignotent ; une sirène d'alarme qui braille comme un taureau fou. Des prêtres vengeurs qui apparaissent dans les niches, et le déguisement était devenu un inconvénient. La cape noire tubulaire lui serrait les jambes quand il s'engagea en courant dans la nef latérale, descendit les marches décrépites et les ruelles noires immondes pour rejoindre son aérocar. A présent, plié en deux sur les commandes, des gouttes de sueur apparaissaient sous son fard blanc, et il avait la peau qui le grattait et se couvrait de chair de poule.

Trois mètres plus bas, les fondrières incrustées de sel filaient vers l'arrière. Des roseaux jaune sale fouettaient la coque. Kelly appuya le coude contre la hanche et palpa la forme dure du joyau. Cette sensation éveilla des sensations mélangées où prédominait l'appréhension. Il rapprocha encore l'aérocar du sol.

— Cinq minutes comme ça et je serai indétectable, songea Kelly. De retour à Pézinge, je serai perdu dans la foule. On ne pourra pas me repérer facilement, sauf si Herli mange le morceau, ou Mapes...

Il risqua un regard dans l'écran rétroviseur. La Ville Nord était encore visible, Mont Saint-Michel démesuré jaillissant du sinistre marécage salé. Des exhalaisons brumeuses brouillaient les détails; la ville se fondit dans le ciel et finit par tomber derrière la ligne d'horizon. Kelly releva le nez de son aérocar et monta à la tangente de la surface, le braquant vers Magra Taratempos, le soleil blanc ultra-brûlant.

L'atmosphère se raréfia, le ciel noircit, les étoiles sortirent. Puis, dans le lointain, il y eut le vieux Sol, étoile jaune accrochée entre Sadal Suud et Sadal Melik dans le Verseau... trente années-lumière pour rentrer chez soi...

Kelly entendit un léger sifflement. La lumière changea, passant du blanc au rouge. Il cligna les yeux et regarda autour de lui, époustouflé.

Magra Taratempos avait disparu. En bas à sa gauche, un soleil rouge géant dominait l'horizon; plus bas, les marais salants nageaient dans un rougeoiement bordeaux tout neuf.

Éberlué, Kelly porta son regard du soleil rouge à la planète, puis vers les cieux, où Magra Taratempos était accroché un instant auparavant.

— Je suis devenu dingue, lâcha Kelly. A moins que...

*
**

Deux ou trois mois auparavant, une rumeur bizarre avait circulé à Pézinge. Faute de meilleure distraction, les raffinés de la ville avaient fait de cette histoire une plaisanterie, qui avait fini par passer de mode et ne plus se manifester.

Kelly, qui travaillait comme trieur informatique à la station d'astrogation, connaissait bien cette rumeur. Selon elle, un prêtre han, austère et rigide sous sa cape noire, avait été poussé dans le marais par un ramasseur de pollen en état d'ébriété. Comme une tortue, le prêtre avait sorti son visage blanc de sous la capuche de sa soutane et il avait marmotté dans le bêche-de-mer de la planète :

— Tu maltraites un prêtre de Han ; tu te moques de nous et du nom du Dieu Suprême. Le temps approche. La Septième Année est proche et toutes les créatures terrestres sans dieux chercheront à fuir, mais tu ne sauras où aller.

Telle était l'histoire. Kelly se rappelait l'excitation qui avait joyeusement vogué d'une langue à l'autre. Il fit une grimace, examina le ciel avec une appréhension renouvelée.

Les faits étaient devant ses yeux, indéniables. Magra Taratempos avait disparu. Dans un coin différent du ciel, un nouveau soleil était apparu.

Ne tenant aucun compte des repérages radar, il se mit à la verticale et quitta entièrement l'atmosphère. Les schémas stellaires avaient changé. Le noir formait un rideau sur la moitié du ciel, çà et là brillait une étincelle solitaire ou une volute de galaxie lointaine. Dans une autre région du ciel, une vaste tache de lumière s'étendait à travers le firmament, luminosité étroite et allongée légèrement gonflée au centre, le tout saupoudré d'un million de minuscules pointes de lumière.

Kelly coupa le courant de son moteur ; l'aérocar dériva. Indubitablement, la tache lumineuse était une galaxie vue de l'une des branches extérieures. De plus en plus éberlué, Kelly rabaissa les yeux sur la planète. Au sud, il aperçut le plateau triangulaire montant du marais et le lac Lénore, près de Pézinge. Puis le marais salant et, loin au nord, l'empilement grossier où les Hans avaient leur ville.

— Du courage. Si je n'ai pas perdu l'esprit... ce que je me refuse à croire... toute la planète a été emportée jusqu'à un autre soleil... J'ai déjà entendu des trucs bizarres, mais ça...

Il sentit le poids du joyau dans sa poche et, avec lui, une nouvelle poussée d'appréhension. Autant qu'il sût, les prêtres hans ne pouvaient l'identifier. A Pézinge, c'étaient Herli et Mapes qui l'avaient poussé à cette aventure, mais ils n'avaient pu tenir leur langue. Officiellement, il s'était envolé pour sa cabane au bord du lac et nul n'aurait dû être au courant de ses allées et venues... Il rabattit l'appareil vers Pézinge et, une demi-heure plus tard, atterrissait à sa cabane près du lac Lénore. Il avait nettoyé son visage du fard qui le recouvrait; il avait déjà largué la cape dans le marécage; et le joyau pesait toujours dans sa poche.

La cabane, bâtisse à toit plat, murs d'aluminium et façade vitrée, paraissait étrange, peu familière, dans la lumière nouvelle. Kelly rejoignit la porte avec lassitude. Il regarda à droite et à gauche. Personne, rien n'était visible. Il colla l'oreille contre le panneau de la porte. Aucun bruit.

Il fit coulisser le panneau, entra, parcourut l'intérieur d'un rapide regard circulaire. Tout paraissait comme il l'avait laissé.

Il se dirigea vers l'écran vidéo mais s'arrêta.

Le joyau.

Il le sortit de sa poche, l'examina de près pour la première fois. Le centre brillait d'un feu vert vif qui décroissait vers l'extérieur. Il le souleva. Il avait un poids exceptionnel. Étrangement fascinant, tout à fait charmant. Il serait parfait au cou de Lynette Mason...

Mais ce n'était pas le moment. Kelly l'enveloppa dans du papier et le fourra dans une cruche vide. Derrière la cabane, un vieux noyer blanc sortait en biais de l'humus noir et retombait au-dessus du toit comme un parasol gris et dépenaillé. Kelly creusa un trou sous l'une des racines à nu et enterra le joyau.

Il retourna à la cabane, s'avança jusqu'à l'écran et tendit la main pour appeler la station. Le vibreur sonna... Kelly retira la main.

Mieux valait ne pas répondre.

Le vibreur sonna encore... et encore. Kelly retenait son souffle, considérant le visage noir de l'écran.

Le silence.

Il lava ce qui restait de fard sur son visage, changea de vêtement, courut à l'extérieur, bondit dans son aérocar et s'envola pour Pézinge.

Il atterrit sur le toit de la station et remarqua que le véhicule de Herli était garé dans sa niche habituelle. Il se sentit soudain moins intrigué et délaissé. La station, avec ses machines et ses robustes règlements à la terrienne, projetait une rassurante impression de normalité. D'une manière ou d'une autre, l'ingéniosité et l'impulsion agressive qui avaient poussé les hommes jusqu'aux étoiles résoudraient cette énigme.

Mais était-ce bien sûr? L'ingéniosité pouvait propulser les hommes à travers l'espace, mais elle se trouverait tristement désemparée pour repérer un grain de planète à cent mille années-lumière dans une direction inconnue. Et Kelly avait son propre problème : le joyau. Dans son esprit apparut une image : la cabane près du lac, le parasol gris et en haillons du noyer blanc et, brillant sous la racine, l'œil vert du joyau sacré. Dans sa vision, il aperçut la silhouette vêtue d'une robe noire d'un prêtre han qui traversait l'espace devant la cabane et il distingua l'éclair du visage terreux...

Kelly jeta un regard troublé en direction du gros soleil rouge et entra dans la station.

Les bureaux de l'administration étaient vides; Kelly grimpa l'escalier jusqu'à la section exploitation.

Il s'arrêta à la porte et examina la salle. Elle occupait la totalité du carré du dernier étage. Tout le périmètre était longé d'établis surmontés par les fenêtres. Un cylindre poli traversait le plafond et, en dessous, se trouvait l'écran réceptionnant la projection.

Quatre hommes se tenaient près de l'index stellaire et examinaient une bande. Herli leva brièvement les yeux et se retourna vers le mécanisme en train de cliqueter.

Étrange. Herli aurait dû être intéressé, il aurait au moins dû le saluer.

Kelly traversa la pièce avec une certaine gêne. Il s'éclaircit la gorge.

— Eh bien, ça y est. Je suis revenu.

— Je vois, fit Herli.

Kelly se tut. Par la fenêtre, il jeta un regard en direction du soleil rouge.

— Qu'en pensez-vous?

— Rien. On examine les bandes, au cas où il aurait été enregistré... c'est notre ultime espoir.

Ce fut encore le silence. Ils parlaient de lui avant son entrée dans la salle : Kelly le percevait dans leur attitude.

Enfin, Mapes demanda d'un air tranquille un peu forcé :

— Tu as vu les infos?

— Non, répondit Kelly.

Il y avait dans la voix de Mapes quelque chose de bien plus personnel que le déplacement de la planète. Après un instant d'hésitation, il s'approcha de l'écran et composa le code des actualités.

L'écran s'éclaira et montra une vue du marais. Kelly se pencha en avant. Une douzaine de garçons et de filles du collège de Pézinge y étaient enfouis jusqu'au cou. Et les petits crabes à trois pattes des salines leur rampaient dessus avidement; d'autres jaillissaient de la vase ou creusaient des tunnels pour attaquer leurs corps qui se tortillaient.

Kelly ne put supporter leurs cris. Il tendit la main. Herli lui lança :

— Laisse! (Plus fort que Kelly l'avait jamais entendu parler.) L'annonce est prévue pour maintenant.

L'annonce eut lieu et l'on entendit le bêche-de-mer monotone des prêtres hans.

— Parmi les étrangers se trouve un voleur immonde. Il nous a dépouillés de l'Œil de la Septième Année. Qu'il s'avance pour recevoir son dû. Tant que le voleur ne nous aura pas apporté lui-même l'Œil de la Septième Année au temple sacré, chaque heure l'un des étrangers sera enterré dans le terrier des crabes. Si le voleur ne reparaît pas, tous seront punis et ce sera la fin des créatures terrestres.

Mapes demanda d'une voix tendue :
— Tu as pris l'Œil de la Septième Année?
Abasourdi, Kelly branla du chef.
— Oui.
Herli lâcha un son aigu et se détourna.
Kelly déclara d'une voix pitoyable :
— Je ne sais pas ce qui m'a pris. Il était là... il brillait comme une petite lune verte... je l'ai pris.
Herli lança d'une voix gutturale :
— Ne reste pas ici sans bouger!
Kelly tendit la main et appuya sur des boutons. L'écran changea, un prêtre han fixait le visage de Kelly.
— C'est moi qui ai volé votre joyau... Ne tuez plus personne. Je vous le rapporte.
Le prêtre répondit :
— En attendant ton arrivée, chaque heure l'une des créatures terrestres mourra dans la douleur.
Kelly se pencha et éteignit l'écran avec violence. Il se retourna, furieux.
— Ne restez pas là à me foudroyer du regard! Herli, c'est toi qui m'as dit que je n'arriverais même pas à entrer dans le temple! Et si l'un de vous s'était trouvé à ma place, je suis bien sûr qu'il l'aurait pris également.
Mapes gémit dans un souffle. Les épaules de Herli parurent s'affaisser; il détourna le regard.
— Peut-être as-tu raison, Briar.
— Est-ce qu'on ne peut rien faire? demanda Kelly. Pourquoi n'a-t-on pas bougé quand ils ont pris ces douze gamins? Il y a peut-être un million de Hans, mais nous sommes cinquante mille... et ils n'ont pas d'armes, à ma connaissance.
— Ils se sont emparés de la centrale électrique, répondit Herli. Sans courant, on ne peut pas distiller l'eau, on ne peut pas irradier les hydroponiques. On est dans de sales draps.
Kelly se tourna.
— Salut, les gars.
Personne ne lui répondit. Il descendit l'escalier et traversa le parking pour rejoindre son aérocar. Il sentait les regards à la fenêtre braqués sur lui.
Il grimpa, décolla et s'en alla. D'abord jusqu'à sa

cabane au bord du lac et sous le noyer blanc pour récupérer l'Œil de la Septième Année, puis il prit au nord jusqu'à la forteresse grise de la Ville Nord et au temple ténébreux en son centre.

Kelly posa son appareil juste devant le temple. Aucune raison de se montrer furtif, désormais.

Il descendit et sonda l'étrange pénombre violette qui était tombée sur la ville en ruines. Quelques Hans déambulaient et Kelly aperçut l'éclair de leur visage.

Il remonta lentement les marches du temple, marqua un temps d'arrêt pour hésiter à la porte. Inutile d'ajouter la provocation à son délit. Il ne faisait aucun doute qu'ils prévoyaient de le tuer ; autant rendre la chose le moins pénible possible.

— Hello, lança-t-il dans l'intérieur obscur, d'une voix qu'il voulait ferme. Il y a quelqu'un ? Messieurs les prêtres ! j'ai ramené le joyau...

Aucune réaction. Il écouta attentivement et perçut un murmure lointain. Il fit quelques pas dans le temple et scruta la nef. La lumière rouge et verte voilée troublait sa vision plutôt qu'elle ne l'aidait. Il remarqua une curieuse irrégularité sur le sol. Il s'avança d'un pas... d'un autre... et d'un encore... et marcha sur quelque chose de mou. Il y eut un éclair blanc sous lui. Le sol était couvert de prêtres en robe noire allongés sur le ventre.

Le prêtre sur lequel il avait marché n'émit aucun bruit. Kelly hésita. Le temps s'écoulait... Il fourra tous ses doutes, ses peurs et ses hésitations dans un coin de son esprit et s'avança à grands pas, sans prendre garde à ce qu'il foulait.

Il circulait au centre de la nef en tenant la pierre verte à la main. Devant lui, il apercevait le reflet du grand miroir noir et là, sur le coussin noir, se trouvait un second joyau identique à celui qu'il portait. Un prêtre han se tenait à l'instar d'un fantôme en robe noire et regardait Kelly approcher sans faire un mouvement. Kelly posa le joyau sur le coussin à côté de son jumeau.

— Le voilà. Je l'ai rapporté. Je suis désolé de vous l'avoir pris. Je... eh bien, j'ai agi sous l'effet d'une impulsion irrationnelle.

Le prêtre souleva le joyau et le tint sous son menton comme s'il cherchait à capter la chaleur de son feu vert.

— Ton impulsion a coûté quinze vies de Terriens.

— Quinze? Mais il n'y avait que douze...

— Deux heures de retard en ont envoyé deux autres dans le terrier des crabes, le coupa le Han. Et avec toi, cela fait quinze.

Kelly protesta sur un ton de bravade incertaine :

— Vous ne manquez pas de culot... Tous ces meurtres...

— Je ne suis pas familiarisé avec votre idiome, dit le prêtre, mais il me semble que tu voudrais essayer de nous menacer. Que peuvent donc les créatures terrestres contre le Dieu Suprême Han, qui vient de faire traverser la galaxie à notre planète?

Kelly lâcha d'un air bovin :

— Votre dieu Han a... déplacé la planète?

— Certainement. Il nous a conduits bien loin de la Terre, près de ce soleil aimable; telle est sa gratitude après toutes nos prières et les tributs de l'Œil.

Kelly déclara avec une nonchalance étudiée :

— Vous avez récupéré votre joyau; je ne vois pas pourquoi vous vous montrez aussi offensés...

— Regarde ici, lui dit le prêtre. (Kelly suivit son geste et distingua un trou noir carré bordé d'un couronnement de pierre polie.) Ce puits a vingt-sept kilomètres de profondeur. Chaque prêtre de Han descend dans la combe une fois par semaine et remonte à la surface un panier de stellite cristallisée. En de rares occasions, on trouve la matrice d'un Œil et ce sont alors des réjouissances dans toute la ville... C'est ce joyau que tu as volé.

Kelly ôta son regard du puits. Vingt-sept kilomètres...

— Naturellement, j'ignorais ce...

— Peu importe : l'acte a été accompli. La planète s'est à présent déplacée et la puissance de la Terre ne peut prévenir le châtiment que nous te réservons.

Kelly s'efforça de garder la voix posée.

— Un châtiment? Que voulez-vous dire?

Derrière lui, il entendit le froissement d'un mouvement. Il regarda par-dessus son épaule. Les capes noires s'étaient fondues avec les draperies du temple et les visages hans flottaient à mi-hauteur.

— Tu seras tué, répondit le prêtre. (Kelly regarda fixement le visage blanc.) Si la manière dont tu vas disparaître t'intéresse... (Le prêtre détailla le châtiment, et Kelly en eut la chair de poule et la bouche sèche.) Ta mort dissuadera les autres créatures terrestres de crimes semblables.

Kelly protesta malgré lui.

— Vous avez votre joyau ; il est là... Si vous tenez à me tuer... faites-le, mais...

— Étrange, dit le prêtre han. Vous autres créatures terrestres, vous redoutez la douleur davantage que tout ce que vous pouvez concevoir. Cette peur est votre ennemie la plus mortelle. Nous autres Hans ne craignons rien... (Il leva les yeux sur le grand miroir noir et s'inclina légèrement.) ... hormis notre Dieu Suprême Han.

Kelly fixa la surface qui vibrait.

— Quel est le rapport entre ce miroir et votre Dieu Han ?

— Ceci n'est pas un miroir ; c'est la porte donnant sur le domaine des Dieux et, tous les sept ans, un prêtre doit la franchir pour remettre à Han l'Œil consacré.

Kelly tâcha de sonder la profondeur du miroir.

— Qu'y a-t-il là derrière ? Quelle sorte de pays ?

Le prêtre ne répondit pas.

Kelly éclata d'un rire strident qu'il ne se connaissait pas. Il s'avança lourdement et donna un coup de poing qui contenait toute la force et tout le poids dont il était capable. Il toucha le prêtre à un point où aurait dû se trouver la mâchoire d'un homme et sentit un craquement fragile. Le prêtre virevolta et tomba dans un enchevêtrement de tissu noir.

Kelly se tourna vers les prêtres dans la nef ; ils se relevaient, furieux. Kelly était désespéré et désormais sans peur. Il éclata encore de rire, baissa la main et ramassa les deux pierres sur le coussin.

— Le Dieu Suprême Han habite derrière le miroir et déplace des planètes pour des joyaux. J'ai deux joyaux ; peut-être Han bougera-t-il une planète pour moi...

Il bondit à proximité du miroir noir. Il tendit la main et sentit une surface douce comme un rideau d'air. Il s'arrêta, tremblant soudain. Au-delà, c'était l'inconnu...

La première rangée de prêtres hans se refermait sur lui.

Kelly ne pouvait reculer. S'il mourait en franchissant le rideau noir, s'il suffoquait dans l'espace dépourvu d'air... ce serait propre et rapide.

Il se pencha en avant, ferma les yeux, retint son souffle et fit un pas...

***

Kelly avait parcouru une distance fabuleuse, que l'on ne pouvait calculer en kilomètres ni en heures, mais en quantités apparentées à des idées abstraites et irrationnelles.

Il ouvrit les yeux. Ils fonctionnaient. Il n'était pas mort... Vrai ou faux?... Il fit un pas en avant et sentit quelque chose de solide sous ses pieds. Il baissa les yeux et distingua un sol noir et vitreux où explosaient de petites étincelles. Des constellations? Des univers? Ou simplement... des étincelles?

Il fit un nouveau pas. Ç'aurait pu être un mètre, un kilomètre, une année-lumière; il se déplaçait avec l'aisance flottante d'un homme qui marche dans un rêve.

Il se trouvait au bord d'un amphithéâtre, une cuvette semblable à un cratère lunaire. Il s'avança encore; il se tenait au centre de la cuvette. Il fit halte, se débattit pour se convaincre qu'il était conscient. Le sang produisait un son torrentiel en coulant dans ses veines. Il oscilla, il serait tombé si la pesanteur avait existé en ce lieu. Mais il n'y avait pas de pesanteur. Ses pieds étaient collés à la surface par un mystérieux pouvoir adhésif inconnu. Le bruit du sang s'élevait et palpitait dans ses oreilles. Il était en vie.

Il regarda derrière lui et, dans le flou de ses yeux, ne put distinguer ce qu'il voyait. Il se retourna, fit un pas en avant...

Il arrivait en intrus. Il sentit soudain l'attention irritée de personnalités gigantesques et écrasantes.

Il scruta le sol vitreux : de légères lumières gris d'eau qui sourdaient d'en haut se rassemblaient dans la concavité où il était arrêté. L'espace était vaste, interminable, dépourvu de perspectives.

Kelly vit les êtres qu'il avait dérangés... il les *sentit* plutôt qu'il ne les vit : une douzaine de formes géantes qui apparaissaient indistinctement au-dessus de lui.

L'une de ces formes élabora une pensée et un flot de significations imprégna l'espace, fit irruption dans l'esprit de Kelly, se traduisant en mots :

— Quelle est cette créature? De quel monde est-elle venue?

— Du mien.

Les yeux de Kelly se posèrent sur une forme après l'autre pour déterminer quel dieu pouvait bien être Han.

— Ôte-la rapidement... (Et dans l'esprit de Kelly apparut un fouillis d'impressions qu'aucun mot ne pouvait décrire.) Il nous faut traiter de...

Encore une liste rapide d'idées qui se refusaient à se traduire dans l'esprit de Kelly. Il sentit l'attention de Han qui se fixait sur lui. Il resta paralysé, s'attendant à un anéantissement imminent.

Mais il tenait les joyaux, et leur lumière verte brillait à travers ses doigts. Il s'écria :

— Attendez, je suis venu dans un but bien précis : je veux qu'une planète retourne à son emplacement et j'ai des joyaux pour payer...

Il sentit la pression inquiétante de Han sur son esprit... croissant, croissant; il gémit sous la douleur et l'impuissance.

— Attends, fit une pensée calme, d'une clarté et d'une sérénité transcendantales.

— Je dois le détruire, protesta Han. C'est l'ennemi de mes gemmifères.

— Attends, fit encore une autre forme, et Kelly perçut un soupçon d'antagonisme envers Han chez celui-là. Il nous faut agir judicieusement.

— Pourquoi es-tu ici? fut la question du Primat.

Kelly répondit :

— Les prêtres hans assassinent les gens de ma race.

— Ah! fit la pensée presque exclamative de l'Antagoniste. Les gemmifères de Han accomplissent des actes mauvais et contre nature.

— C'est une question secondaire, lança la pensée nerveuse d'une autre forme. Han doit protéger ses gemmifères.

Et Kelly comprit ce que cela impliquait : l'envoi des joyaux était d'une importance primordiale ; ces joyaux étaient vitaux, pour les dieux.

L'Antagoniste décida que la question méritait qu'on s'y arrête.

— L'injustice que Han a ainsi provoquée doit être réparée.

Le Primat médita. Kelly eut alors une pensée astucieuse qu'il sentit soufflée par l'Antagoniste.

— Défie Han en... (Cela ne pouvait se traduire que par le mot duel.) Je t'aiderai. Détends ton esprit.

Kelly se força à retrouver un état d'esprit détendu et sentit alors une espèce d'ombre humide qui pénétrait son esprit, absorbait, enregistrait... Et tout cela en un instant. Puis le contact s'évanouit.

Kelly sentit l'esprit du Primat qui penchait en faveur de Han. Il dit à la hâte, improvisant de son mieux :

— Primat, dans l'une des légendes de la Terre, un homme voyagea jusqu'au pays des géants. Comme ils venaient le tuer, il défia le premier en duel, sa vie étant l'enjeu. (« *Par trois épreuves,* » fit une pensée.) Par trois épreuves, ajouta Kelly. Dans cette histoire, l'homme gagnait et pouvait rentrer en son pays. De la même manière, permettez-moi de combattre Han en trois épreuves.

Le flot de pensées était presque tangible... mépris plein de rancœur chez Han, encouragement subtil chez l'Antagoniste, amusement chez le Primat.

— Tu invoques un principe barbare, dit le Primat. Mais, logiquement, le procédé est juste et sera honoré. Tu combattras Han en duel.

— Pourquoi perdre du temps ? demanda Han. Je puis le réduire en une poussière moindre que celle des atomes.

— Non, dit le Primat. L'épreuve ne sera pas sur la base du simple potentiel. Toi et cet homme êtes en opposition pour un sujet qui n'est fondamentalement ni bien ni mal. C'est le bien de son peuple opposé au bien de tes gemmifères. Puisque les enjeux sont égaux, il n'y aurait aucune justice dans un duel inégal. L'épreuve doit avoir une base qui ne puisse handicaper ni l'une ni l'autre partie.

— Qu'un problème soit posé, suggéra l'Antagoniste. Le premier parvenant à une solution emportera l'épreuve.

Han était plongé dans un silence méprisant. Le Primat formula donc un problème... une affirmation grandiloquente en termes de dimensions multiples, de quasi-temps et d'une douzaine de concepts que le cerveau de Kelly ne pouvait aucunement saisir.

— Ce problème n'est pas tellement juste, protesta l'Antagoniste, car il se situe totalement hors de l'expérience de cet homme. Permets-moi d'en formuler un autre.

Et il présenta une situation qui, en premier lieu, surprit Kelly, puis lui apporta l'espoir.

Il s'agissait d'un problème qu'il avait rencontré un an auparavant à la station. Un système permettant d'intégrer vingt-cinq bandes de communications différentes en un seul canal était en cours d'élaboration et il était nécessaire de propulser un rayon de protons devant une batterie de vingt-cinq aimants en interaction mutuelle pour toucher un filtre de la taille d'une pointe d'aiguille à l'autre extrémité de sa boîte de vectorisation. La solution était assez simple : il suffisait de placer le vecteur initial en termes d'équation coordonnée et de potentiel de voltage... et pourtant la solution avait occupé deux mois durant les ordinateurs de la station. Kelly connaissait cette solution aussi bien que son propre nom.

— Vite ! lui lança une pensée secrète de l'Antagoniste destinée à lui seul.

Kelly cracha la réponse.

Le groupe fut parcouru par une vague de stupéfaction et il sentit leur inspection soupçonneuse.

— Tu es vraiment rapide, dit le Primat, éberlué.

— Un autre problème, lança l'Antagoniste.

Il sortit encore une question issue de l'expérience de Kelly, concernant cette fois-ci le comportement des positrons dans la couche secondaire d'une étoile à l'intérieur d'un amas de six, chacune ayant une température et une masse bien spécifiques. Cette fois-ci, l'esprit de Kelly fonctionna encore plus vite. Il exprima immédiatement la réponse. Mais il n'avait devancé Han que de quelques secondes.

Han protesta.

— Comment cette petite cervelle rose peut-elle agir plus vite que ma conscience cosmique?

— Comment cela se fait-il? demanda le Primat. Comment peux-tu calculer aussi rapidement?

Kelly chercha des idées et finit par déclarer assez pitoyablement :

— Je ne calcule pas. Dans mon cerveau se trouve une masse de cellules dont les molécules se disposent en modèles du problème. Elles se déplacent instantanément, le problème est résolu et la solution mûrit.

Il attendit avec inquiétude, mais cette réponse semblait satisfaire le groupe. Ces créatures... étaient-ce bien des dieux?... étaient-elles si naïves? Seul l'Antagoniste suggérait des motivations complexes. Han, Kelly le percevait, était vieux, d'une force immense, d'une nature dure et inflexible. Le Primat était vénérable au-delà de toute imagination, calme et imperturbable comme l'espace lui-même.

— Et maintenant? demanda l'Antagoniste. Encore un problème? Ou cet homme doit-il être déclaré vainqueur?

Kelly eût préféré qu'on n'insistât point. Mais ceci ne convenait manifestement pas aux desseins de l'Antagoniste.

— Non! (Les pensées de Han grondèrent presque comme un son.) Un particularisme risible de la cervelle de cette créature devrait me faire admettre qu'elle m'est supérieure? D'une simple pensée, je puis lui faire parcourir un millier de dimensions; d'une pichenette, je puis le chasser de l'existence, du souvenir en...

— Peut-être parce que tu es une Entité, le nargua l'Antagoniste, et fait de pur... (Encore un concept troublant, mélange d'énergie, de divinité, de force, d'intelligence.) L'homme n'est qu'une combinaison d'atomes et se déplace à travers l'oxydation du carbone et de l'hydrogène. Peut-être que si tu étais comme lui, il pourrait t'affronter en termes plus égaux, au même niveau.

Une tension étrange raidissait l'atmosphère mentale. Les pensées de Han apparaissaient paresseusement, teintées de doute pour la première fois.

— Ceci sera la troisième épreuve, dit le Primat d'un ton égal.

Han haussa mentalement les épaules. L'une des ombres imposantes se rétrécit, se condensa, tournoya pour adopter une forme humaine, se solidifia encore et se tint enfin face à Kelly, semblable à un homme, brillant d'une phosphorescence verte apparentée au cœur de l'Œil de la Septième Année.

La pensée secrète de l'Antagoniste parvint à Kelly.

— Saisis-toi du joyau qu'il a dans la nuque.

Kelly examina le personnage qui avançait lentement. Il était exactement de sa taille et de son poids, nu, mais irradiant une confiance non humaine. Le visage était flou et Kelly aurait eu bien de la peine à décrire son expression. Il détourna brutalement le regard.

— Comment combattons-nous ? voulut-il savoir, des gouttes de sueur sur le corps. On fixe des règles... ou bien tous les coups sont permis.

— Bec et ongles, répondit calmement la pensée du Primat. Han possède à présent les mêmes sensibilités organiques que toi. Si tu tues ce corps, si tu le rends inconscient, tu gagnes. Si tu perds cette épreuve, alors nous verrons.

— Supposons qu'il me tue ? se plaignit Kelly, mais personne ne parut l'entendre.

Les yeux brûlants, Han se précipita sur lui. Kelly recula et tenta un coup hésitant du gauche. Han se rua en avant. Kelly tapa furieusement, donna du genou contre le corps qui lui arrivait dessus, l'entendit gémir et tomber, pour se relever instantanément d'un bond. Un picotement de joie parcourut le dos de Kelly et c'est avec une confiance renouvelée qu'il s'avança pour cogner du droit et du gauche. Han se rapprocha d'un bond et encercla le corps de Kelly. Il se mit à serrer et Kelly sentit une force plus grande que celle d'aucun homme dans ces bras qui brillaient d'un feu vert.

— Le joyau, lui glissa une pensée rusée.

Des étincelles explosaient dans les yeux de Kelly ; ses côtes craquaient. Il lança la main derrière la nuque de Han. Il sentit une protubérance dure, enfonça ses ongles dessous et arracha la pierre.

Un cri strident de douleur et d'horreur absolues... et l'homme-dieu se dissipa en fumée noire qui babillait frénétiquement en tous sens dans les ténèbres. Elle entoura Kelly et de petites volutes semblèrent s'accrocher au joyau qu'il serrait dans la main. Mais leur force était réduite et Kelly se rendit compte qu'il arrivait à les chasser d'un simple effort mental.

Il comprit soudain la fonction du joyau. Il était le point focal du dieu. Il centralisait des myriades de forces. Le joyau disparu, le dieu était un fouillis de volontés en conflit, d'impulsions vagabondes, insubstantielles.

Kelly sentit les pensées triomphales de l'Antagoniste. Et il ressentit personnellement un enthousiasme qu'il n'avait jamais connu. Le commentaire froid du Primat le ramena à la réalité.

— Il semble que tu aies gagné le match. (Il y eut un silence.) En absence d'opposition, nous répondrons à toutes tes requêtes.

Il n'y avait aucune inquiétude dans ses pensées pour le Han décentralisé. La fumée noire se dissipait. Han n'était rien de plus qu'un souvenir.

— Tu nous as déjà longuement retardés. Nous avons le problème de...

Et ce fut le méli-mélo d'idées désormais familier que Kelly comprenait vaguement. Il lui semblait qu'il existait un tourbillon d'univers qui possédaient une conscience, aussi puissants ou plus puissants que ces entités, sur des trajectoires tangentielles qui permettaient l'interpénétration.

— Eh bien, dit Kelly. J'aimerais que vous rameniez la planète d'où je viens à son ancienne orbite autour de Magra Taratempos.

Le Primat fit un petit geste.

— Le monde dont tu parlais se déplace maintenant suivant la même orbite qu'auparavant.

— Et si les prêtres venaient réclamer un nouveau changement?

— La porte n'existe plus. Elle n'était là que par la volonté de Han; Han dissous, la porte s'est fermée... Est-ce là la somme de tout ce que tu désires?

L'esprit de Kelly partit à toute vitesse, devint un

malstrom. Il avait une chance unique. La richesse, la longévité, le pouvoir, la connaissance... Mais les pensées se refusaient à se former... il y avait des malédictions attachées aux dons hors nature...

— J'aimerais rentrer sain et sauf à Pézinge...

Abruptement, Kelly se trouva dans l'éclat du monde extérieur. Il se tenait sur la colline dominant Pézinge et il respirait l'air salé des marais. Au-dessus, était accroché un soleil blanc brûlant : Magra Taratempos.

Il prit conscience d'un objet qu'il serrait dans la main, le joyau qu'il avait arraché à la nuque de Han. Il y en avait deux autres dans sa poche.

De l'autre côté de la ville, il apercevait la boîte bleu acier de la station. Que devrait-il dire à Herli et Mapes ? Croiraient-ils la vérité ? Il considéra les trois pierres. Il pourrait en vendre deux pour une fortune, sur Terre. Mais l'une brillait plus vivement au soleil, et c'était celle qui était réservée au cou hâlé et gracieux de Lynette Mason.

Le bruit

UN

Le capitaine Hess plaça un calepin sur le bureau et attira une chaise sous ses fesses vigoureuses. Il désigna le calepin et dit :

— .C'est la propriété de votre gars, le nommé Evans. Il l'a laissé à bord du vaisseau.

Légèrement surpris, Galispell demanda :

— Il n'y avait rien d'autre? Aucune lettre?

— Non, monsieur, rien du tout. Nous n'avons trouvé que ce calepin quand nous l'avons récupéré.

Galispell caressa des doigts les fibres usées de la couverture.

— C'est compréhensible, je suppose. (Il rabattit la couverture.) Hummmm.

Hess demanda d'une voix hésitante :

— Que pensez-vous d'Evans? Un type assez bizarre, non?

— Howard Evans? Non, pas du tout. C'était pour nous un homme précieux. Pourquoi cette question?

Hess fronça les sourcils, en quête d'une image précise du comportement d'Evans.

— Je l'ai trouvé instable, ou peut-être hyperémotif.

Galispell fut véritablement stupéfait.

— Howard Evans?

Le regard de Hess se reposa sur le calepin.

— J'ai pris la liberté de parcourir son journal de bord et... eh bien...

— Et vous avez eu l'impression qu'il était... bizarre.

— Peut-être que tout ce qu'il a écrit est vrai, dit Hess avec entêtement. Mais j'ai fouiné toute ma vie dans tous les coins de l'espace et je n'ai jamais rien vu de tel.

— La situation est spéciale, commenta Galispell d'une voix neutre.

Il se plongea alors dans le calepin.

DEUX

Journal de Howard Charles Evans

Je débute ce journal sans pessimisme, mais sans optimisme non plus. J'ai l'impression que je suis déjà mort. Le temps que j'ai passé dans la chaloupe de sauvetage était pour le moins un avant-goût de la mort. J'ai volé dans les ténèbres et un cercueil n'aurait été que légèrement plus étroit. Les étoiles se trouvaient au-dessus de moi, au-dessous, à la proue, à la poupe. Je n'ai pas d'horloge et je ne peux assigner de durée à ma dérive. Plus d'une semaine, moins d'une année.

Mais assez parlé d'espace, de chaloupe et d'étoiles. Ce journal ne contient pas tellement de pages. Il me les faudra toutes pour tenir la chronique de ma vie sur ce monde qui, en apparaissant, m'a rendu la vie.

Il y a beaucoup à dire et il existe bien des manières de le dire. C'est moi qui suis en scène, avec ma réaction personnelle à cette situation assez dramatique. Mais, faute de don pour suivre à la trace les contorsions de mon âme, je vais tâcher de détailler les événements aussi objectivement que possible.

J'ai posé la chaloupe de sauvetage à l'endroit le plus favorable que j'aie pu sélectionner. J'ai examiné l'atmosphère, la température, la pression et les données biologiques ; puis je me suis aventuré à l'extérieur. J'ai monté une antenne et j'ai émis mon premier SOS.

Je n'ai aucun problème d'hébergement : la chaloupe me sert de lit et, si nécessaire, de refuge. Par ennui uniquement, il se peut que j'abatte quelques arbres et construise une maison, par la suite. Mais j'attendrai ; il n'y a rien d'urgent.

Un ruisseau d'eau pure coule doucement à côté de la chaloupe ; j'ai de la nourriture concentrée en quantité. Dès que les cuves hydroponiques auront commencé à produire, je disposerai de fruits et de légumes frais, ainsi que de protéines de culture.

La survie ne semble poser aucun problème particulier. Le soleil est une boule écarlate foncé et la lumière qu'il projette est à peine plus vive que celle de la pleine lune de la Terre. La chaloupe repose sur une prairie de plantes rampantes épaisses vert foncé très agréables sous le pied. A une centaine de mètres dans la direction que j'appellerai le sud, s'étend un lac noir comme l'encre et la prairie descend en pente douce jusqu'à la plage. Des bouquets élevés d'une végétation pâlotte — je ferais mieux d'utiliser le mot *arbres* — bordent la prairie de part et d'autre.

Derrière moi se trouve un coteau, qui conduit peut-être à une chaîne de montagnes; je n'en suis pas sûr. La faible lumière rouge rend la visibilité incertaine au-delà de quelques centaines de mètres.

Tout cela donne une impression globale de paix et de désolation obsédante. Je pourrais apprécier la beauté de cette situation sans les incertitudes de l'avenir.

La brise dérive sur le lac, porteuse de parfums agréables et du chuchotement des vagues. J'ai assemblé les cuves hydroponiques et lancé le développement des levures. Jamais je ne mourrai de faim ou de soif. Le lac est paisible et séduisant; peut-être que je construirai une barque un peu plus tard. L'eau est chaude, mais je n'ose pas nager. Que pourrait-il y avoir de plus terrible que de me faire agripper et attirer au fond du lac?

Mon appréhension n'est probablement pas fondée. Je n'ai aperçu aucune forme animale de quelque sorte que ce soit : aucun oiseau, poisson, insecte, crustacé. Ce monde est d'une tranquillité absolue, en dehors des chuchotements de la brise.

Le soleil écarlate est accroché dans le ciel, restant en place durant la plupart de mes assoupissements. Je vois qu'il descend lentement vers l'ouest; après cette journée prolongée, que la nuit sera longue et monotone!

J'ai envoyé quatre séquences de SOS; quelque part, une station de repérage devrait les capter.

Ma seule arme est une machette et je répugne quelque peu à m'éloigner de ma chaloupe. Aujourd'hui (si je puis dire), j'ai pris mon courage à deux mains et je me suis mis à faire le tour du lac. Les arbres ressemblent assez à des bouleaux, hauts et souples. Je pense que l'écorce et les feuilles brilleraient d'une belle couleur argentée dans une lumière autre que cette pénombre lie-de-vin. Le long de la plage, ils sont alignés, comme jadis plantés par un jardinier voyageur. Les hautes branches oscillent sous la brise, écarlates avec des tons violets, spectacle étrange et merveilleux que je suis seul à voir.

J'ai entendu dire que le plaisir éprouvé devant la beauté est magnifié en présence d'autrui ; qu'un mystérieux rapport se crée pour révéler les subtilités qu'un esprit unique est incapable de saisir. Il est certain que j'aurais apprécié de la compagnie tandis que je déambulais sous les arbres, le lac et le soleil écarlate derrière moi... mais je crois qu'une partie de la quiétude, de l'impression de fouler un jardin antique et abandonné se serait perdue.

Le lac a la forme d'une pendule ; au niveau de sa taille étroite, j'ai pu regarder de l'autre côté et distinguer la forme trapue de la chaloupe. Je me suis assis sous un buisson qui agitait sans cesse devant moi ses fleurs rouges et noires.

Des volutes de brume voletaient sur le lac et le vent produisait de petits bruits musicaux.

Je me suis levé et j'ai continué mon tour du lac.

J'ai traversé des bois et des clairières et je me suis retrouvé à la chaloupe.

Je suis allé m'occuper de mes cuves hydroponiques et je crois que les levures ont été dérangées, palpées avec curiosité.

Le soleil rouge foncé se couche. Chaque jour — il doit être désormais bien clair que j'utilise le terme *jour* pour indiquer l'intervalle entre deux périodes de sommeil — il est un peu plus bas sur l'horizon. La nuit est presque arrivée, une longue nuit. Comment passerai-je le temps dans les ténèbres ?

Je n'ai d'autre étalon que mon esprit, mais la brise semble plus fraîche. Elle apporte à mes oreilles des accords longs et lugubres, très tristes, très doux. Des filets de brume flottent sur la prairie.

Les étoiles blafardes se montrent déjà, lampes spectrales sans signification.

J'ai songé à la pente derrière ma prairie ; demain, je pense que je monterai jusqu'à son sommet.

***

J'ai repéré la position du moindre de mes biens. Je serai absent quelques heures ; si un visiteur touche à mes affaires... je saurai sa présence avec certitude.

Le soleil est bas, l'air me pique les joues. Je dois me dépêcher si je veux être de retour tant que la lumière me permet de voir le paysage. Je m'imagine perdu ; je me vois errer sur la surface de ce monde, cherchant à tâtons ma précieuse chaloupe de sauvetage, mes cuves, ma prairie.

L'anxiété, la curiosité, l'obstination m'aiguillonnent et je monte la pente au petit trot.

Presque immédiatement à bout de souffle, je ralentis le pas. Le gazon du bord du lac a disparu ; j'ai marché sur de la roche nue et du lichen. En dessous de moi, la prairie est devenue un petit carré, ma chaloupe un fuseau luisant. J'ai regardé un moment. Rien ne bougeait dans mon champ de vision.

J'ai continué à grimper et je suis enfin arrivé de l'autre côté de la crête. Une vaste vallée s'étendait sous mes pieds. Dans le lointain, une grande chaîne de montagnes se dressait dans le ciel sombre. La lumière lie-de-vin descendant obliquement de l'ouest éclairait les promontoires, les falaises frontales, laissait les vallées dans la pénombre : une séquence alternée de rouge et de noir qui commençait loin à l'ouest et continuait loin vers l'est.

J'ai regardé derrière moi jusqu'à ma prairie et j'ai eu des difficultés à la retrouver dans la lumière qui baissait. Elle était là, près du lac, pendule allongée. Plus loin, je distinguais la forêt noire, puis une bande de savane vieux rose, puis des bois et enfin diverses lames de couleurs jusqu'à l'horizon.

Le soleil caressait le bord des montagnes et, en une espèce de plongeon brutal, il disparut derrière l'horizon. Je me suis tourné pour redescendre : il serait terrible d'être perdu dans les ténèbres. Mon regard est tombé sur un objet blanc, à cent mètres de moi sur la crête. Je me suis approché. Il a pris forme petit à petit : un cône, une pyramide... un cairn de rochers blancs.

Un cairn, oui. Je suis resté devant sans bouger.

Je me suis retourné et j'ai regardé par-dessus mon épaule. Rien en vue. J'ai contemplé ma prairie. Des formes furtives ? J'ai plissé les yeux pour mieux sonder l'obscurité tombante. Rien.

J'ai démantelé le cairn, jeté les rochers un à un. Qu'y avait-il en dessous ?

Rien.

Dans le sol, j'ai distingué un rectangle à peine marqué, long d'un mètre. J'ai reculé. A ma connaissance, aucun pouvoir ne pourrait me forcer à creuser ce sol.

Le soleil disparaissait. Déjà, au sud et au nord, je voyais les dernières lueurs moins lie-de-vin : le soleil se déplaçait à une rapidité stupéfiante ; quel soleil était-ce là, qui s'attardait au zénith, puis plongeait sous la ligne d'horizon ?

Je me suis dirigé vers ma prairie, mais les ténèbres étaient plus rapides. Le soleil écarlate avait disparu ; à l'ouest, il y avait la triste ébauche de flamme enfuie. J'ai trébuché, je suis tombé. J'ai regardé vers l'est. Une merveilleuse lumière zodiacale se formait, un triangle bleu qui se renforçait.

A quatre pattes, je contemplais ce spectacle. Une cuspide de bleu éclatant s'est élevée dans le ciel. Un instant plus tard, un flot de saphir inondait le paysage. Un nouveau soleil d'un indigo soutenu grimpait au firmament.

Le monde était inchangé et pourtant différent ; alors que mes yeux s'étaient accoutumés au rouge et aux nuances rouges, je voyais à présent un cycle complexe dans les bleus.

De retour sur ma prairie, j'ai entendu la brise qui portait un son nouveau : des accords brillants que mon esprit réussissait presque à réarranger en mélodie. Un instant, je me suis amusé de la sorte et j'ai cru distinguer des mouvements de danse dans les volutes de vapeur qui se manifestaient sur la prairie depuis quelques jours.

C'est dans une espèce d'état d'esprit bizarre que j'ai rampé à l'intérieur de ma chaloupe pour m'endormir immédiatement.

*
**

Je suis sorti de la chaloupe pour pénétrer dans un monde électrique. J'ai tendu l'oreille. Assurément, il s'agissait bien d'une musique : des chuchotements légers qui dérivaient au vent comme un parfum.

Je suis descendu jusqu'au lac, aussi bleu qu'une boule traitée grâce à l'oxyde de cobalt.

La musique était plus forte ; je saisissais des bribes de mélodie... des périodes sautillantes, vives. J'ai porté les mains aux oreilles ; s'il s'agissait d'hallucinations, la musique devrait continuer. Le son diminua mais ne disparut pas totalement ; mon test n'était donc pas déterminant. Mais j'avais la nette impression que la musique était vraie. Et, là où il y a musique, il y a musiciens... je me suis précipité en hurlant :

— Hello !

— Hello ! me répondit l'écho de l'autre côté du lac.

La musique a faibli un moment, comme un chœur de grillons s'apaise quand on le dérange, puis elle est repartie de plus belle... une musique lointaine, « cors du pays des elfes qui sonnaient faiblement[1] ».

J'ai alors perdu toute perception. J'étais debout, seul dans la lumière bleue sur ma prairie.

Je me suis lavé le visage et je suis rentré à la chaloupe pour envoyer une nouvelle séquence de SOS.

*
**

Il est possible que le jour bleu soit plus court que le rouge ; sans horloge, je ne saurais dire. Mais, vu ma fascination nouvelle pour la musique et son origine, le jour bleu me semble passer plus rapidement.

Je ne suis pas arrivé à apercevoir le moindre musicien. Le son serait-il engendré par les arbres, des insectes opalescents qui me restent invisibles ?

Un jour, j'ai regardé de l'autre côté du lac et, merveille des merveilles ! voilà qu'une ville s'étendait sur le rivage opposé. Après être resté un moment bouche bée, j'ai couru au bord de l'eau et j'ai regardé fixement

1. *La Princesse*, lord Tennyson.

comme si c'était là le spectacle le plus précieux de toute ma vie.

De la soie pâle ondulait et ondoyait : des pavillons, des tentes, des édifices fantastiques... Qui habitait ces palais? J'ai pataugé jusqu'aux genoux dans le lac et j'ai cru apercevoir des formes fugitives.

Comme un fou, j'ai fait le tour du lac au pas de course. Des plantes aux fleurs bleu pâle ont succombé sous mes pieds; j'ai laissé une piste d'éléphant dans un massif de roseaux délicats.

Et quand je suis arrivé, haletant, sur le rivage en face de ma prairie, qu'y avait-il? Rien.

La cité s'était évanouie comme dans un rêve. Je me suis assis sur une roche. La musique s'est fait clairement entendre un instant, comme si une porte venait de s'ouvrir.

Je me suis levé d'un bond. Rien à voir. J'ai regardé de l'autre côté du lac. Là... sur ma prairie... une foule de formes diaphanes se déplaçaient comme des éphémères sur une mare paisible.

Une fois de retour, la prairie était vide. Le rivage du lac était nu.

Ainsi s'écoule le jour bleu; à présent, j'ai un motif de stupéfaction dans ma vie. D'où vient cette musique? Qui sont ces formes fugitives, que sont-elles, jamais vraiment réelles mais jamais totalement ailleurs? Quatre fois l'heure, je porte la main à mon front, craignant de déceler les symptômes d'un esprit qui se retourne... Si la musique existe vraiment sur ce monde, fait réellement vibrer l'air, pourquoi faut-il qu'elle sonne comme de la musique terrienne à mes oreilles? Ces accords que j'entends doivent être obtenus avec des instruments familiers; les harmonies n'ont rien d'étranger... Et ces pâles volutes plasmatiques que j'ai toujours l'impression d'apercevoir du coin de l'œil : elles ont un style d'humanité gaie et joueuse. Le tempo de leurs mouvements respecte celui de la musique.

Ainsi passe le jour bleu. L'air bleu, le gazon bleu foncé, l'eau outremer, et l'étoile bleu vif à l'ouest. Depuis combien de temps suis-je sur cette planète? J'ai émis la séquence SOS tant de fois que les accumulateurs sifflent à présent d'épuisement; je ne tarderai pas à manquer de courant. La nourriture, l'eau ne constituent pas un problème, mais à quoi bon une existence d'exil sur un monde de bleu et de rouge?

Le jour bleu s'achève. J'aimerais monter la pente pour observer le coucher du soleil bleu... mais le souvenir du coucher de soleil rouge provoque dans mon estomac une certaine nausée. Je vais donc le regarder à partir de ma prairie, puis, s'il y a des ténèbres, je ramperai dans ma chaloupe de sauvetage comme un ours dans sa caverne et j'y attendrai la venue de la lumière.

Le jour bleu se meurt. Le soleil saphir erre dans la forêt occidentale, le ciel s'assombrit en bleu nuit, les étoiles me semblent révéler des patries familières.

Il y a déjà un certain temps que je n'ai entendu de musique; peut-être est-elle si omniprésente que je n'y prête plus attention.

L'étoile bleue a disparu, l'air se refroidit. Je crois que la nuit profonde est bien sur moi... J'entends une palpitation, je tourne la tête. L'orient luit comme une perle. Un globe argenté monte dans la nuit : une grosse boule six fois plus grosse que la pleine lune de la Terre. Est-ce un soleil, un satellite, une étoile brûlée? Sur quel avatar cosmologique suis-je tombé!

Le soleil argenté — il me faut bien l'appeler soleil, bien qu'il émette une lumière froide et satinée — se déplace dans une auréole semblable à une coquille d'huître. Une nouvelle fois, la couleur de la planète se transforme. Le lac luit comme du vif-argent, les arbres sont de métal martelé... L'étoile argentée passe sur un varech de nuages élevés et la musique semble jaillir comme si, quelque part, quelqu'un venait d'ouvrir de larges rideaux.

Je me promène jusqu'au lac. Sur l'autre rivage, j'aperçois une nouvelle fois la ville. Elle semble plus claire, plus substantielle; je note des détails qui vibraient dans le vague, auparavant... une large terrasse à côté du lac, des colonnes en spirales, une rangée d'urnes géantes. Sa silhouette est, je crois, la même que la première fois, sous le soleil bleu : des tentes de soie; des cuspides frissonnantes et miroitantes de lumière; des piliers de pierre sculptée, lumineux comme l'opaline; des aménagements sans utilité apparente... Des bateaux à fond plat dérivent le long du lac de vif-argent comme des phalènes, grand-voiles gonflées, les haubans formant un réseau de toiles d'araignées. Des nodules de lumière pendent aux jambettes, le long des mâts... Sous le coup d'une inspiration, je me retourne, je regarde en haut de ma prairie. J'aperçois une rangée de baraques foraines à l'ancienne, un cercle de pierres pâles plantées dans la pelouse, une foule de formes filiformes.

Pas à pas, je me rapproche de ma chaloupe. La musique faiblit. Je fixe l'une des formes, mais les contours se défont. Elle se déplace selon l'émotion de la musique... à moins que le mouvement de la forme ne génère la musique.

Je me précipite en avant en criant. L'une des formes glisse à mon côté et je vois un brouillard où pourrait être un visage. Je m'arrête, à bout de souffle; je me tiens sur le cercle de marbre. Je tape du pied; il émet un bruit ferme. Je me dirige vers les baraques qui semblent offrir des objets complexes de tissu pâle et de métal terne... mais mes yeux s'emplissent soudain de larmes. La musique s'en va loin, très loin, ma prairie est nue et paisible. Mes pieds s'enfoncent dans le gazon noir argenté; au ciel est accrochée l'étoile noir argenté.

*
**

Je suis assis le dos contre la chaloupe, je regarde de l'autre côté du lac, qui est paisible comme un miroir. J'en suis arrivé à une série de théories.

Ma première proposition est que je suis sain d'esprit : article de foi nécessaire; pourquoi me donnerais-je autrement la peine de réfléchir? Donc... ce sont des événements en dehors de mon propre esprit qui causent tout ce que j'ai vu et entendu. Mais — là, attention! — ces soupirs et ces bruits n'obéissent pas aux lois de la science; sous bien des rapports, ils paraissent particulièrement subjectifs.

Je me répète que ce doit être parce que l'objectivité comme la subjectivité sont impliquées dans cette situation. Je reçois des impressions avec lesquelles mon cerveau n'est pas familiarisé et qu'il traduit dans le concept le plus approchant. Selon cette théorie, les habitants de ce monde sont constamment proches de moi ; je me déplace sans le savoir parmi leurs palais et leurs arcades ; ils dansent sans cesse autour de moi. Au fur et à mesure que mon esprit gagne en sensibilité, je frôle le rapport avec leur mode de vie et je les vois. Plus exactement, je perçois quelque chose qui crée une image dans la région visuelle de mon cerveau. Leurs émotions, le schéma de leur existence, envoie une espèce de vibration qui résonne dans mon esprit comme une musique... La réalité de ces créatures, j'en suis sûr, je ne la connaîtrai jamais vraiment. Ils sont opalescents, je suis fait de chair ; ils vivent dans un monde d'esprit, je foule le gazon de mes pieds pesants.

Ces derniers jours, j'ai omis de transmettre mes SOS. Moindre mal : les batteries sont à peu près mortes.

Le soleil argenté est au zénith et se penche vers l'ouest. Qu'y aura-t-il par la suite ? Retour au soleil rouge ? Ou bien les ténèbres ? Assurément, ce système planétaire n'a rien d'ordinaire ; la trajectoire de ce monde le long de son orbite doit ressembler à l'un des épicycles précoperniciens.

Je crois que mon cerveau se règle petit à petit en phase avec ce monde, qu'il atteint un niveau élevé inhabituel de sensibilité. Si ma théorie est correcte, l'élan vital des êtres indigènes s'exprime dans mon cerveau sous forme de musique. Sur la Terre, nous utiliserions peut-être le terme *télépathie*. Je m'exerce donc, je me concentre, j'ouvre largement ma conscience à ces nouvelles perceptions. Les marins de haute mer savent qu'ils ne doivent pas regarder une lumière lointaine, de peur qu'elle ne touche le point aveugle de l'œil. J'utilise un procédé similaire en ne fixant jamais directement l'une des créatures diaphanes. Je permets à l'image de s'établir, de se construire et, grâce à cette technique, elles me paraissent nettement humaines. Je pense parfois parvenir à apercevoir leurs traits. Les femmes ressemblent à des sylphides, d'une beauté à vous faire mal ; les hommes... je ne les ai pas vus en détail, mais leur port, leur forme me sont familiers.

La musique fait toujours partie de l'arrière-plan, tout comme le froissement des feuilles fait partie d'une forêt. L'humeur de ces créatures semble changer selon leur soleil, et j'entends donc une musique en accord avec celle-là. Le soleil rouge leur donnait une mélancolie passionnée, le soleil bleu la joie. Sous l'étoile argentée, ils sont délicats, imaginatifs, désenchantés.

Le jour argenté décline. Aujourd'hui, je me suis assis près du lac, les arbres formant un filigrane d'écran, pour regarder les bateaux-phalènes qui vont et viennent mollement. Quelle est leur fonction ? Une telle vie peut-elle se traduire en termes d'économie, d'écologie, de sociologie ? J'en doute. Il se peut même que le mot intelligence n'entre pas en ligne de compte ; notre cerveau n'est-il pas une caractéristique particulièrement anthropoïde, et l'intelligence une fonction de notre cerveau particulièrement anthropoïde ?... Un bateau ventru s'approche en oscillant, des globes des marais dans les gréements, et j'oublie mes hypothèses. Je ne saurai jamais la vérité et il est parfaitement possible que ces créatures n'aient pas plus conscience de moi que je n'en avais d'elles quand j'ai débarqué ici.

Le temps passe ; je retourne à la chaloupe. Une forme de jeune femme passe à côté de moi en tournoyant. Je marque un temps d'arrêt, je scrute son visage ; elle incline la tête, ses yeux brûlent dans les miens à son passage... J'essaie un SOS... sans grande conviction, car je soupçonne les accumulateurs d'être vides.

Je suis dans le vrai : ils sont morts.

*
**

L'étoile argentée est comme une énorme boule de sapin de Noël, ronde et luisante. Elle est au plus bas et, une nouvelle fois, je me tiens indécis, m'attendant à demi à la nuit.

L'étoile sombre ; la forêt la reçoit. Le ciel s'assombrit et la nuit est venue.

Je fais face à l'orient, le dos appuyé contre la coque de ma chaloupe de sauvetage. Rien.

Je n'ai aucune idée du passage du temps. Les

ténèbres, l'intemporalité. Quelque part, des horloges font tourner leurs aiguilles des secondes, des minutes, des heures... Je reste à sonder la nuit, peut-être aussi lent qu'une statue de grès, peut-être aussi fébrile qu'une salamandre.

Dans les ténèbres, j'ai trouvé une cessation bizarre de sons. La musique a faibli ; une série d'accords désespérés, un ultime cri solitaire...

Une lueur à l'est, une lueur verte, qui s'étend. Et voici que s'élève une magnifique sphère verte, essence de tous les verts, de la teinte des émeraudes, aussi sombre que la mer.

Une palpitation ; une musique rythmique, robuste, qui se balance et se promène.

La lumière verte inonde la planète et je me prépare au jour vert.

Je ne fais presque qu'un avec les indigènes. Je me promène parmi leurs tentes, je marque une pause auprès de leurs baraques pour contempler leurs marchandises : des médaillons soyeux, des paillettes et des bracelets de métal, des coupes de duvet et des bouffettes irisées, des mares de couleur et des souffles de gaze parcourue de lumière. Il y a des chaînes de verre émeraude ; des papillons captifs ; des sphères qui semblent contenir tous les cieux, tous les nuages, toutes les étoiles.

Tout autour de moi, passent les tremblotements et les volettements du peuple des rêves. Les hommes sont tous vagues, mais familiers ; les femmes m'adressent des sourires d'une provocation ineffable. Mais je vais me rendre fou à force de tentations ; ce que je vois n'est rien de plus que la reformulation de mon propre cerveau, une interprétation... Et c'est une tragédie, car il y a une créature d'une beauté tellement inexprimable que, chaque fois que j'aperçois cette forme, la gorge me fait mal et je me précipite en avant pour sonder ses yeux qui ne sont pas des yeux...

Aujourd'hui, je l'ai enlacée, m'attendant à une volute évanescente. A ma grande surprise, j'ai senti une chair souple. Je l'ai embrassée, sur la joue, le menton, la bouche. Quelle expression de perplexité sur ce visage ! Dieu seul sait quel acte étrange cette créature a dû s'imaginer que j'accomplissais.

Elle a repris sa route, mais la musique est forte et triomphante : la voix de cornets, la basse qui résonne.

Un homme passe à proximité ; quelque chose dans sa démarche, son attitude, me chatouille la mémoire. Je m'avance ; je vais regarder son visage, je vais sonder le vague.

Il passe en tournoyant comme un personnage sur un manège ; il porte des rubans de soie qui volettent et des pompons de satin à paillettes. Je m'acharne à sa suite, je me plante sur son chemin. Il passe à grands pas avec un regard de côté et je sonde le visage rigide.

C'est mon propre visage.

Il porte mon visage, il a ma démarche. C'est moi.

Le jour vert est-il déjà fini ?

Le soleil vert s'enfuit et la musique prend de la profondeur. Aucun arrêt, à présent ; une préparation, une imminence... Quel est cet autre son ? Un spasme lointain de quelque chose qui grogne et grince comme une boîte de vitesses cassée.

Cela faiblit.

Le soleil vert descend dans un ciel semblable à une queue de paon. La musique est lente, exaltée.

L'ouest s'éteint, l'est s'illumine. La musique se dirige vers l'est, vers les grandes bandes de rose, de jaune, d'orange, de lavande. Des étincelles nuageuses s'enflamment. Un rougeoiement doré consume le ciel.

La musique prend de la force. Le soleil nouveau s'élève... une magnifique boule dorée. La musique s'amplifie dans un péan de lumière, d'accomplissement, de régénération... Écoutez ! Une deuxième fois, le son rauque râpe la musique.

Dans le ciel, devant le soleil, dérive la forme d'un astronef. Il est en stationnaire au-dessus de ma prairie, les tuyères d'atterrissage lâchent des plumets.

Le vaisseau atterrit.

J'entends le marmottement de voix... des voix humaines.

La musique a disparu ; les marbres sculptés, les baraques voyantes, les merveilleuses cités soyeuses se sont enfuis.

TROIS

Galispell se frotta le menton.

Le capitaine Hess demanda d'une voix inquiète :

— Qu'en pensez-vous?

Galispell regarda longuement par la fenêtre.

— Que s'est-il passé après que vous l'avez récupéré? Avez-vous aperçu l'un des phénomènes dont il parle?

— Rien. (Le capitaine Hess secoua sa grosse tête ronde.) Assurément, ce système était un enchevêtrement fantastique d'étoiles noires, de planètes fluorescentes et d'anciens soleils brûlés : peut-être que tout ceci lui a tourné la tête. Il n'a pas paru trop réjoui de nous voir, c'est moi qui vous le dis... il est resté là sans bouger comme si on était des intrus.

« — On a reçu votre SOS, je lui ai dit. Grimpez à bord et payez-vous un bon repas! » Il s'est avancé comme si ses pieds étaient morts.

« Bref, il a fini par monter à bord. On a embarqué sa chaloupe de sauvetage et on a décollé.

« Durant le voyage de retour, il n'a rien voulu avoir à faire avec qui que ce soit... il restait seul et il arpentait le pont-promenade.

« Il avait l'habitude de porter les mains à la tête; il m'est arrivé de lui demander s'il était malade, s'il ne voulait pas que le toubib lui jette un coup d'œil. Il m'a répondu par la négative, il allait très bien. Voilà à peu près tout ce que je sais de ce type.

« On a rejoint le Soleil et on a atterri sur la Terre. Personnellement, je n'ai pas vu ce qui s'est passé, parce que j'étais sur la passerelle, mais voilà ce qu'on m'a raconté :

« Comme la Terre grossissait de plus en plus, Evans s'est mis à se comporter de plus en plus nerveusement, il grimaçait, il tournait la tête en avant et en arrière. A une distance d'environ deux mille kilomètres, il a réalisé une espèce de bond furieux.

« — Le bruit! a-t-il hurlé. Ce *bruit* horrible!

« Alors, il s'est précipité vers la poupe, il a sauté dans sa chaloupe, il s'est détaché et on me dit qu'il a disparu dans la direction d'où l'on venait.

»Voilà tout ce que j'ai à vous dire, M. Galispell. Dommage qu'après toute la peine qu'on s'est donnée pour le retrouver Evans ait décidé de filer... mais c'est la vie.

— Il est reparti sur la même trajectoire ?

— Exact. Si vous voulez me demander s'il a pu atteindre la planète où nous l'avons retrouvé, la réponse est : peu probable.

— Mais il existe une chance ?

— Oh, bien sûr, répondit le capitaine Hess. Il existe une chance.

L'arche d'Alfred

Ben Hixey, rédacteur en chef du *Courrier Hebdomadaire* de Marketville, dans l'Iowa, s'enfonça dans son fauteuil, ralluma un mégot de cigare et inspecta son visiteur à travers la fumée.

— Alfred, tu es l'image même de la désespérance. Pourquoi cette mine?

Alfred Johnson, marchand de semences de céréales du lieu, ne répondit pas immédiatement. Il regarda par la fenêtre, puis ses bottes, puis Ben, puis ses propres mains épaisses. Il brossa ses cheveux bruns raides et produisit ainsi une légère brume de poussière de grains. Il déclara enfin :

— Je ne sais pas tellement comment te dire ça sans provoquer d'agitation, Ben.

— Commence par le commencement, lui conseilla Ben. On ne me plonge pas facilement dans l'agitation. Tu ne vas pas te marier une nouvelle fois?

Alfred secoua la tête et afficha le large sourire douloureux d'un homme que la vie n'a pas gâté.

— Deux fois, ça aura suffi.

— Eh bien, vas-y. Agite-moi.

— Tu lis la Bible, Ben?

— La Bible? (Ben abattit la main sur le dernier numéro d'*Éditeur et Rédacteur*.) Voilà ma Bible.

— Je suis sérieux.

— Non, répondit Ben en lâchant un plumet de fumée en direction du plafond. Je ne pourrais pas dire que je suis un étudiant acharné de ce genre de sujet.

— Tu n'as pas besoin de Bible pour savoir toute la méchanceté qui existe en ce monde. Une quantité gigantesque.

Ben acquiesça.

— Je ne voterais pas en faveur de la méchanceté, mais elle fait monter le tirage, ça c'est sûr.

— Il y a six mille ans, le monde était comme aujourd'hui... habité par le péché. Tu te rappelles ce qui s'est passé ?

— Comme ça, à brûle-pourpoint, non.

— Le Seigneur a envoyé un Déluge. Il a lavé le monde de sa méchanceté. Ben, il va y avoir un nouveau Déluge.

— Voyons Alfred, dit vivement Ben, tu plaisantes ?

— Non, mon vieux. Étudie un peu la Bible, et tu verras par toi-même. Le jour approche, et il approche vite !

Ben mit de l'ordre sur son bureau.

— Je suppose que tu veux que j'imprime la venue de ce Déluge à la une ?

Alfred se poussa en avant et frappa le bureau du poing.

— Voici mon plan, Ben. Je veux que les bons citoyens de cette ville s'unissent. Je veux construire une arche, mettre à bord deux bêtes de chaque race, plein de nourriture et de boisson, une sélection de bons bouquins, et nous préparer à ce grand jour. Ne te moque pas de moi, Ben. Il arrive.

— Et quand sera-t-il là ?

— Le 20 juin. Ce qui nous laisse moins d'un an. Peu de temps, mais ça doit suffire.

— Alfred... est-ce que tu es sérieux ?

— Tout ce qu'il y a de plus sérieux, Ben.

— Je t'ai toujours pris pour quelqu'un de raisonnable, Alfred. Tu ne peux tout de même pas croire un truc aussi imaginaire.

Alfred eut un sourire.

— Je ne m'attendais absolument pas à ce que tu me croies sur parole. Je vais t'apporter la preuve.

Il sortit une Bible de sa poche, fit le tour du bureau et la posa devant les yeux inquiets de Ben.

— Là... regarde...

Une demi-heure durant, il argumenta, signalant les passages significatifs, expliquant des effets que Ben risquait de manquer.

— A présent, est-ce que tu me crois?

Ben se carra dans son fauteuil.

— Alfred, tu veux un bon conseil?

— C'est de ton aide dont j'ai besoin, Ben. Je voudrais que toi et ta famille montiez à bord de cette arche que je vais me débrouiller à construire.

— Je te le donne, ce conseil. Remarie-toi. Ce sera un moindre mal et ça te distraira de cette histoire de Déluge.

Alfred se leva.

— Je suppose que tu ne mettras pas d'annonce dans le journal?

— Non, mon vieux. Et tu sais pourquoi? Parce que je ne veux pas que tu deviennes la risée de tout le canton. Rentre chez toi, prends une douche, va t'amuser à Davenport, prends une bonne cuite et oublie tout ça.

Alfred agita la main pour le saluer et s'en fut.

Ben Hixey poussa un soupir, hocha la tête et reprit son travail.

Alfred revint quelques instants plus tard.

— Voilà quelque chose que tu peux faire pour moi, Ben. Je veux vendre mon commerce. Je veux une grosse annonce en première page. En bas, je veux que tu indiques : *Le Déluge est pour le 20 juin. Participez à la construction d'une arche.* Tu veux bien faire ça?

— C'est toi qui passes l'annonce, Alfred.

Deux semaines plus tard, sur un terrain vague proche de sa maison, Alfred Johnson commençait la construction d'une arche. Il avait vendu son commerce pour un prix que ses amis estimaient dérisoire.

— Il t'a roulé, Alfred!

Alfred secouait la tête.

— Non, c'est moi qui l'ai roulé. Dans un an, son commerce aura été rayé de la carte. Je lui ai pris son argent parce que je sais que dans un an il ne vaudra plus rien, de toute façon.

— Alfred, lui disaient ses amis, écœurés, tu te ridiculises!

— Peut-être bien. Et peut-être que quand vous serez en train de nager, moi je serai debout au sec. Vous y avez déjà pensé?

— Mais tu es vraiment sérieux, Alfred...

— Bien sûr, que je suis sérieux. Vous n'avez jamais entendu parler de la révélation divine? Eh bien, c'est ce que j'ai eu. A présent, si vous n'êtes venus que pour jacasser, excusez-moi, parce que j'ai du travail.

L'arche prenait forme : un bateau à fond plat de quinze mètres de long sur dix de large et trois de haut. Alfred devenait une sorte de célébrité locale et ses concitoyens avaient pris l'habitude de passer voir où il en était. Alfred recevait quantité de conseils joyeux.

— Ta péniche ne sera pas assez grande, Alfred, lui lança Bill Olafson. Pense un peu à la taille des éléphants, des rhinocéros, des girafes, des lions, des tigres, des grizzlis et des hippopotames.

— Je ne vais pas emporter des bêtes sauvages. Rien que du bétail avec un bon pedigree : des vaches, des chevaux et des moutons, rien que des races pures. Si le Seigneur voulait que d'autres soient sauvés, il m'aurait envoyé davantage d'argent. J'en ai eu juste pour ce que je fais.

— Et une femme, Alfred? Tu n'es plus marié. Tu prévois de repeupler le monde grâce à la génération spontanée?

— Si la femme voulue ne se présente pas, dit Alfred, je m'en trouverai bien une à vendre. Quand elle verra que je suis le seul homme encore en vie, elle n'hésitera pas.

L'automne devint hiver; le printemps arriva et l'arche était terminée. Alfred commençait à charger des réserves de toutes sortes.

Ben Hixey sortit le voir un jour.

— Eh bien, Alfred, je dois dire que tu as le courage de tes convictions.

— Ce n'est pas du courage, Ben. C'est de la lâcheté. Je ne veux pas me noyer. Je suis navré que certains d'entre vous n'aient pas la lâcheté de m'accompagner.

— Je m'inquiète davantage de la bombe H, Alfred. J'aimerais pouvoir construire une arche contre ça.

— Dans un mois, il n'y aura plus de bombes H, Ben. Il n'y aura plus de bombes d'aucune sorte, plus jamais, si j'ai mon mot à dire... et j'ai l'impression que ce sera le cas, vu comme les choses se présentent.

Ben examina l'arche d'un œil émerveillé.

— Tu es vraiment convaincu de cette histoire, n'est-ce pas, Alfred?

— Bien sûr, Ben. Il y a des tas de gens bien que ça me fera mal de voir disparaître... mais je vous aurai tous avertis. J'ai écrit au Président, au Gouverneur et au patron du *Reader's Digest*.

— Ouais? Et qu'est-ce qu'ils ont dit?

— Ils m'ont écrit en me remerciant de mes suggestions. Mais j'ai bien vu qu'ils ne me croyaient pas.

Ben Hixey eut un sourire.

— Moi non plus, Alfred.

— Tu verras, Ben.

Juin arriva avec une série de magnifiques journées d'été. Jamais le paysage n'avait paru aussi frais ni agréable. Alfred acheta son bétail et, le 15 juin, le monta à bord de l'arche. Ses amis et voisins prirent des photographies et lui offrirent en grande pompe une cage en verre contenant deux puces. Se procurer une femme destinée à devenir génitrice de la race à venir fut un problème qui se résolut de soi-même : un agent de presse annonça que sa cliente, la magnifique starlette de cinéma Maida Brent, se portait volontaire pour offrir ses services et serait à bord de l'arche le matin du 20 juin.

— Non, répondit Alfred Johnson. Le 20 juin commence à minuit. Il faut qu'elle soit à bord la nuit du 19 au 20.

L'agent de presse, après consultation de sa cliente, accepta.

L'aube du 18 juin fut claire et ensoleillée, mais les prévisions météorologiques parlaient de curieuses anomalies du jet-stream.

Le matin du 19 juin, Alfred Johnson, portant chaussures et costume neufs, rendit visite à Ben Hixey.

— C'est la dernière fois qu'on se voit, Ben.

Ben leva les yeux d'une dépêche de l'*Associated Press* et lui adressa un sourire apitoyé.

— Je lisais les dépêches de la météo.

Alfred hocha la tête.

— Je sais. De la pluie. (Il tendit la main.) Adieu, Ben.

— Adieu, Alfred. Et bon vent.

A midi le 19 juin, de gros nuages noirs commencèrent à rouler en provenance du nord. Mlle Maida Brent arriva à dix-neuf heures dans sa Cadillac cabriolet et, au milieu des éclairs mêlés de l'orage et des photographes, monta à bord de l'arche. L'agent de presse voulut également monter, mais Alfred lui barra la route.

— Navré. L'équipage est au complet, à présent.

— Mais Mlle Brent ne peut pas rester à bord toute la nuit, M. Johnson.

— Elle y sera quarante jours et quarante nuits. Autant qu'elle s'y habitue. Maintenant, adieu.

L'agent de presse haussa les épaules et alla attendre dans la voiture. Mlle Maida Brent quitterait certainement l'arche quand elle le voudrait.

La pluie commença à tomber durant la soirée et, à vingt-deux heures, l'averse était violente. A vingt-trois heures, l'agent de presse pataugea jusqu'à l'arche.

— Maida! Hé, Maida!

Maida Brent apparut sur le seuil de la cabine.

— Oui?

— Filons! On a assez de pub comme ça.

Maida Brent leva les yeux sur le ciel noir impressionnant.

— Que disent les prévisions météo?

— De la pluie.

— Alfred et moi, on joue aux dames. On est très confortables. Vas-y seul. Salut.

L'agent de presse releva le col de son manteau, retourna à la voiture en sautillant et essaya de sommeiller. Le martèlement de la pluie le tint éveillé.

L'aube n'apparut pas. A neuf heures, une pénombre humide et blafarde révéla des caniveaux remplis d'eau jusqu'à hauteur de cheville. La pluie s'abattait plus fort que jamais. Le long des rues, les voitures des curieux commencèrent à apparaître, leurs radios branchées sur les prévisions météorologiques. Des annonceurs intrigués parlaient de fronts froids stationnaires, de front occlus de basses pressions, de cyclones et d'anticyclones. Prévision : de la pluie.

La rue était embouteillée. On apprenait que le pont de la Perry avait été emporté, que le Pewter débordait. Le déluge ? Oui, le Déluge !

Bill Olafson arriva en pataugeant dans la boue.

— Hé, Alfred ! Où es-tu ?

Alfred apparut calmement à la porte de la cabine.

— Salut, Bill.

— Ma femme et mes fils veulent jeter un coup d'œil à ton arche. D'accord si je les fais monter quelques minutes ?

— Navré, Bill. Rien à faire.

Bill retourna à sa voiture d'un pas hésitant. Il y eut un grondement de tonnerre terrifiant et il leva les yeux sur le ciel avec appréhension.

Alfred entendit un bruit à l'arrière de l'arche. Il mit son imperméable et ses bottes et s'avança pour découvrir deux adolescents et leurs petites amies en train de monter à une échelle.

Alfred renversa l'échelle.

— Écartez-vous, les gamins. Fichez le camp. Je ne veux plus vous parler.

— Alfred ! (La voix de Maida traversait faiblement le vacarme de la pluie.) Il y a des gens qui montent à bord !

Alfred revint vers l'avant pour affronter une vingtaine d'amis et de voisins conduits par Bill Olafson en train de ranger des valises dans la cabine.

— Quittez l'arche, mes amis, dit Alfred d'une voix aimable. Il n'y a pas de place à bord.

— On est venus voir comment ça se passe, répondit Bill.

— Ça se passe très bien, merci. A présent, filez.

— Pas question, Alfred. (Il tendit le bras par-dessus bord.) D'accord, maman, passe-moi Joanne et le chiot. Vite. Avant que ces autres s'installent ici.

— Si tu ne le fais pas de ton plein gré, je vais t'y forcer, Bill.

— Ne fais pas le malin avec moi, Alfred.

Alfred s'avança ; Bill lui cogna sur le nez. D'autres

amis et voisins d'Alfred se saisirent de lui et le transportèrent *manu militari* jusqu'au plat-bord pour le jeter hors de l'arche et dans la boue.

De la rue arrivaient des dizaines et des dizaines de gens : hommes, femmes, enfants. Ils se précipitèrent par-dessus le plat-bord et grimpèrent dans l'arche. La cabine était bondée, le pont était entièrement occupé.

Il y eut un coup de tonnerre ; la pluie s'apaisa. Dans le ciel, apparut un maigre point parmi les nuages. Le soleil fendit la nuée. La pluie s'arrêta. Le soleil se mit à luire sur les bâtiments humides et les rues transformées en ruisseaux.

Les amis et les voisins d'Alfred, pressés contre le plat-bord, considéraient Alfred. Alfred, toujours assis dans la boue, leur rendait leurs regards.

Fils de l'Arbre

UN

Un tintement éclatant et pénétrant heurta deux cents esprits, brisa deux cents bulles de catalepsie.

Joe Smith se réveilla frais et dispos. Il était comprimé, voilé comme dans un cocon. Il se tendit, se débattit, puis le spasme d'affolement disparut. Il se détendit, sonda attentivement les ténèbres.

L'air sentait le fauve et l'humidité de la chair chaude... la chair d'hommes en grand nombre, au-dessus, au-dessous, à droite, à gauche, qui se tortillaient, se tendaient, se débattaient dans le filet élastique.

Joe se laissa retomber. Son esprit reprit une séquence mentale abandonnée trois semaines auparavant. Ballenkarch ? Non... pas encore. Ballenkarch devait être bien plus loin, plus près de la Bordure. Il devait donc s'agir de Kyril, le monde des Druides.

Un bruit aigu de déchirement. Le hamac se fendit le long d'une couture magnétique. Joe se laissa descendre sur la coursive. Il avait les jambes aussi molles que des saucisses. Ses muscles ne possédaient plus guère de tonus au bout de trois semaines sous hypnose.

Il suivit la coursive jusqu'à l'échelle, descendit au pont principal et franchit le sas. Un adolescent basané d'environ seize ans était assis à un bureau, de grands yeux et l'air malin, portant une combinaison de pliophane jaune et bleu.

— Votre nom, s'il vous plaît.

— Joe Smith.

L'adolescent cocha une liste et hocha la tête pour désigner le couloir.

— La première porte pour la prophylaxie.

Joe fit coulisser la porte et entra dans une petite pièce remplie de vapeur d'eau et d'antiseptiques.

— Enlevez vos vêtements, beugla une femme à la voix tonitruante qui portait un short collant.

Elle était mince comme un loup et sa peau brun bleuté luisait de transpiration. Elle s'empara du vêtement trop large que lui avait attribué le magasin de bord, puis elle recula et toucha un bouton.

— Fermez les yeux.

***

Des jets de solutions nettoyantes lui martelèrent le corps. Pressions variables, températures variables, et ses muscles commencèrent à se réveiller. Un souffle d'air chaud le sécha et la femme, d'une claque nonchalante, le dirigea vers une salle voisine où il put se raser, se tailler les cheveux et, finalement, revêtir la tunique et les sandales qui apparurent dans un distributeur.

Comme il quittait la pièce, un steward l'arrêta, lui plaça un tuyau contre la cuisse et lui injecta sous la peau un assortiment de vaccins, d'antitoxines, de tonifiants musculaires et de stimulants. Ainsi requinqué, Joe quitta le vaisseau, sortit sur une plate-forme et descendit une rampe d'accès jusqu'au sol de Kyril.

Il inspira profondément l'air frais de la planète et regarda autour de lui. Un ciel envahi d'une couverture nuageuse nacrée. Un vaste panorama quadrillé de fermes minuscules ondulait jusqu'à la ligne d'horizon... et là, se dressant comme un fabuleux panache de fumée : l'Arbre. Les contours en étaient gommés par la distance et la partie supérieure du feuillage se fondait dans les nuages, mais l'on ne pouvait se tromper : l'Arbre de Vie.

Il attendit une heure que son passeport et ses divers documents d'identité fussent vérifiés et contresignés à un petit bureau aux cloisons vitrées, situé sous la passerelle de débarquement. Quand on l'eut dédouané, on lui fit traverser la piste jusqu'à l'astrogare. C'était un édifice rococo de lourdes pierres blanches, orné de sculptures tarabiscotées et de gravures compliquées.

Au sas qui franchissait la paroi vitrée se tenait un Druide qui surveillait nonchalamment le débarquement. Il était grand, mince et nerveux et avait une fine peau ivoirine. Son visage était posé, aristocratique... les cheveux noirs comme le jais, les yeux sombres et sévères. Il portait une cuirasse luisante de métal émaillé et une robe somptueuse qui tombait presque jusqu'au sol en plis harmonieux, avec un ourlet d'ophrys brodés de fils d'or. Sa tête arborait un morion sophistiqué fait de cuspides et de plaques de divers métaux habilement ajustées.

Joe présenta sa carte de passager à l'employé du sas.

— Votre nom, je vous prie.

— Il est inscrit sur la carte.

L'employé fronça les sourcils et griffonna quelque chose.

— La raison de votre présence sur Kyril?

— Visite temporaire, répondit simplement Joe.

Il avait longuement discuté de sa personne, de ses antécédents et de la raison de sa visite avec l'employé du bureau des douanes. Ce nouvel interrogatoire lui semblait une inutile source de désagrément. Le Druide se retourna et l'examina de la tête aux pieds.

— Des espions, rien que des espions!

Il lâcha un espèce de sifflement et reprit sa posture. Mais quelque chose dans l'apparence de Joe l'énervait. Il refit volte-face.

— Vous, là... sur un ton particulièrement irrité.

Joe répondit :

— Oui?

— Quel est votre garant? Qui servez-vous?

— Personne. Je suis ici pour raison personnelle.

— Ne divaguez point. Tout le monde espionne. Pourquoi prétendre le contraire? Vous suscitez ma colère. Or donc : qui servez-vous? Les Mangs?

— En vérité, je n'ai rien d'un espion, répondit Joe en conservant à sa voix une courtoisie flegmatique, car l'orgueil est le premier luxe dont doivent se passer les grands voyageurs.

Le Druide eut un sourire entaché d'un cynisme exagéré marqué par ses lèvres pincées.

— Et pour quelle autre raison venir sur Kyril?

— Une raison personnelle.

— Vous ressemblez à un Thubien. Quel est donc votre monde d'origine?

— La Terre.

Le Druide inclina la tête, le scruta de côté, commença à parler, s'arrêta, plissa les yeux, puis demanda :

— Vous osez vous moquer de moi, avec cette légende pour les enfants? Un paradis pour les idiots?

Joe haussa les épaules.

— Vous m'avez posé une question. Je vous ai répondu.

— Avec un mépris insolent envers mon rang et ma dignité.

Un petit homme rondouillard à la peau jaune citron s'approcha d'un pas fier comme celui d'un coq. Il avait de grands yeux innocents, des bajoues bien développées et il portait une cape large en épais velours bleu.

— Un Terrien, ici? (Il considéra Joe.) Vous, monsieur?

— C'est exact.

— La Terre est donc une réalité?

— Certainement.

L'homme à la peau jaune se tourna vers le Druide.

— Voici le second Terrien que je rencontre, Vénéré. De toute évidence...

— Le second? demanda Joe. Quel était l'autre?

L'homme à la peau jaune fit rouler ses yeux vers le haut.

— Je n'ai pas bien retenu son nom. Parry... Larry... Barry...

— Harry? Harry Creath?

— C'est ça... j'en suis sûr. Nous avons échangé quelques mots sur Intersection, il y a un an ou deux. Un type très agréable.

Le Druide pivota sur les talons et s'en fut à grands pas. L'homme grassouillet le regarda partir le visage impassible, puis il se tourna vers Joe.

— On dirait que vous ne connaissez pas cette planète.

— Je viens d'arriver.

— Permettez-moi de vous donner quelques conseils à propos de ces Druides. C'est une race émotive, qui s'emporte facilement, téméraire, excessive. Et ils sont absolument étroits d'esprit, absolument convaincus de la position de Kyril en tant que centre de l'espace et du temps. Il est sage de parler suavement en leur présence. Puis-je vous demander, par simple curiosité, quelle est la raison de votre présence en ce lieu ?

— Je ne pouvais me permettre d'acheter un billet pour aller plus loin.

— Et ?

Joe haussa les épaules.

— Je vais trouver du travail et gagner un peu d'argent.

L'autre homme fronça les sourcils d'un air songeur.

— Et pour ce faire, quels talents ou connaissances allez-vous mettre en avant ?

— Je suis un bon mécano, machiniste, dynamiste, électricien. Je sais établir un relevé, réduire les tensions, exécuter diverses tâches. Disons que je suis ingénieur.

*
**

Sa nouvelle connaissance semblait réfléchir. Et finit par déclarer d'un ton hésitant :

— Il y a surabondance de main-d'œuvre bon marché parmi les Laïcs.

Joe examina l'astrogare d'un regard circulaire.

— A en juger d'après cette armature, je suppose qu'ils avaient la tremblote quand ils ont effectué leurs calculs.

L'autre homme pinça les lèvres en guise d'acquiescement hésitant.

— De plus, les Druides sont extrêmement xénophobes. Un visage nouveau, c'est pour eux un espion.

Joe hocha la tête et afficha un large sourire.

— J'avais remarqué. Le premier Druide que j'ai vu m'a fait marcher sur des charbons ardents. Il m'a mystérieusement traité d'espion mang.

L'homme à la peau jaune branla du chef.

— C'est ce que je suis.

— Un Mang... ou un espion ?

— Les deux. Il y a peu d'efforts de dissimulation.

Cela est admis. Tous les Mangs sur Kyril sont des espions. Il en va de même pour les Druides sur Mangtsé. Les deux mondes luttent pour la domination régionale, sur le plan économique pour l'instant, et il y a entre nous énormément de rancœur. (Il se frotta le menton.) Vous cherchez donc une place rémunérée ?

— Exact. Mais pas dans l'espionnage. Je ne me mêle pas de politique. C'est exclu, parce que la vie est déjà assez courte comme ça.

Le Mang eut un geste rassurant.

— Bien entendu. Bon, comme je l'ai déjà dit, les Druides sont une race émotive. Ils sont retors. Peut-être pouvons-nous jouer sur ces qualités. Supposons que vous m'accompagniez à Divinale. J'ai rendez-vous avec le théarque du district et si je me vante d'avoir un technicien efficace à mon service... (Il ne termina pas sa phrase et considéra Joe d'un œil matois.) Par ici...

Joe le suivit dans l'astrogare, sous une arcade longée de boutiques et jusqu'à une station de taxis. Joe examina la file d'aérocars. Conception antique, songea-t-il... construction malhabile.

Le Mang lui fit signe de monter dans la plus grosse des voitures.

— A Divinale, dit-il au chauffeur en attente.

La voiture s'éleva pour traverser le paysage gris-vert. Malgré toute sa richesse apparente, la campagne donnait à Joe une impression désagréable. Les villages étaient petits et rabougris et rues et ruelles luisaient sous l'eau stagnante. Dans les champs, il apercevait des équipages de six, dix, voire vingt hommes qui tiraient les cultivateurs. Un paysage qui avait tout de sinistre et rien de riant.

— Cinq milliards de paysans annonça le Mang. Le Laïcat. Deux millions de Druides. Et un seul Arbre.

Joe émit un son indifférent. Le Mang retomba dans le silence. Des fermes en dessous d'eux : des blocs interminables, des carrés, des rectangles, chacun d'une nuance différente de vert, de marron ou de gris. Une myriade de cases coniques d'où s'échappait de la fumée étaient tapies dans les angles des champs. Et l'Arbre dominait tout cela, plus massif, plus haut, plus noir.

De grands palais de pierre blanche travaillée ne tardèrent pas à apparaître, nichés parmi les racines arcs-boutants, et le véhicule s'inclina vers les toits pesants. Joe eut un aperçu de balustrades en spirales, de panneaux imbriqués, de faîtières à meneaux, de gargouilles, de colonnes et de quais ornementés.

Puis l'appareil se posa sur une plate-forme devant un édifice allongé qui lui rappela vaguement le château de Versailles. Il était encadré de jardins soigneusement entretenus, d'allées en mosaïque, de fontaines et de statues. C'était derrière ce palais que se dressait l'Arbre, dont le feuillage s'étendait à des kilomètres en hauteur.

Le Mang mit pied à terre et se tourna vers Joe.

— Si vous ôtez le panneau latéral de la génératrice de cette voiture et faites semblant d'effectuer une petite réparation, je crois qu'on ne tardera pas à vous offrir une place lucrative.

Mal à l'aise, Joe répondit :

— Vous vous donnez beaucoup de mal pour un étranger. Seriez-vous... philanthrope ?

Le Mang répondit jovialement :

— Oh, non. Non-non ! J'agis selon mes caprices, mais mes actes ne sont pas totalement altruistes. Je vais vous présenter la chose de la sorte : si l'on m'envoyait faire une réparation dont la nature ne m'aurait pas été précisée, j'emporterais une gamme d'outils aussi vaste que possible.

« Or, au cours de ma propre... euh... mission, je trouve un certain nombre de personnes qui possèdent des talents ou des connaissances particuliers qui s'avèrent précieux. Je cultive donc des relations aussi étendues et amicales que possible.

Joe eut un maigre sourire.

— Etes-vous payé de retour ?

— Certes. De plus, ajouta-t-il suavement, la courtoisie est une récompense en soi. Une conduite secourable procure une satisfaction incalculable. Je vous prie de ne vous sentir en rien mon obligé.

Joe songea, sans l'exprimer à haute voix : *Aucun danger*.

L'homme rondouillard prit congé, et, accompagné de

son chauffeur, traversa la plate-forme jusqu'à une grande porte en bronze ciselé.

Joe hésita un moment. Puis, ayant l'impression qu'il n'avait rien à perdre à suivre les instructions qu'on lui avait données, il dégrafa le panneau latéral. Une bande de plomb le tenait hermétiquement fermé. Joe hésita encore un instant, puis arracha la bande et souleva le panneau.

Il considéra alors le plus surprenant des mécanismes. Il avait été assemblé à partir de pièces de rechange, boulonné dans des morceaux de bois avec des vis à métaux et fixé à la coque avec des bouts de ficelle. Le réglage du champ de force avait été réalisé grâce à un coin en bois. Joe hocha la tête, éberlué. Il se rappela alors le vol à partir de l'astrogare et transpira rétrospectivement.

Le petit homme à la peau jaune lui avait dit de faire semblant de réparer le moteur. Joe vit qu'il n'aurait pas besoin de se forcer. La batterie était reliée à la méta-dynamo par un câblage de fortune. Joe plongea la main, démonta l'ensemble, réorienta les pôles et effectua une liaison directe et courte.

*
**

De l'autre côté de la plate-forme, une autre voiture atterrit et une jeune fille de dix-huit, dix-neuf ans en descendit d'un bond. Joe aperçut un éclair d'yeux dans un visage vif et étroit quand elle le regarda. Puis elle quitta la plate-forme.

Joe considéra la silhouette mince qui s'éloignait. Il se détendit et reporta son attention vers le moteur. Très chouette... les filles étaient un côté chouette de l'existence. Il pinça les lèvres en songeant à Margaret. Margaret était très différente. Blonde, d'abord... décontractée, souple, mais réservée... Joe arrêta son travail. Qu'était-elle, au fin fond d'elle-même, là où il n'avait jamais pu pénétrer?

Quand il lui avait parlé de ses projets, elle avait éclaté de rire, lui avait dit qu'il était né des milliers d'années trop tard. C'était deux ans auparavant... et Margaret l'attendait-elle encore ? Il avait cru ne rester absent que trois mois... mais il s'était trouvé entraîné de plus en plus loin, hors de l'espace terrestre, de l'autre côté de la Fosse de la Licorne, dans une mince spirale d'étoiles, se frayant un chemin d'un monde à l'autre.

Sur Jamivetta, il avait récolté de la mousse dans une toundra aride, et même la traversée en troisième classe jusqu'à Kyril avait paru agréable à côté de ça. *Margaret*, songea Joe, *j'espère que tu mérites toute la peine que je me donne*. Il scruta l'endroit où la jeune Druidesse brune était entrée dans le palais.

Une voix rude demanda :

— Qu'est-ce que vous fabriquez ? Vous démontez cet aérocar ? Un tel acte mérite la mort.

C'était le chauffeur de la voiture dans laquelle était arrivée la jeune fille. Un individu au visage grossier et au corps de brute. Sa longue et amère expérience des mondes lointains avait appris à Joe à tenir sa langue ; il se retourna donc pour examiner encore le moteur. Il se pencha plus près, incrédule. Trois condensateurs, reliés en série, pendaient en se balançant au bout de leurs câbles. Il tendit la main, arracha le couple superflu, coinça dans un coin le condensateur restant et le reconnecta.

— Hélas ! beugla le chauffeur. Écartez vos mains destructives de ce mécanisme délicat !

C'en était trop. Joe releva la tête.

— Ça, un mécanisme délicat ? C'est un miracle que ce pitoyable assemblage de ferraille puisse voler !

La colère déforma le visage du chauffeur. Il fit un rapide pas pesant en avant, puis stoppa comme un Druide apparaissait sur la plate-forme... un homme imposant au visage plat rubicond et aux sourcils impressionnants. Il avait un petit nez en bec d'aigle qui dépassait comme à regret entre ses joues et une bouche formée par la parenthèse de muscles têtus.

Il avait une longue robe vermillon avec une capuche de chaude fourrure noire et un ourlet assorti. Par-dessus la capuche, incliné sur une tempe, il portait un morion en métal noir et vert avec une nova d'émail rouge et jaune.

— Borandino!
Le chauffeur se ratatina.
— Vénéré.
— Partez. Allez ranger la Kelt.
— Oui, Vénéré.
Le Druide s'arrêta devant Joe. Il vit la pile de ferraille et son visage se congestionna.
— Que faites-vous à cette excellente voiture?
— J'enlève quelques trucs gênants.
— Le meilleur mécanicien de Kyril entretient cet engin!
Joe haussa les épaules.
— Il a beaucoup à apprendre. Je remets tout ça dedans, si vous y tenez. Ce n'est pas ma voiture.
Le Druide le regarda fixement.
— Vous voulez dire que ce véhicule fonctionnera, après tout ce que vous en avez enlevé?
— Il devrait fonctionner d'autant mieux.
Le Druide examina Joe de la tête aux pieds. Joe décida qu'il devait s'agir du théarque du district. Le Druide, avec une légère expression furtive, regarda par-dessus son épaule en direction du palais, puis reporta son attention sur Joe.
— Je crois savoir que vous êtes au service de Hableyat.
— Le Mang? Eh bien... c'est exact.
— Vous n'êtes pas mang. Qu'êtes-vous donc?
Joe se rappela l'incident avec le Druide de l'astrogare.
— Je suis thubien.
— Ah! Et combien Hableyat vous paie-t-il?
Joe regretta de ne rien savoir de la monnaie en usage sur Kyril et de sa valeur.
— Une belle somme, répondit-il.
— Trente stipelles par semaine? Quarante?
— Cinquante.
— Je vous donne quatre-vingts, annonça le théarque. Vous serez mon chef mécano.
Joe hocha la tête.
— Entendu.
— Accompagnez-moi, à présent. Je vais informer Hableyat de ce changement. Vous n'aurez plus aucun

contact avec cet assassin mang. Vous êtes désormais serviteur du théarque de ce district.

— A votre service, Vénéré.

DEUX

La sonnerie retentit, Joe abaissa le commutateur.

— Ici le garage.

Une voix de jeune fille sortit de la grille, la voix péremptoire et sûre de soi de la prêtresse Elfane, troisième fille du théarque, qui avait aujourd'hui un ton que Joe ne sut identifier.

— Chauffeur, écoutez très attentivement. Vous ferez exactement ce que je vais vous dire.

— Oui, Vénérée.

— Prenez la Kelt noire, montez jusqu'au troisième niveau, puis redescendez à mon appartement. Soyez discret et vous aurez tout à y gagner. Vous m'avez compris ?

— Oui, répondit Joe d'une voix pesante.

— Dépêchez-vous.

Joe enfila sa livrée. Rapidité, discrétion... et ruse ? Un amant d'Elfane ? Elle était jeune, mais pas trop. Il avait déjà effectué des courses similaires pour ses sœurs, Ésane et Phédrane. Joe haussa les épaules. Tant qu'il y avait de l'argent à gagner... Cent stipelles, davantage peut-être.

Il eut un sourire forcé en sortant la Kelt noire de sous son abri. Un pourboire de la part d'une gamine de dix-huit ans... et il n'aurait pas à se plaindre. Un jour, quelque part, quand il rentrerait sur Terre auprès de Margaret, il affecterait de nouveau ses oripeaux de fierté et de dignité. Pour l'instant, ils lui étaient inutiles, ils constituaient même un handicap.

L'argent n'avait pas d'odeur. L'argent lui avait fait traverser la galaxie et Ballenkarch était enfin en vue. La nuit, quand les projecteurs du temple abandonnaient le ciel, il distinguait Ballen, étoile brillante de la constellation que les Druides appelaient *la Porphyrite*. Le billet le moins cher, hypnotisé et embarqué comme un cadavre, coûtait deux mille stipelles.

Sur un salaire hebdomadaire de quatre-vingts stipelles, il réussissait à en économiser soixante-quinze. Trois semaines s'étaient écoulées... et il y en aurait encore vingt-quatre avant de pouvoir faire la traversée jusqu'à Ballenkarch. Trop long... tandis que, sur Terre, attendait Margaret, blonde, gaie, jolie. L'argent n'a pas d'odeur. Il accepterait tout pourboire avec des remerciements.

Joe fit monter la voiture sur l'allée prioritaire du palais et longea l'Arbre jusqu'au troisième niveau. L'Arbre était aussi imposant que s'il n'avait pas quitté le sol et Joe ressentait la terreur révérencielle et la stupéfaction que trois semaines à l'ombre du tronc n'avaient pu atténuer.

Une vaste masse pleine de sève qui respirait, un tronc de huit kilomètres de diamètre, dix-huit kilomètres de gigantesques racines noueuses jusqu'à l'ultime bourgeon... *l'Exprescience Vitale*, dans le jargon des Druides. Le feuillage s'étendait et retombait le long de branches plus minces aussi épaisses que le palais du théarque, tel le chaume sur une meule de foin à l'ancienne.

Les feuilles étaient plus ou moins triangulaires, longues d'un mètre... d'un jaune éclatant dans les hauteurs, devenant jaune-vert, vert, rose, écarlate, et bleu nuit en se rapprochant du sol. L'Arbre régnait sur les quatre points cardinaux, coudoyait les nuages et portait la foudre et le tonnerre comme une couronne de pompons. Il était l'âme de la vie, la vie à l'état brut, foulant et vainquant l'inerte, et Joe comprenait fort bien que les premiers colons de Kyril en fussent venus à l'adorer.

Le troisième niveau. Il redescendit dans la Kelt noire jusqu'à la plate-forme à côté des appartements de la prêtresse Elfane.

Joe posa le véhicule, en sortit d'un bond et traversa le dallage incrusté d'or et d'ivoire. Elfane elle-même fit coulisser la porte... créature vive au visage assez étroit, sombre, active comme un oiseau. Elle portait une simple robe en tissu blanc diaphane dépourvue d'ornements et elle avait les pieds nus. Joe, qui ne l'avait vue que dans ses atours officiels, cligna les yeux et la considéra avec intérêt.

Elle lui fit signe.

— Par ici. Dépêchez-vous.

Elle écarta une porte et Joe pénétra dans une chambre au plafond élevé, élégante mais un peu froide. Incrustés de palettes de cuivre où étaient ciselés des oiseaux exotiques, des panneaux de marbre blanc et de dumortiérite bleu nuit revêtaient deux des murs. Le troisième était caché par une tapisserie, qui représentait des jeunes filles en train de courir sur un coteau herbeux, et longé d'un grand divan bas avec des coussins.

C'était là qu'était assis un jeune homme portant l'habit de sous-théarque : robe bleue brodée des ophrys rouges et gris de son rang. Un morion incrusté de feuilles dorées était posé sur le sofa à côté de lui et un bâton tourné dans le Bois Sacré était accroché à sa ceinture... honneur accordé aux seuls ecclésiarques. Il avait les flancs maigres, de larges épaules minces et le visage le plus étonnant qu'eût jamais rencontré Joe.

***

C'était un visage étroit et passionné, avec de hautes pommettes saillantes, les joues plates redescendant vers un menton pointu. Le nez était long et droit, le front large. Les yeux étaient des disques noirs et plats dans des orbites étroites et sans expression, les sourcils noirs comme l'encre, les bouclettes des cheveux artistement dérangées. C'était un visage intelligent, cruel, empli de fascination, trop riche, trop mûr, sans humour ni compassion... le visage d'un animal féroce qui n'était humain que par coïncidence.

Joe s'arrêta net au milieu d'un pas, fixa ce visage avec une aversion instantanée, puis baissa les yeux sur le cadavre aux pieds de l'ecclésiarque... forme affalée à la rigidité grotesque d'où un sang jaune vif sourdait dans une cape écarlate.

Elfane dit à Joe :

— Ceci est le corps d'un ambassadeur de Mangtsé. Un espion, mais un ambassadeur de haut rang néanmoins. Celui qui l'a tué l'a fait sur place, ou bien a apporté le corps ici. Il ne faut pas qu'on le découvre. Il ne doit pas y avoir de remous. Je sais que vous êtes un fidèle serviteur. Certaines négociations assez délicates sont en cours avec l'Autorité mang. Un tel incident pourrait s'avérer catastrophique. Vous me suivez?

Les intrigues du palais n'étaient pas les affaires de Joe.

— J'obéirai au moindre de vos ordres, Vénérée, après permission du théarque.

Impatiente, elle répondit :

— Le théarque est trop occupé pour qu'on le consulte. L'ecclésiarque Manaolo va vous aider à porter ce cadavre dans la Kelt. Puis vous nous conduirez au-dessus de l'océan, où nous nous en débarrasserons.

Joe annonça raidement :

— Je rapproche la voiture autant que possible.

Manaolo se leva et le suivit jusqu'à la porte. Joe l'entendit marmonner par-dessus l'épaule :

— On sera à l'étroit, dans ce petit engin.

Elfane répondit d'un ton impatient :

— C'est le seul que je sache conduire.

Joe prit son temps pour disposer le véhicule contre la porte, fronçant les sourcils tandis qu'il réfléchissait. Le seul engin qu'elle sût conduire... Il regarda à quinze mètres de là vers la plate-forme suivante du palais. Un petit homme en cape bleue, les mains croisées derrière le dos, observait calmement Joe.

Joe rentra dans la chambre.

— Il y a un Mang sur le balcon d'à côté.

— *Hableyat!* s'exclama Manaolo.

Il se précipita vers la porte et regarda à l'extérieur sans se faire remarquer.

— C'est le dernier à devoir être mis au courant!

— Hableyat sait tout, commenta lugubrement Elfane. Je pense parfois qu'il a appris à se doter d'une seconde vue.

Joe s'agenouilla à côté du cadavre. La bouche béante révélait une langue couleur rouille. Une bourse pansue, à demi cachée par la cape, était accrochée à la ceinture. Joe l'ouvrit. Il entendit une exclamation de colère derrière lui. Elfane lança :

— Non, laisse-le satisfaire sa cupidité.

Ce ton, cette condescendance, piqua Joe au vif. Mais

l'argent n'a pas d'odeur. Les oreilles brûlantes, il plongea la main dans la bourse et en sortit une liasse d'argent. Des billets de cent stipelles, une douzaine au moins. Il consacra de nouveau son attention à la bourse et y découvrit une petite arme de poing d'un modèle qu'il ne connaissait pas. Il le fourra sous sa tunique. Puis il enveloppa le cadavre dans la cape rouge, se releva et le saisit sous les aisselles.

Manaolo prit les chevilles. Elfane s'approcha de la porte.

— Il est parti. Dépêchez-vous !

Au bout de cinq secondes, le cadavre était fourré à l'arrière. Elfane dit à Joe :

— Accompagnez-moi.

Veillant à ne pas tourner le dos à Manaolo, Joe la suivit. Elle le conduisit dans un vestiaire et désigna deux valises.

— Prenez-les et chargez-les à l'arrière de la Kelt.

Des bagages, songea Joe. Il obéit. Du coin de l'œil, il aperçut Hableyat qui était ressorti sur son balcon et lui souriait benoîtement. Joe rentra.

Elfane avait mis des sandales et une robe bleu foncé comme une jeune fille du Laïcat. Cela accentuait son apparence elfine, le piquant, le sel qui semblait être l'essence de son être. Joe détourna le regard avec difficulté. Margaret ne se serait pas débarrassée d'un cadavre avec autant de désinvolture.

— La Kelt est prête à partir. Vénérée, annonça-t-il.

— Vous allez conduire. Voici notre itinéraire : le cinquième niveau, au sud au-dessus de Divinale, traversée de la baie, puis la pleine mer.

Joe secoua la tête.

— Je ne pilote pas. En fait, je ne vous accompagne pas.

*
**

Le sens de ces paroles ne parut pas porter immédiatement. Elfane et Manaolo tournèrent alors la tête ensemble. Elfane était surprise, son visage affichant une absence de compréhension plutôt que de la colère.

Manaolo restait sans expression, les yeux vides, opaques.

Elfane répéta, d'une voix plus aiguë, comme si Joe ne l'avait pas comprise :

— Allez, sortez... vous allez nous conduire.

Joe fit nonchalamment glisser sa main à l'intérieur de sa tunique, là où reposait la petite arme.

Les yeux de Manaolo brûlèrent et ce fut le seul mouvement détectable sur son visage, mais Joe savait qu'il avait un esprit vif et sans pitié.

— Je n'ai pas l'intention de vous conduire. Vous pourrez facilement jeter ce cadavre sans mon aide. J'ignore ou vous allez et pour quel motif. Mais je sais que je ne vous accompagnerai pas.

— C'est un ordre que je vous donne! s'exclama Elfane.

Tout ceci était fantastique, absurde... contraire à tous les axiomes de son existence.

Joe secoua la tête tout en restant sur le qui-vive.

— Non, désolé.

Elfane chassa ce paradoxe de son esprit. Elle se tourna vers Manaolo.

— Tue-le sur-le-champ. Son cadavre, lui, n'entraînera aucune complication.

Manaolo eut une grimace pleine de regret.

— Je crains que ce maraud ne braque un pistolet sur nous. Il refusera de me laisser le tuer.

Elfane pinça les lèvres.

— Tout ceci est risible.

Elle fit volte-face. Joe sortit son pistolet. Elfane s'arrêta net, réduite à quia.

— Très bien, finit-elle pas admettre d'une voix soumise. Je vais acheter votre silence. Cela vous satisfera-t-il?

— Tout à fait, répondit Joe avec un sourire narquois.

Sa fierté? Qu'était-ce donc? S'il n'y avait pas eu Margaret, il aurait aimé... Mais non, il était clair qu'elle s'enfuyait en compagnie du brillant et dangereux Manaolo. Qui voudrait d'une telle femme après qu'elle se fut ainsi comportée?

— Combien? demanda tranquillement Manaolo.

Joe calcula rapidement. Il avait quatre cents stipelles dans sa chambre, il en avait pris près d'un millier sur le cadavre. Puis il rejeta ces calculs. Autant viser haut.

— Cinq cents stipelles et j'oublie tout ce que j'ai vu aujourd'hui.

Ce chiffre ne lui sembla apparemment pas exorbitant. Manaolo chercha dans une poche, puis l'autre, sortit un portefeuille, compta un certain nombre de billets et les jeta sur le plancher.

— Voilà votre argent.

Sans un regard en arrière. Elfane courut sur la plate-forme et sauta dans la Kelt. Joe restait seul dans la grande chambre.

Il ramassa les billets. Cinq cents stipelles ! Il s'approcha de la fenêtre et regarda l'aérocar qui rétrécissait pour devenir une simple pointe d'aiguille.

Il y eut dans sa gorge une petite palpitation, un pincement. Elfane était une créature magnifique. Sur Terre, s'il n'y avait pas eu Margaret, il eût été subjugué. Mais il se trouvait sur Kyril, où la Terre était un mythe. Et Margaret, souple, douce, blonde comme un champ de jonquilles, attendait son retour. Ou savait du moins qu'il escomptait qu'elle l'attende. Pour Margaret, il se pouvait que cela ne signifie pas la même chose. Maudit soit Harry Creath !

Son environnement commençait à lui peser. Une douzaine de personnes pouvaient entrer et le découvrir. Il ne serait pas facile d'expliquer sa présence. Il lui fallait trouver le moyen de rentrer à son logement. Il resta paralysé. Le bruit d'une porte qui coulissait fit brutalement accélérer son pouls et perler la sueur sur sa peau. Il recula contre la tapisserie. Des pas lents et nonchalants arrivaient dans le couloir.

La porte s'ouvrit. Un homme entra dans la pièce… un petit homme à la peau jaune, en cape de velours bleu : Hableyat.

TROIS

Hableyat examina brièvement la chambre et hocha la tête tristement.

— Une bien vilaine affaire. Risquée pour tous ceux qui y sont impliqués.

Joe, raide contre le mur, n'avait aucune peine à acquiescer. Hableyat effectua deux pas en avant et scruta le sol.

— Les imprudents. Il reste beaucoup de sang.

Il leva les yeux et prit conscience de l'attitude de Joe.

— Mais je vous en prie, détendez-vous. Détendez-vous donc. (Un instant, il considéra Joe de manière impersonnelle.) Il ne fait aucun doute qu'on vous a rempli la bouche de billets. C'est un miracle que vous soyez encore en vie.

Joe répondit sèchement :

— La prêtresse Elfane m'a appelé et elle s'est enfuie avec la Kelt. En dehors de cela, je me dissocie entièrement de cette affaire.

Hableyat branla joyeusement du chef.

— Si l'on vous trouve ici, avec tout ce sang sur le plancher, on vous interrogera. Et, comme le maximum d'efforts sera déployé pour dissimuler l'assassinat d'Empoing, on vous tuera très certainement pour s'assurer que vous gardiez le silence.

Joe s'humecta les lèvres.

— Mais n'est-ce pas à vous qu'ils essaieront de cacher cet assassinat?

Hableyat hocha la tête.

— Sans nul doute. Je représente le Pouvoir et l'Autorité de la Chambre Mang... c'est-à-dire la faction Eau-d'Azur. Empoing était né Flot-Rouge, qui est une école de pensée tout à fait différente. Ils croient en une prompte succession des événements.

Une idée étrange se forma dans l'esprit de Joe et il ne put la chasser. Hableyat remarqua son changement d'expression. Sa bouche, courte crevasse charnue entre les deux bajoues jaunes, se referma aux coins.

— Oui, c'est cela. C'est moi qui l'ai tué. Cela était nécessaire, croyez-moi. Autrement, il aurait tué Manaolo, qui est impliqué dans une mission très importante. Si Manaolo était stoppé, ce serait, d'un certain point de vue, une véritable tragédie.

Les idées arrivaient trop vite... elles filaient à côté de l'esprit de Joe comme des bancs de poissons à côté d'une épuisette. C'était comme si Hableyat exposait un plateau couvert de marchandises éclatantes et attendait que Joe fît son choix.

— Pourquoi me racontez-vous tout cela ? lui demanda Joe.

Hableyat haussa ses épaules charnues.

— Qui que vous soyez, vous n'êtes pas un simple chauffeur.

— Ah... mais... *si!*

— Ce que vous êtes n'a pas encore été clairement établi. Les temps sont complexes, car bien des gens et bien des mondes désirent l'irréconciliable, et l'origine et les intentions de chaque homme doivent être soigneusement analysées. Mes renseignements sur vous remontent à Thubane, où vous avez été professeur de génie civil à l'Institut Technique. De Thubane, vous êtes passé à Ardemiziane, puis Panapol, puis Rosalinda, puis Jamivetta et enfin Kyril.

« Sur chaque planète, vous n'êtes resté que le temps de gagner de quoi vous payer un billet pour la suivante. Il y a là un schéma et, là où il y a schéma, il y a plan. Là où il y a plan, il y a intentions, et là où il y a intentions, il y a buts à atteindre. Et, quand ces buts sont atteints, il y a un perdant. Mais je vois que vous êtes mal à l'aise. De toute évidence, vous craignez d'être démasqué. Me trompé-je ?

— Ça ne me dit rien de me faire tuer.

— Je vous suggère de rejoindre mon appartement, qui est tout proche et où il se peut que nous continuions de bavarder. Je suis toujours désireux d'apprendre et, peut-être que, par gratitude pour avoir quitté cette chambre sain et sauf...

Une sonnerie l'interrompit net. Il sursauta, s'approcha rapidement de la fenêtre, regarda en haut, puis en bas. Il courut alors à la porte et posa l'oreille contre le panneau. Il fit signe à Joe.

— Écartez-vous.

La sonnerie se fit à nouveau entendre... et l'on frappa lourdement sur le panneau. Hableyat lâcha un sifflement menaçant. Un grattement, un raclement. La porte coulissa.

Un homme de grande taille, au gros visage rubicond et

au petit nez en bec d'aigle, entra précipitamment. Il portait une robe blanche flottante avec une capuche surmontée d'un morion noir, vert et or. Hableyat se coula derrière lui, exécuta un enchaînement de gestes complexes comprenant un coup de pied derrière les genoux, une manchette à l'avant-bras et une torsion du poignet... et le Druide tomba tête la première.

Joe souffla :

— C'est le théarque en personne ! Nous allons être écorchés vifs...

— Venez, fit Hableyat, redevenu homme d'affaires bienveillant.

Ils s'engagèrent prestement dans le couloir. Hableyat fit coulisser la porte.

— *Entrez.*

L'appartement de Hableyat était plus vaste que celui de la prêtresse Elfane. Le salon était dominé par une large table rectangulaire dont le plateau était une plaque de bois sombre poli et incrustée de feuilles de cuivre formant arabesques.

Deux guerriers mangs étaient assis raidement de part et d'autre de la porte... des hommes courts et trapus, les traits abrupts, la peau jaune citron... assis comme s'ils étaient là depuis des heures. Hableyat ne leur prêta pas attention et passa à côté d'eux comme s'ils étaient des objets inanimés. Il avisa le regard interrogateur de Joe et parut les remarquer pour la première fois.

— Hypnotisés, expliqua-t-il rapidement. Tant que je suis dans la pièce ou que la pièce est vide, ils ne bougent pas.

*
**

Joe entra précautionneusement dans la pièce en songeant qu'on pouvait le soupçonner tout autant que lorsqu'il se tenait dans l'appartement de la prêtresse.

Hableyat s'assit en poussant un grognement et invita Joe à prendre une chaise. Plutôt que de s'aventurer dans un labyrinthe de couloirs, Joe obéit. Hableyat posa ses mains dodues sur la table et fixa Joe de ses yeux les plus candides.

— Vous paraissez prisonnier d'une situation désagréable, Joe Smith.

— Pas nécessairement, répondit Joe dans une tentative d'humour désespérée. Je pourrais aller voir le théarque, lui raconter mon histoire et ce serait terminé.

Le visage de Hableyat trembla quand il éclata d'un rire qui lui fit ouvrir la bouche comme un écureuil.

— Et alors?

Joe resta coi.

Hableyat tapa sur la table d'un air joyeux.

— Mon garçon, vous n'êtes pas familiarisé avec la psychologie des Druides. Pour eux, le meurtre est une réaction normale en toute circonstance... un acte indifférent comme l'extinction des lumières en quittant une pièce. Une fois votre histoire racontée, vous seriez tué. Sans raison précise autre que le fait qu'il est plus facile de tuer que de ne pas tuer.

Hableyat suivait nonchalamment le dessin d'une vrille d'un ongle jaune et parlait comme s'il méditait à voix haute.

— Il arrive que les organismes les plus bizarres soient les plus efficaces. Kyril fonctionne de manière remarquable à cause de sa simplicité absolue. Cinq milliards de vies vouées à l'alimentation et aux petits soins de deux millions de Druides et d'un Arbre. Mais le système fonctionne, il se perpétue... ce qui est le test ultime de viabilité.

« Kyril est le comble de la dévotion religieuse. Laïcat, Druides, Arbre. Les Laïcs travaillent, les Druides dirigent les rites et l'Arbre est... est immanent. Stupéfiant ! L'humanité crée à partir du même protoplasme les rustauds laïcs et les Druides raffinés.

Joe s'agitait nerveusement.

— Qu'est-ce que tout cela peut bien me faire?

— Je me contente de vous indiquer, répondit doucement Hableyat, que votre vie ne vaut plus tripette, sauf pour vous. Qu'est-ce que la vie, pour un Druide? Vous voyez ce chef-d'œuvre? La vie de dix hommes s'est usée sur cette table. Les plaques de marbre de ce mur... elles ont été taillées à la main. Le prix? Les Druides n'ont aucune conscience de ce concept. Le travail est libre, la main-d'œuvre est illimitée.

« Même l'électricité qui anime et éclaire ce palais est produite à la main dans les sous-sols... au nom de l'Arbre de Vie, où espèrent résider un jour les pauvres âmes aveugles, sereines au soleil et au vent. Les Druides justifient ainsi leur système vis-à-vis de leur conscience, vis-à-vis des autres mondes.

« Des controverses? La formule des Druides est simple. On tue les deux parties, de telle sorte que la controverse s'éteint. Inattaquable... Et l'Arbre de Vie domine toute la planète, promesse la plus puissante de vie éternelle qu'ait jamais connue la galaxie. Une vitalité pure et massive!

Joe s'avança sur son siège et regarda à droite les guerriers mangs immobiles. Puis, à sa gauche, à l'autre bout du tapis orange, par la fenêtre. Hableyat suivit son regard en pinçant les lèvres d'un air interrogateur.

— Pourquoi me retenez-vous ici? demanda Joe d'une voix nerveuse. Qu'attendez-vous?

Hableyat cligna rapidement les yeux d'un air de reproche.

— Je n'ai pas conscience d'avoir l'intention de vous retenir. Vous êtes libre de partir quand il vous plaira.

— Et pourquoi m'amener ici, d'abord?

Hableyat haussa les épaules.

— Pur altruisme, sans doute. Si vous retournez à présent à votre logement, on peut d'ores et déjà vous considérer comme mort. Surtout après la regrettable intrusion du théarque.

Joe se détendit sur sa chaise.

— Cela n'est pas... nécessairement vrai.

Hableyat hocha vigoureusement la tête.

— Je crains que si. Songez un peu : l'on sait... ou l'on ne tardera à savoir... que vous avez pris la Kelt noire, qui a été ensuite conduite par la prêtresse Elfane et l'ecclésiarque Manaolo. Le théarque, venu dans l'appartement de sa fille, soit pour enquêter, soit parce qu'il y a été appelé, se fait attaquer. Peu après, le chauffeur retourne à son logement.

Il marqua un temps d'arrêt et ouvrit ses mains dodues d'un air significatif.

— Très bien, donc, admit Joe. Et à quoi pensez-vous?

Hableyat tapota sur la table avec son ongle.

— Cette époque est compliquée, oui, bien compliquée. Vous voyez, ajouta-t-il sur un ton confidentiel, Kyril est en train d'être surpeuplée de Druides.

Joe fronça les sourcils.

— Surpeuplée? Par deux millions de Druides?

*
**

Hableyat éclata de rire.

— Cinq milliards de Laïcs sont incapables de fournir à davantage une existence digne de ce nom. Il faut que vous compreniez que ces pauvres diables n'ont aucun intérêt dans la production. Leur unique aspiration est de traverser la vie aussi rapidement que possible pour aller prendre leur place de feuille sur l'Arbre de Vie.

« Les Druides sont prisonniers d'un cruel dilemme. Pour accroître la production, il leur faut soit former et industrialiser — révélant par là aux Laïcs que la vie offre des plaisirs autres que la contemplation béate — soit trouver d'autres sources de richesse et de production. Dans ce but, les Druides ont décidé de diriger une banque industrielle sur Ballenkarch. C'est ainsi qu'a été impliqué Mangtsé, qui est un monde extrêmement industrialisé. Nous considérons que le plan des Druides est une menace pour notre sécurité.

Joe demanda avec un air las mais patient :

— Et comment moi, suis-je impliqué dans tout cela?

— Ma mission d'émissaire plénipotentiaire est de promouvoir les intérêts de ma planète. Ce qui nécessite la collecte d'un grand nombre de renseignements. Quand vous êtes arrivé ici il y a un mois, on a effectué une enquête sur votre personne. On est remonté jusqu'à une planète de la lointaine Thubane. Au-delà, votre piste se perd.

Joe lâcha avec colère et incrédulité :

— Mais vous savez bel et bien quelle est ma planète d'origine. Je vous l'ai dit la première fois que je vous ai vu. C'est la Terre. Et vous m'avez affirmé avoir déjà parlé à un autre Terrien nommé Harry Creath.

Hableyat hocha vivement la tête.

— Exact. Mais il m'avait semblé que la *Terre* comme planète d'origine présente un caractère anonyme fort commode. (Il fixa Joe d'un air matois.) Aussi bien pour vous que pour Harry Creath.

Joe prit longuement son souffle.

— Vous en savez davantage sur Harry Creath que vous ne l'avez laissé entendre.

Hableyat parut surpris que Joe juge ce fait exceptionnel.

— Mais bien entendu. Il m'est nécessaire de disposer d'énormément d'informations. Bien... cette *Terre* dont vous parlez : son identité est-elle vraiment plus qu'une convention ?

Il considéra Joe d'un œil inquisiteur.

— Je vous l'assure, répondit Joe d'un ton sarcastique. Vous êtes tellement perdus dans cette poussière d'étoiles que vous avez oublié le restant de l'univers.

Hableyat hocha la tête et tambourina des doigts sur la table.

— Intéressant, intéressant. Voici qui jette un éclairage assez nouveau.

Impatient, Joe s'exclama :

— Je n'ai conscience d'aucun éclairage, ancien ou nouveau. Mon affaire en tant que telle est d'ordre strictement personnel. Je ne m'intéresse absolument pas à vos entreprises et me trouver impliqué dedans est le cadet de mes soucis.

On cogna à la porte. Hableyat se leva avec un grognement de satisfaction. *Voilà ce qu'il attendait*, songea Joe.

— Je vous répète que vous n'avez pas le choix. Vous êtes impliqué malgré vous. Désirez-vous rester en vie ?

— Bien entendu.

Joe se leva à demi comme les coups recommençaient.

— Alors, acquiescez à tout ce que je dirai... tout fantastique que cela puisse vous paraître. Avez-vous compris ?

— Oui, répondit Joe, résigné.

Hableyat lança une parole sèche. Les deux guerriers se levèrent comme des mécaniques.

— Ouvrez la porte.

La porte coulissa en arrière. Le théarque se tenait

dans l'ouverture, le visage courroucé. Derrière lui se tenaient une demi-douzaine de Druides en robes de couleurs différentes : ecclésiarques, sous-théarques, eubages, hiérophantes.

Hableyat était transformé. Ses caractéristiques visibles s'étaient intensifiées. Sa bienveillance s'était adoucie en obséquiosité; ses manières souples étaient devenues onctuosité polie. Il s'avança au petit trot comme si la visite du théarque lui procurait une fierté et un plaisir extrêmes.

Le théarque barrait la porte et scrutait la pièce d'un regard foudroyant. Ses yeux passèrent sur les deux guerriers et vinrent se poser sur Joe.

Il leva une main et la tendit d'un air menaçant.

— Le voici! Le traître meurtrier! Emparez-vous de lui et nous en aurons fini avant la fin de l'heure.

Les Druides se lancèrent en avant en un prompt froissement de robes. Joe voulut prendre son arme. Mais les deux gardes mangs agirent si vite et si souplement qu'ils ne semblèrent pas avoir bougé : ils avaient barré la porte. Un Druide aux yeux injectés de sang et vêtu d'une robe marron et verte voulut les écarter.

Il y eut une étincelle de lumière bleue, un crépitement, une exclamation de surprise, et le Druide recula d'un bond, tremblant d'indignation.

— Il est chargé d'électricité statique!

Hableyat s'approcha d'un air mielleux, tout inquiétude et désarroi.

— Votre Vénération, que se passe-t-il?

L'expression du théarque affichait un immense mépris.

— Écartez-vous, Mang, et rappelez vos diableries électriques. Je veux cet homme.

*
**

Hableyat s'écria :

— Mais, Votre Vénération, Votre Vénération... vous me jetez dans le désarroi. Se peut-il que j'aie pris un criminel à mon service?

— A votre service?

— Assurément, Votre Vénération n'ignore pas qu'afin de poursuivre une politique réaliste mon gouvernement emploie un certain nombre d'observateurs officieux ?

— Des espions et des coupe-jarrets ! gronda le théarque.

Hableyat se frotta le menton.

— Si tel est le cas, Votre Vénération, vous me voyez désillusionné, car les Druides sur Mangtsé sont uniformément discrets. Et de quoi mon serviteur est-il précisément accusé ?

Le théarque avança la tête et répondit avec une ferveur suave :

— Je vais vous dire ce qu'il a fait : il a tué l'un des vôtres, un Mang. Il y a du sang jaune sur tout le plancher de la chambre de ma fille. Là où il y a sang, il y a mort !

— Votre Vénération ! s'exclama Hableyat. C'est là une grave nouvelle ! Et qui est la victime ?

— Comment le saurais-je ? Il suffit qu'un homme ait été tué et que ce...

— Mais, Votre Vénération ! Cet homme est resté toute la journée en ma compagnie. Cette nouvelle est très grave. Cela signifie qu'un représentant de mon gouvernement a été attaqué. Je crains un tumulte au Lathbon. Où avez-vous remarqué ce sang ? Dans la chambre de votre fille la prêtresse ? Où est-elle ? Peut-être pourra-t-elle nous éclairer ?

— J'ignore où elle se trouve. (Il se tourna et tendit un doigt.) Alamaina... que l'on cherche la prêtresse Elfane. Je désire lui parler. (Puis, à l'adresse de Hableyat :) — Dois-je comprendre que vous prenez cet espion scélérat sous votre protection ?

Hableyat répondit courtoisement :

— Nos officiers de sécurité ont veillé sur la sécurité des Druides représentant Votre Vénération sur Mangtsé.

Le théarque tourna les talons et disparut promptement parmi les capuches de ses Druides.

— Me voilà donc espion, lâcha alors Joe.

— Que préféreriez-vous ?

Joe reprit son siège.

— Pour une raison ou une autre, je ne puis croire que vous soyez déterminé à m'attacher à votre personne.

Hableyat eut un geste de désapprobation.

Joe le regarda fixement pendant un long moment.

— Vous assassinez vos propres hommes, vous frappez le théarque dans la chambre de sa propre fille... et je me retrouve mystérieusement responsable de tout cela. N'est-il pas possible que vous ayez prévu tout cela?

— Allons. Allons-allons, murmura Hableyat.

Joe demanda poliment :

— Puis-je abuser encore de votre courtoisie?

— Certainement. Faites.

Hableyat l'écoutait attentivement.

Sans attendre réellement l'assentiment de Hableyat, Joe dit hardiment :

— Emmenez-moi à l'astrogare. Mettez-moi dans le paquebot qui part aujourd'hui pour Ballenkarch.

Hableyat haussa les sourcils d'un air sagace et opina du chef.

— Requête on ne peut plus raisonnable... et à laquelle je serais bien malveillant de ne pas accéder. Etes-vous prêt à partir sur-le-champ?

— Oui, répondit Joe sans hésiter. Sur-le-champ.

— Et vous avez suffisamment d'argent?

— J'ai cinq mille stipelles que m'ont données la prêtresse Elfane et Manaolo.

— Hah! Je vois. Ils étaient pressés de partir?

— C'est l'impression qu'ils m'ont faite.

Hableyat leva brutalement les yeux.

— Je note une émotion réprimée dans votre voix.

— Le Druide Manaolo suscite chez moi une profonde aversion.

— *Hah!* fit Hableyat avec un sourire rusé. Et la prêtresse Elfane suscite l'inverse, n'est-ce pas? Ah, cette jeunesse! Si j'étais encore jeune, qu'est-ce que je m'amuserais!

Joe précisa d'un ton équanime :

— Mes plans pour l'avenir ne tiennent compte ni de Manaolo ni d'Elfane.

— Seul l'avenir nous le dira, déclara Hableyat. Bon... allez... à l'astrogare.

QUATRE

Joe ne remarqua aucun signal, mais, au bout de trois minutes au cours desquelles Hableyat resta tapi dans un fauteuil, un lourd aérocar bien agencé s'avança sur la plate-forme. Joe s'approcha prudemment de la fenêtre et examina la façade du palais. Le soleil avait baissé. Les ombres des différents balcons, des plates-formes d'atterrissage et des sculptures couraient obliquement le long de la pierre, créant un écheveau de formes où pouvait se dissimuler tout ce que l'on voulait.

Plus bas se trouvait le garage et sa cellule. Il n'y avait là aucun objet de valeur... il abandonnait les quelques centaines de stipelles qu'il avait épargnées en faisant le chauffeur. Au-delà s'élevait l'Arbre, masse monstrueuse que le regard ne pouvait embrasser d'un seul coup d'œil. Pour en voir les deux côtés, il fallait tourner la tête de droite à gauche. Sa forme était imprécise d'aussi près, soit environ quinze cents mètres. Un certain nombre de branches basses chargées de feuillage touchaient le palais.

Hableyat le rejoignit à la fenêtre.

— Il pousse, il pousse sans cesse. Un jour, il aura tellement poussé que son propre poids le fera basculer, ou le sol se soulèvera. Il fera la culbute et s'abattra en produisant le bruit le plus terrible jamais entendu sur cette planète. Et en s'écrasant il entraînera la chute des Druides.

Il examina soigneusement la façade du palais.

— Marchez vite, à présent. Une fois dans la voiture, vous serez à l'abri de tous les tireurs d'élite en embuscade.

Joe sonda encore l'obscurité. Puis il s'avança prudemment sur la plate-forme. Elle semblait très large, très vide. Il rejoignit l'aérocar en sentant un picotement dans le dos. Il franchit la portière et le véhicule oscilla sous son poids. Hableyat bondit à son côté.

— Bien joué, Juliam, dit Hableyat au chauffeur, un très vieux Mang aux yeux tristes, au visage ridé et aux cheveux que l'âge avait transformés en chaume. On part... à l'astrogare. Niveau Quatre, je crois. Le *Belsaurion*, à destination d'Intersection et Ballenkarch.

Juliam appuya sur la pédale d'élévation. Le véhicule grimpa dans les airs. Le palais rapetissa et ils montèrent à côté du tronc brun grisâtre de l'Arbre, jusque sous le premier parasol de frondaisons.

L'air de Kyril était habituellement empli d'une brume lourde, mais aujourd'hui le soleil brillait nettement à travers une atmosphère parfaitement claire. La ville de Divinale, masse hétérogène de palais, de bureaux, de temples et de quelques entrepôts, était recroquevillée parmi les racines de l'Arbre et donnait rapidement sur une plaine ondulant doucement couverte d'une foule de fermes et de villages.

Les routes convergeaient de toutes les directions vers l'Arbre, et sur ces routes déambulaient les hommes et les femmes ternes du Laïcat... en train d'accomplir leur pèlerinage à l'Arbre. Joe les avait observés une fois ou deux tandis qu'ils entraient par la Fente Ordinale, trouée entre deux grandes racines en arche. Minuscules silhouettes semblables à des fourmis, ils marquaient un temps d'arrêt, se retournaient pour contempler la campagne grise avant de continuer leur avance. Chaque jour en amenait des milliers en provenance de tous les coins de Kyril, jeunes et vieux. Des hommes, des femmes, des enfants pâles aux yeux sombres... poussiéreux, affamés, assoiffés... l'âme enflammée par la paix de l'Arbre.

Ils traversèrent une plaine plate couverte de petites capsules noires. D'un côté une masse d'hommes nus faisaient de la callisthénie... sautant et se tordant parfaitement en mesure.

Hableyat déclara :

— Vous voyez là la marine spatiale des Druides.

Joe l'examina de plus près pour déceler la moindre trace de sarcasme, mais le visage rondouillard était imperturbable.

— Ils n'ont pas l'air très méchants, fit Joe.

— Ils sont adaptés à la défense de Kyril, c'est-à-dire de l'Arbre. Naturellement, quiconque ayant le désir de vaincre les Druides par la violence songerait à détruire l'Arbre, démolissant ainsi la fibre morale des autochtones. Mais, pour ce faire, une flottille devrait s'approcher relativement près de Kyril, disons à deux cent mille kilomètres, pour posséder une certaine précision de bombardement.

« Or les Druides disposent d'un écran de petits vaisseaux qui patrouillent à deux millions de kilomètres autour de la planète. Ils sont rudimentaires, mais très rapides et agiles. Chacun est équipé d'une tête explosive... en fait, ce sont des appareils-suicides et, à l'heure actuelle, on considère qu'ils constituent une défense efficace de l'Arbre.

Joe resta un moment silencieux. Puis :

— Ces vaisseaux sont-ils fabriqués ici? Sur Kyril?

— Ils sont très simples, répondit Hableyat avec un mépris voilé. Une coque, un propulseur, un réservoir à oxygène. Les soldats laïcs ne sont pas censés exiger ni apprécier le confort. Le nombre de ces chaloupes d'attaque est gigantesque. Pourquoi pas? La main-d'œuvre est gratuite. L'idée du prix de revient ne signifie rien pour les Druides. Je crois que l'équipement des commandes est importé de Bélan, et de même pour la mise à feu. Autrement, ils sont fabriqués à la main ici même.

Le champ couvert de vaisseaux-scarabées s'inclina, diminua sur l'arrière. Devant apparaissait le mur de dix mètres entourant l'astrogare. La bâtisse allongée en verre s'étendait le long d'un côté du rectangle. Le long d'un autre se trouvait la rangée de demeures officielles : les bureaux consulaires des outre-mondains.

De l'autre côté du terrain, dans la quatrième ou cinquième position, était rangé un appareil mi-cargo mi-paquebot prêt à décoller. Le panneau de chargement avait été condamné, les rails relevés et seule une passerelle reliait encore l'appareil au sol.

Juliam posa la voiture dans un parking à côté de la gare. Hableyat retint Joe de la main.

— Peut-être... pour votre propre sécurité... vaudrait-il mieux que je m'occupe de votre billet. Le théarque risque d'avoir tramé quelque machination. On ne sait jamais comment peuvent se comporter ces individus. (Il bondit hors de l'appareil.) Si vous restez donc ici... hors de vue... je ne tarderai pas.

— Mais l'argent du billet...

— Broutille, broutille. Mon gouvernement a plus d'argent qu'il n'en peut dépenser. Permettez-moi de dépenser deux mille stipelles en signe de bonne volonté envers notre légendaire Mère la Terre.

***

Joe se détendit avec quelque appréhension. Deux mille stipelles d'économisées lui permettraient de revenir sur Terre. Si Hableyat pensait en faire de lui son obligé, il se trompait amèrement. Il s'agita dans son siège. Autant profiter des circonstances et sortir. Ce genre de générosité s'accompagnait généralement de désagréables quiproquos. Il leva la main vers la porte et rencontra le regard de Juliam. Juliam secoua la tête.

— Non, non, monsieur. Le seigneur Hableyat sera de retour dans un instant et il désire que vous restiez hors de vue.

Dans un spasme de défi, Joe répondit :

— Hableyat peut attendre.

Il sauta hors de la voiture et, feignant d'ignorer la voix récriminatrice de Juliam, se dirigea vers l'astrogare. Sa colère s'apaisa tandis qu'il marchait et, dans sa livrée verte, blanche et noire, il se sentit un peu trop voyant. Hableyat avait la mauvaise habitude d'avoir constamment raison.

Une pancarte de l'autre côté de l'allée déclarait :

Costumes de toutes planètes.
Changez-vous ici même.
Arrivez à votre destination dans un habit approprié.

Joe entra. A travers la vitrine, il pourrait apercevoir Hableyat s'il quittait la gare et retournait à l'aérocar. Le patron attendait tranquillement, homme de haute taille, osseux, d'une race indéterminée, le large visage cireux, les yeux bleu pâle écartés et innocents.

— Que désire monseigneur? demanda-t-il d'un ton égal qui passait sur la livrée de serviteur dont Joe se dépouillait.

— Débarrassez-vous de ça. Donnez-moi quelque chose d'adapté à Ballenkarch.

Le marchand s'inclina. Il parcourut la forme de Joe d'un œil grave, se tourna vers des casiers et présenta un costume qui fit cligner les yeux de Joe : pantalon rouge, veste bleue étroite et sans manches, blouse blanche volumineuse. Joe demanda d'un air dubitatif :

— Ce n'est pas tout à fait... ce n'est guère discret, n'est-ce pas ?

— Il s'agit d'un costume typique de Ballenkarch, monseigneur... c'est-à-dire typique des clans les plus civilisés. Les sauvages portent des peaux et des sacs. (Il fit tourner les vêtements pour en présenter le devant et le derrière.) Celui-ci n'indique aucun rang particulier. Un vavasour accroche son épée du côté gauche. Un grand de la Cour de Vail Alan porte de plus un bandeau noir. Les habits de Ballenkarch, monseigneur, sont marqués par une flamboyance assez barbare.

— Donnez-moi un simple costume de voyage gris. Je me mettrai à la mode de Ballenkarch en y arrivant.

— Comme voudra monseigneur.

Le costume de voyage lui plaisait davantage. Avec une profonde satisfaction, Joe fit coulisser les glissières, serra les poignets et les chevilles.

— Et quel style de morion, monseigneur ?

Joe fit une grimace. Les morions étaient de rigueur parmi les classes supérieures de Kyril. Laïcs, paysans, domestiques n'avaient pas le droit d'afficher un morion complexe et luisant. Il désigna une coque basse de métal brillant au large bord.

— Celui-ci, s'il me va.

Le marchand s'inclina et forma pratiquement un U inversé.

— Oui, Vénéré.

Joe lui adressa un regard méfiant, puis s'intéressa au morion qu'il avait choisi : un magnifique casque luisant, n'ayant d'autre utilité que de servir de couvre-chef décoratif. Il ressemblait assez à celui que portait l'ecclésiarque Manaolo. Il haussa les épaules, se le fourra sur la tête et transféra le contenu de ses poches. Le pistolet, l'argent, le portefeuille et ses papiers d'identité.

— Je vous dois combien ?

— Deux cents stipelles, Vénéré.

Joe lui donna deux billets et sortit dans la galerie. Il se rendit alors compte que sa démarche était plus ferme, qu'il roulait véritablement les épaules. Le passage de la livrée au costume gris et au morion prétentieux avait modifié la coloration de sa psychologie. Moral, confiance, volonté de vaincre... qualités complètement intangibles et pourtant tellement définies. A présent, il fallait retrouver Hableyat.

Il était justement devant lui, bras dessus, bras dessous avec un Mang en uniforme vert, bleu et jaune, parlant avec beaucoup de vivacité et d'animation. Joe aurait bien aimé savoir lire sur les lèvres. Les deux hommes s'arrêtèrent à la rampe qui descendait vers la piste. L'officier mang s'inclina sèchement, fit volte-face et repartit dans la galerie. Hableyat s'engagea dans la galerie et commença à traverser la piste.

Joe songea qu'il aimerait entendre ce que Juliam dirait à Hableyat et le commentaire de Hableyat sur son absence... S'il courait jusqu'à l'extrémité de la galerie, sautait par-dessus le mur et faisait le tour du parking, il pourrait s'approcher de la voiture par-derrière en passant probablement inaperçu.

*
**

Joignant l'action à la pensée, il fit demi-tour et courut le long de la terrasse sans se soucier des regards interdits qu'on lui jetait. Il s'abaissa jusqu'au gazon bleu-vert, resta plaqué contre le mur et conserva le maximum de voitures garées entre lui et Hableyat. Il atteignit l'aérocar et se mit à quatre pattes sans se faire voir de Juliam, qui avait les yeux braqués sur Hableyat.

Juliam fit coulisser la portière. Hableyat lança joyeusement :

— Eh bien, mon garçon, tout est... (Il s'arrêta net et demanda à Juliam :) — Où est-il? Où est-il allé?

— Il est parti peu après vous, répondit Juliam.

Hableyat marmonna une syllabe piquante.

— Sacré caractère imprévisible! Je lui avais donné des instructions très strictes pour qu'il reste ici.

Juliam répondit :

— Je lui ai rappelé vos instructions. Il a feint de m'ignorer.

— Voilà la difficulté, quand on travaille avec des gens à l'intellect limité. On ne peut escompter une exécution logique. Je préférerais mille fois me débattre avec un génie. Ses méthodes auraient l'avantage d'être compréhensibles... Si Erru Kametin le voit, tous mes plans tomberont à l'eau. Oh, gémit-il, le crétin têtu !

Juliam renifla mais resta coi. Hableyat continua sur un ton incisif :

— Va le chercher dans la galerie. Si tu le vois, renvoie-le rapidement ici. J'attends sur place. Ensuite, téléphone à Erru Kametin... Il doit se trouver au Consulat. Présente-toi sous l'identité d'Aglom Quatorze. Il te posera d'autres questions et tu révéleras que tu étais un agent d'Empoing, qui est mort à présent... et que tu as des renseignements importants à lui confier.

»Il voudra te voir, mais tu avanceras que tu redoutes une réaction des Druides. Tu lui diras que tu as identifié le courrier avec certitude et qu'il voyagera avec l'objet en question à bord du *Belsaurion*. Tu lui donneras une description rapide de cet homme et tu reviendras ensuite ici.

— Oui, monseigneur.

Joe entendit le raclement des pieds de Juliam. Il recula et se cacha derrière un long camion bleu, puis se releva. Il regarda Juliam traverser la piste, puis il rejoignit la voiture par un autre chemin.

Les yeux de Hableyat étincelaient, mais il fit d'un ton nonchalant :

— Vous voilà enfin, jeune homme. Où étiez-vous ?... Ah, je vois, des vêtements neufs. Très astucieux, très astucieux, mais apparaître dans la galerie était dangereux.

Il plongea la main dans sa bourse et en sortit une enveloppe.

— Voici votre billet pour Ballenkarch, via Intersection.

— Intersection ? Qu'est-ce que c'est ?

Hableyat joignit le bout des doigts et répondit sur un ton à la précision exagérée :

— Kyril, Mangtsé et Ballenkarch, comme vous le savez peut-être, forment un triangle approximativement équilatéral. Intersection est un satellite artificiel en son centre. Il est également situé sur la route commerciale Mangtsé-Bélan et, perpendiculairement, sur celle de Frums au Système Extérieur, constituant ainsi une étape ou un point de transfert fort commode.

« C'est un lieu intéressant de plusieurs points de vue : la méthode unique de construction, les extrémités auxquelles on va pour distraire les visiteurs, les célèbres Jardins d'Intersection, la nature cosmopolite des personnes qu'on y rencontre. Je suis sûr que vous trouverez le voyage passionnant.

— Je n'en doute pas.

Hableyat lui jeta un coup d'œil rapide. Il parla en choisissant soigneusement ses mots :

— Mais je dois vous donner un conseil. Les Druides, avec leurs processus mentaux anachroniques, sont des fanatiques de la vengeance. Et rien ne peut les arrêter.

« Il y aura des espions à bord... en fait, il y en a partout. On ne peut faire un pas sans buter contre un espion. Leurs instructions vous concernant peuvent ou non être assorties de violence. Je vous conseille la plus grande vigilance... bien qu'il soit bien connu qu'un habile assassin ne rate pas la moindre occasion.

Joe commenta d'un air sinistre :

— J'ai un pistolet.

Hableyat affronta son regard avec un air d'innocence limpide.

— Parfait... excellent. Bien, le vaisseau est sur le point de décoller. Vous feriez bien de monter à bord. Je ne vous accompagne pas, mais je vous souhaite bonne chance ici même.

Joe descendit d'un bond.

— Merci pour vos efforts, dit-il d'un ton égal.

Hableyat leva une main admonitoire.

— Pas de remerciements, je vous prie. Je suis heureux d'apporter assistance à l'un de mes semblables en difficulté. J'aimerais toutefois que vous me rendiez un petit service. J'ai promis à un ami, le prince de Ballenkarch, un échantillon de cette magnifique bruyère de

Kyril et peut-être pourrez-vous lui remettre ce petit pot avec mes compliments.

Hableyat lui présenta une plante qui poussait dans un pot de terre.

— Je vais la mettre dans ce sac. Je vous demande d'en prendre grand soin. Arrosez-la une fois par semaine, si vous le voulez bien.

Joe accepta la plante en pot. Un coup de sirène retentit sur le terrain.

— Dépêchez-vous, dit Hableyat. Peut-être nous reverrons-nous un jour.

— Au revoir, dit Joe, qui se retourna et se dirigea vers le vaisseau, à présent impatient d'embarquer.

Les passagers retardataires quittaient l'astrogare. Joe regarda fixement un couple à une quinzaine de mètres de lui : un jeune homme de haute taille aux épaules larges et au visage de satyre malveillant, une jeune fille mince aux cheveux noirs... Manaolo et la prêtresse Elfane.

CINQ

La charpente de la plate-forme d'embarquement formait une toile noire sur le ciel couvert. Joe grimpa les marches en bois usé jusqu'au pont supérieur. Nul n'était derrière lui. Nul ne l'observait. Il tendit la main sous une poutrelle en L et posa le pot hors de vue sur la collerette. L'objet était forcément dangereux. Il ne voulait rien avoir à faire avec ceci. Les quiproquos de Hableyat risquaient d'aller chercher un peu trop loin.

Joe eut un sourire amer. *Intellect limité* et *crétin têtu*... un ancien aphorisme prétendait que les indiscrets n'entendent jamais dire du bien d'eux-mêmes. Il semblait s'appliquer à son cas.

Joe songea : *On m'a déjà donné d'autres noms d'oiseaux. Et une fois sur Ballenkarch, cela n'aura plus aucune importance...*

Devant lui, Manaolo et Elfane traversaient la plateforme sans regarder à droite où à gauche et, avec cet air déterminé caractéristique des Druides, ils grimpèrent sur la passerelle et entrèrent dans le vaisseau. Joe fit une grimace. Les jambes minces d'Elfane qui luisaient en montant l'escalier avaient envoyé des frissons doux amers le long de ses nerfs. Et le dos fier de Manaolo... C'était un peu comme s'il avait pris deux médicaments aux effets contraires.

Joe maudit le vieux Hableyat. S'imaginait-il que son attirance pour Elfane l'obséderait au point qu'il défierait Manaolo? Joe s'ébroua. *Vieil hypocrite trop mûr!* D'abord, il n'avait pas la moindre indication qu'Elfane pût songer à lui en tant qu'amant. Et après la façon dont Manaolo l'avait manipulée... Les muscles de son estomac se convulsèrent. Même si, se reprit-il, sa fidélité envers Margaret pouvait encore lui permettre d'envisager cette possibilité, il avait déjà assez de problèmes personnels sans aller en chercher d'autres.

Devant la passerelle se tenait un steward en uniforme rouge collant. Des rangées dorées de brandebourgs en trèfle lui décoraient les jambes, il avait une radio à l'oreille et un micro sur la gorge. Il appartenait à une race inconnue de Joe... les cheveux blancs, les articulations molles, les yeux verts comme des émeraudes.

Joe sentit monter en lui la tension, car si le théarque soupçonnait qu'il voulait quitter la planète, c'était maintenant qu'on l'arrêterait.

Le steward prit son billet, hocha courtoisement la tête et lui fit signe d'entrer. Joe rejoignit la coque noire convexe et franchit le sas dans l'ombre. A un bureau provisoire était assis le commissaire de bord, un autre homme appartenant à la race à cheveux blancs. Comme le steward, il portait un costume écarlate qui ressemblait à une seconde peau. De plus, il avait des épaulettes en verre et une petite calotte écarlate.

Il tendit un registre à Joe.

— Votre nom et l'empreinte de votre pouce, je vous prie. Ceci pour renoncer à toute poursuite en cas d'accident rencontré en route.

Joe signa, appuya son pouce sur le carré indiqué tandis que le commissaire examinait son billet.

— Première classe, cabine quatorze. Des bagages, Vénéré?

— Je n'en ai pas. Je présume que le vaisseau possède un magasin où je pourrai me procurer du linge?

— Oui, Vénéré, bien entendu. A présent, si vous voulez bien gagner votre cabine, un steward vous aidera à vous préparer au décollage.

Joe baissa les yeux sur le registre qu'il venait de signer. Juste avant sa signature, il avisa une écriture haute et angulaire : *Druide Manaolo kia Benlodieth*, puis, d'une écriture ronde et penchée à gauche : *Alnietho kia Benlodieth*. Elle se faisait passer pour sa femme... Joe se mâchouilla la lèvre. Manaolo avait la cabine douze et Elfane la treize.

Rien d'extraordinaire en soi. Ces vaisseaux mixtes, à la différence des gros paquebots qui quittaient la Terre dans toutes les directions, offraient peu de place aux passagers. Les prétendues cabines n'étaient en fait que des placards dotés d'un hamac, d'une commode et de minuscules salles de bain rabattables.

— Par ici, seigneur Smith, dit un steward en vêtement collant, vermeil cette fois-ci.

Joe songea : *Pour susciter une crainte révérencielle, il suffit d'un chapeau en fer-blanc.*

Il suivit le steward devant la cale, où les passagers de troisième classe étaient déjà drogués et emballés dans leurs hamacs, puis ils traversèrent un salon-salle à manger. Le mur opposé comportait deux rangées de portes, une galerie courant devant celle du haut. Le numéro quatorze était sur la dernière porte de la rangée supérieure.

Comme le steward faisait passer Joe devant le numéro treize, la porte fut ouverte et Manaolo sortit brutalement. Il avait le visage pâle, les yeux écarquillés en une curieuse forme elliptique, révélant le disque entier des rétines noires. Il était manifestement en proie à une fureur aveugle. Il écarta Joe d'un coup d'épaule, ouvrit la porte du numéro douze et entra.

Joe s'éloigna lentement de la main courante. Un instant, il avait été abandonné par toute conscience et toute raison. C'était une curieuse sensation... qu'il n'avait jamais connue. Une aversion élémentaire sans limite que Harry Creath lui-même n'avait su causer. Il revint sur ses pas.

Elfane se tenait à la porte de sa cabine. Elle avait ôté

la cape bleue et n'avait plus que sa robe blanche diaphane... brune au visage étroit, vive et active, à présent tendue par la colère. Son regard rencontra celui de Joe. Un instant leurs yeux s'affrontèrent, les visages séparés par trente centimètres seulement.

La haine dans le cœur de Joe se transforma en une autre émotion, une magnifique ascension dans l'air pur, un délice, une effervescence. Ses sourcils se contractèrent sous la surprise et elle entrouvrit la bouche pour parler. Joe se demanda avec un bizarre serrement de cœur si elle le reconnaissait. Leur précédent contact avait été distant, impersonnel. Il était désormais un homme nouveau dans des vêtements nouveaux.

Elle se retourna et referma la porte. Joe gagna le numéro quatorze, où le steward le sangla dans son hamac pour le décollage.

***

Joe sortit de la catalepsie du décollage. Il déclara :

— Vous ne trouverez pas ce que vous cherchez. Hableyat vous a refilé un mauvais tuyau.

L'homme dans la cabine se figea, le dos tourné vers Joe.

— Ne bougez pas, mon pistolet est braqué sur vous, continua Joe.

Il voulut bouger, mais les sangles du hamac le retenaient prisonnier. Au bruit de ses efforts, l'intrus coula un coup d'œil par-dessus l'épaule, plongea et se glissa hors de la cabine comme un fantôme.

Joe lança un cri, mais personne ne répondit. Il défit ses sangles, courut jusqu'à la porte et regarda dans le salon. Il était désert.

Joe se retourna et ferma sa porte. En sortant de sa catalepsie, il n'avait pu avoir une image nette de son visiteur. Un homme court et trapu, aux articulations inversées. Il avait eu une vision fugitive du visage de l'homme, mais ne pouvait se rappeler qu'une teinte jaunâtre, comme s'il possédait un sang jaune. Un Mang.

Joe songea : *Ça y est! Ce maudit Hableyat m'utilise comme paravent!* Il songea à aller se plaindre au capitaine qui, n'étant ni Druide ni Mang, pourrait ne guère apprécier les actes illégaux à son bord. Il se ravisa. Il n'aurait aucune preuve à avancer... un simple rôdeur dans sa cabine. Le capitaine ne soumettrait sûrement pas la totalité de ses passagers à un examen psychique pour appréhender un simple rôdeur.

Joe se frotta le visage et bâilla. Il était reparti dans l'espace, pour la dernière étape de son périple. A moins, bien entendu, que Harry n'ait encore déménagé.

Il releva l'écran antiradiations de son hublot et regarda dans l'espace. Devant eux, un bouclier absorbait les radiations que le vaisseau rattrapait ou rencontrait. Autrement, l'énergie, accrue en fréquence et dureté par l'effet Doppler dû à la vélocité du vaisseau, l'eût desséché instantanément.

La lumière arrivant par le travers lui révélait des étoiles dotées plus ou moins de leur magnitude réelle, les perspectives se déplaçant et tournoyant sous ses yeux... et les étoiles flottant, refluant, dérivant comme des poussières dans un rayon de lumière. A la poupe, c'étaient les ténèbres absolues : aucune lumière ne pouvait rattraper le vaisseau. Joe rabattit le volet. Le spectacle lui était assez familier. A présent, un bain, ses vêtements, de la nourriture...

Il considéra son visage dans le miroir et remarqua un début de barbe. Le rasoir reposait sur une étagère en verre au-dessus du lavabo rabattable. Joe tendit la main... et arrêta brutalement son mouvement à vingt-cinq millimètres de l'appareil. Quand il était entré dans la cabine, il était accroché à un râtelier sur la paroi.

Joe s'écarta du mur, les nerfs picotant. Quand même, son visiteur ne s'était pas rasé ! ? Il baissa les yeux sur le sol où il aperçut un fouillis de fils en cuivre. Il se pencha et remarqua un bout de fil qui reliait le fouillis de cuivre au tuyau d'évacuation.

Il plaça précautionneusement le rasoir dans sa chaussure et l'apporta jusqu'à sa couchette. Une bande métallique faisait le tour de la poignée, un bouton entrant dans la coque près du moteur qui captait l'énergie du champ général du vaisseau.

Au bout du compte, il ne pouvait que remercier Hableyat... Hableyat qui l'avait sauvé du théarque et mis à bord du *Belsaurion* avec une plante en pot.

Joe appela le steward. Ce fut une hôtesse qui arriva,

les cheveux blancs comme les autres membres d'équipage. Elle portait un costume à jupe courte, à deux couleurs orange et bleue, qui lui allait comme une couche de peinture. Joe plaça le rasoir dans une taie d'oreiller.

— Apportez ceci à l'électricien. C'est très dangereux... il y a un court-circuit. Ne le touchez pas. Ne laissez personne y toucher. Et... auriez-vous l'amabilité de me fournir un autre rasoir?

— Oui, monsieur, répondit-elle avant de sortir.

Enfin lavé, rasé et aussi bien habillé que le permettait sa garde-robe restreinte, il descendit en flânant dans le salon, sautillant dans la gravité du vaisseau réduite de moitié. Quatre ou cinq hommes et femmes étaient assis sur les sofas de côté, occupés par des conversations discrètes.

Joe les observa un moment. Des créatures bizarres, artificielles, songea-t-il, ces êtres humains de l'Age Spatial... fragiles et à ce point policés que la conversation n'était rien de plus qu'un échange de manières polies. Si sophistiqués que rien ne pouvait les choquer autant que l'honnêteté la plus nue.

*
**

Trois Mangs étaient assis dans le groupe... deux hommes, l'un âgé, l'autre plus jeune, portant tous deux l'uniforme voyant Flot-Rouge de Mangtsé. Une jeune femme mang dotée d'une certaine beauté sans finesse, manifestement l'épouse du jeune officier. L'autre couple, comme la race qui commandait le vaisseau, était composé de déviants humains qui ne lui étaient pas familiers. Ils ressemblaient aux images des contes de fées de son enfance... créatures frêles aux grands yeux, à la peau mince, vêtues de toges diaphanes flottantes.

Joe descendit l'escalier jusqu'au pont principal et un officier de bord, sans doute le chef des stewards, apparut. Avec un geste poli en direction de Joe, il s'adressa à toute l'assemblée.

— Je vous présente le seigneur Joe Smith de la planète... (Il hésita.)... de la planète Terre.

Il se tourna vers les autres personnes.

— Erru Kametin (C'était le plus âgé des deux officiers mangs.), Erru Ex Amma et Erritu This Amma, de Mangtsé. (Il se tourna vers les créatures semblables à des fées.) Prater Luli Hassimassa et sa conjointe Hermina de Zil.

Joe s'inclina poliment et s'assit à l'extrémité du sofa. Le jeune officier mang, Erru Ex Amma, demanda avec curiosité :

— Ai-je bien entendu ? Vous prétendez que la *Terre* est votre planète natale.

— Oui, répondit Joe, presque agressivement. Je suis né sur le continent qui porte le nom d'Amérique du Nord, où fut construit le premier vaisseau spatial habité ayant quitté l'orbite terrestre.

— Etrange, murmura le Mang en considérant Joe avec une expression qui frisait l'incrédulité. J'ai toujours pensé que la Terre n'était qu'une légende spatiale, comme les Lunes de Paradis et le Dragon Stellaire.

— Je puis vous assurer que la Terre n'est pas un mythe. Mystérieusement, au cours des migrations vers l'extérieur de la galaxie, des guerres et des programmes planétaires de propagande, l'existence réelle de la Terre a été mise en question. Et nous voyageons rarement dans ce bras de la galaxie.

La femme-fée parla d'une voix pépiante assortie à sa frêle apparence.

— Et vous maintenez que nous tous... vous, les Mangs, nous les Zils, les Bélands qui commandent ce vaisseau, les Druides, les Frumsiens, les Thablites... nous dérivons *tous* de la race humaine ?

— C'est un fait.

Une voix métallique s'interposa.

— Ce n'est pas entièrement vrai. Les Druides furent les premiers fruits de l'Arbre de Vie. C'est une doctrine bien établie et toute autre allégation est fausse.

Joe répondit d'un ton prudent :

— Vous avez entièrement le droit de croire cela.

Le steward s'avança.

— L'ecclésiarque Manaolo kia Benlodieth de Kyril.

Il y eut un instant de silence après cette présentation. Puis Manaolo reprit :

— Non seulement j'ai le droit de le croire, mais il me faut protester contre la propagation d'assertions erronées.

— Tel est également votre privilège, répliqua Joe. Protestez autant qu'il vous plaira.

Il affronta les yeux noirs et morts de Manaolo et il eut l'impression de n'y distinguer aucune compréhension humaine, aucune pensée... uniquement des émotions et une volonté obstinée.

Un mouvement derrière lui : c'était la prêtresse Elfane. Elle fut présentée à la compagnie et, sans un mot, s'assit à côté de Hermina de Zil. L'atmosphère avait maintenant changé et, bien qu'elle ne fît que murmurer des banalités avec Hermina, sa présence avait introduit un piquant, une étincelle, un sel...

Joe compta. Huit, s'il se comptait... quatorze cabines... donc six passagers n'étaient pas encore apparus. L'un des treize avait essayé de le tuer : un Mang.

Un couple de Druides sortit des cabines deux et trois et leur fut présenté : des hommes âgés au visage de mouton en route pour une mission sur Ballenkarch. Ils avaient apporté un autel pliable, qu'ils déployèrent immédiatement dans un coin du salon avant de commencer une série de rites silencieux devant une petite image de l'Arbre. Manaolo les observa un moment sans intérêt, puis il se détourna.

Quatre inconnus, songea Joe.

Le steward annonça le premier repas du jour et, à cet instant, un autre couple apparut, deux Mangs en costume non militaire : robes lâches de soie colorée, capes légères, corselets ornés de joyaux. Ils s'inclinèrent poliment et, comme le steward était occupé à mettre les tables, ils prirent place sans avoir été présentés. Cinq Mangs, songea Joe. Deux soldats, deux civils, une femme. Deux cabines dissimulaient toujours leurs occupants.

*
**

La cabine numéro dix s'ouvrit et une femme âgée très grande sortit lentement sur la galerie. Elle était chauve comme un œuf et le sommet du crâne était plat. elle avait un grand nez osseux et des yeux noirs globuleux. Elle portait une cape noire et, à chaque doigt, un bijou fabuleux.

Encore une. La porte de la cabine numéro six demeurait fermée.

Le repas fut servi : menu extrêmement varié destiné au palais de nombreuses races. Joe, au cours de son périple d'une planète à l'autre dans la galaxie, avait bien dû abandonner toute délicatesse. Il avait mangé de la matière organique possédant toutes les couleurs, consistances, odeurs et fragrances concevables.

Il pouvait mettre un nom sur les mets familiers : fougères, fruits, champignons, tubercules, reptiles, insectes, poissons, mollusques, gastéropodes, œufs, sporanges, animaux et volailles... et à peu près autant d'objets qu'il était incapable de définir ou de reconnaître et dont le seul appel à son appétit était leur relation avec les autres.

Il était placé à table juste en face de Manaolo et d'Elfane. Il remarqua qu'ils ne parlaient pas et, à plusieurs reprises, il sentit le regard qu'elle posa sur lui, intrigué, évaluateur, mi-furtif. *Elle est certaine de m'avoir rencontré*, songea Joe, *mais elle ne se rappelle pas en quel lieu*.

Après le repas, les passagers se séparèrent. Manaolo se retira dans le gymnase derrière le salon. Les cinq Mangs s'absorbèrent dans un jeu que l'on exécutait avec des bâtonnets de différentes couleurs. Les Zils montèrent sur le pont-promenade du vaisseau. La grande femme démoniaque restait assise dans un fauteuil, fixant d'un air morne le néant.

Joe eût volontiers pris un peu d'exercice dans le gymnase, mais la présence de Manaolo l'en dissuada. Il choisit un film dans la bibliothèque de bord et se prépara à retourner à sa cabine.

La prêtresse Elfane dit à voix basse :

— Seigneur Smith, je désire m'entretenir avec vous.

— Certainement.

— Voulez-vous bien m'accompagner dans ma cabine ?

Joe regarda par-dessus son épaule.

— Cela n'irritera pas votre mari?

— Mon mari? (Elle parvint à injecter une masse énorme de mépris et d'écœurement furieux dans sa voix.) La relation est purement nominale.

Elle s'arrêta, détourna le regard, regrettant apparemment ses paroles. Puis elle continua d'une voix plus posée :

— Je désire vous parler.

Elle fit volte-face et se dirigea à grands pas vers sa cabine.

Joe eut un gloussement paisible. Cette teigne ne connaissait d'autre monde que celui qui se trouvait dans son cerveau, n'avait aucune idée qu'il pût exister des volontés opposées aux siennes. Amusante, aujourd'hui... mais quelle diablesse quand elle aurait vieilli! Joe se prit à penser que ce serait une expérience agréable de se trouver naufragé en sa compagnie sur une planète inhabitée... pour apprivoiser son opiniâtreté, lui ouvrir la conscience.

Il la suivit nonchalamment jusqu'à sa cabine, où elle s'assit sur la couchette. Il prit place sur le banc.

— Eh bien?

— Vous prétendez que votre patrie est la planète Terre... la Terre légendaire. Est-ce vrai?

— Oui, c'est vrai.

— Où est la Terre?

— Vers le Centre, à peut-être un millier d'années-lumière.

— A quoi ressemble la Terre?

Elle se pencha en avant, un coude sur le genou, le menton dans la main, et l'observa d'un œil intéressé.

Joe s'empourpra soudain et haussa les épaules.

— Vous me posez une question à laquelle je ne puis répondre en une seule phrase. La Terre est un monde très âgé. Partout, ce ne sont qu'édifices antiques, villes très anciennes, traditions. En Égypte, se dressent les Grandes Pyramides, bâties par les premiers hommes civilisés. En Angleterre, un cercle de roches debout constitue les reliques d'une race presque aussi vieille. Dans des cavernes en France et en Espagne, on trouve des dessins d'animaux réalisés par des hommes guère éloignés des bêtes qu'ils chassaient.

***

Elle inspira profondément.

— Mais vos cités, votre civilisation... sont-elles différentes des nôtres?

Joe afficha une expression sagace.

— Naturellement. Il n'y a pas deux planètes semblables. Notre culture est ancienne et stable... arrivée à maturation, adoucie. Nos races se sont mêlées... j'en suis le résultat. Dans ces régions extérieures, les hommes ont été isolés et séparés et se sont à nouveau spécialisés. Vous autres Druides, qui êtes très proches de nous sur le plan physique, vous correspondez à l'ancienne race blanche de la branche méditerranéenne.

— Mais vous n'avez pas de Dieu Suprême... aucun Arbre de Vie?

— Aujourd'hui, il n'existe sur Terre aucune relation organisée. Nous sommes libres d'exprimer notre joie de vivre de la manière qui nous plaît. Certains vénèrent un créateur cosmique... d'autres reconnaissent uniquement les lois physiques qui contrôlent l'univers, ce qui revient pratiquement au même. L'adoration des fétiches, anthropoïdes, animaux ou végétaux, tel votre Arbre.... est depuis longtemps éteinte.

***

Elle s'assit brutalement.

— Vous... vous vous moquez de nos institutions sacrées.

— Pardon.

Elle se leva, puis se rassit, ravalant son courroux.

— Vous m'intéressez sur plusieurs plans, dit-elle maussade, comme si elle voulait se justifier. J'ai la bizarre impression de vous connaître.

Joe, en une impulsion presque sadique, expliqua :

— J'étais le chauffeur de votre père. Hier, vous et votre... mari aviez prévu de me tuer.

Elle se figea en une rigidité absolue, le regard fixe, bouche bée. Puis elle se détendit, frémit, recula en semblant se ratatiner.

— *Vous*... est-ce que vous...

Mais Joe avait aperçu quelque chose sur l'étagère de chevet au-dessus de sa couchette : une plante en pot, presque identique à celle qu'il avait laissée sur Kyril.

Elle vit la direction de son regard. Elle referma la bouche. Elle souffla :

— Vous savez, alors! (Ce fut presque un chuchotement.) Tuez-moi, détruisez-moi, je suis lasse de la vie!

Elle se releva, les bras tendus sans défense. Joe s'avança d'un pas vers elle. Ce fut comme dans un rêve, un moment dépassant la limite de la raison, sans logique, cause ni effet. Elle écarquilla les yeux, mais non pas sous la peur. Il posa les mains sur ses épaules. Elle était chaude et mince, elle palpitait comme un oiseau.

Elle se dégagea et s'assit sur la couchette.

— Je ne comprends pas, fit-elle d'une voix de gorge. Je ne comprends rien.

— Dites-moi, lui demanda Joe d'une voix tout aussi rauque. Que représente Manaolo pour vous? Il est votre amant?

Elle resta coite; puis, enfin, elle secoua doucement la tête.

— Non, il n'est rien pour moi. On l'a envoyé sur Ballenkarch en mission. J'ai décidé que je voulais me libérer des rites. Je désirais de l'aventure et les conséquences m'étaient égales. Mais Manaolo m'effraie. Il est venu me voir hier... mais j'ai eu peur.

Joe ressentait autour du cœur une fermentation merveilleuse. L'image de Margaret apparut, la bouche accusatrice. Joe poussa un soupir de regret. L'ambiance changea. Le visage d'Elfane redevint celui d'une jeune Druidesse.

— Qui êtes-vous, Smith? demanda-t-elle froidement. Etes-vous un espion?

— Non, pas du tout.

— Alors, pourquoi partez-vous pour Ballenkarch? Seuls les espions et les agents spéciaux se rendent sur Ballenkarch. Des Druides, des Mangs, ou leurs sous-fifres.

— C'est pour une affaire personnelle.

Il la regarda et songea que, la veille encore, cette prêtresse alerte l'avait condamné à mort.

Elle remarqua son examen et inclina la tête pour lui lancer une grimace théâtrale... un geste de jeune fille consciente de son charme, un geste de coquette. Joe éclata de rire... s'arrêta et écouta. Il y avait eu un grattement contre la paroi. Elfane suivit son regard.

— C'est dans ma cabine!

Joe se leva, ouvrit la porte, bondit sur la galerie et ouvrit brutalement la porte de sa cabine. Erru Ex Amma, le jeune officier mang, se tenait face à lui, un large sourire sans joie sur le visage révélant des dents jaunes pointues. Il braquait un pistolet sur l'estomac de Joe.

— Reculez! ordonna-t-il. *Reculez!*

Joe battit lentement en retraite sur la galerie. Il regarda dans le salon. Les quatre Mangs étaient occupés à jouer. L'un des civils leva les yeux, marmonna quelque chose aux autres, qui tournèrent tous la tête pour regarder. Joe aperçut les quatre figures jaunes qui se détournèrent alors pour se concentrer sur le jeu.

— Dans la cabine de la Druidesse! ordonna Ex Amma. *Vite!*

Il agita son pistolet, souriant toujours comme un renard qui montre ses crocs.

Joe recula lentement dans la cabine d'Elfane, les yeux passant rapidement du pistolet au visage du Mang.

Elfane haleta et soupira de terreur. Le Mang vit le pot avec le bout de plante.

— Ahhh!

Il se tourna vers Joe.

— Reculez contre le mur.

Il bougea légèrement son pistolet et eut une grimace d'impatience; Joe savait qu'il était sur le point de mourir.

La porte coulissa derrière lui; il y eut un sifflement. Le Mang se raidit, se plia en arrière en un arc douloureux, leva brutalement la tête, la mâchoire crispée en un hurlement inaudible. Il tomba sur le pont.

Hableyat se tenait à la porte, souriant d'un air collet monté.

— Je suis véritablement désolé de ces embarras.

SIX

Les yeux de Hableyat se portèrent sur la plante posée sur l'étagère. Il hocha la tête, fit claquer la langue et tourna vers Joe un regard plein de reproche.

— Mon cher, vous avez participé à l'échec d'un plan soigneusement préparé.

— Si vous m'en aviez parlé, j'aurais été prêt à faire don de ma vie pour la réussite de votre stratagème et j'aurais pu vous épargner beaucoup de peine.

Hableyat lâcha un rire sans faire bouger un seul muscle de son visage.

— Vous êtes vraiment charmant. Je suis heureux que vous soyez encore en notre compagnie. Mais je crains à présent qu'il ne nous faille affronter une querelle.

Les trois Mangs arrivaient sur la galerie en file indienne, l'officier âgé, Erru Kametin en tête, suivi des deux civils. Erru Kametin s'arrêta brusquement, tel un roquet furieux.

— Seigneur Hableyat, c'est un outrage immonde. Vous vous êtes opposé à un officier de l'Autorité dans l'exercice de ses fonctions.

— *Opposé?* protesta Hableyat. Je l'ai tué. Quant à ses fonctions, depuis quand un séide excité du Flot-Rouge l'emporte-t-il sur un membre de l'Ampianu Général?

Nous tenons directement nos ordres du magnerru Ippolito. Vous n'avez aucune supercussion...

— Le magnerru Ippolito, si vous voulez bien vous le rappeler, dépend du Lathbon, qui est assis au côté des Eau-d'Azur avec le Général.

— Une meute de poltrons au sang blanc! cria l'officier. Vous et tous les Eau-d'Azur!

La femme mang qui était restée en bas et s'efforçait de voir ce qui se passait, se mit à hurler. La voix métallique de Manaolo s'éleva alors :

— Misérables chiens crasseux!

Il bondit sur la galerie, souple et robuste, impressionnant dans sa fureur. D'une main, il saisit l'épaule d'un civil, le précipita sur la coursive et fit de même avec l'autre. Il souleva Erru Kametin et le projeta par-dessus la main courante. Tombant lentement dans la demi-gravité, Erru Kametin atterrit avec un gémissement. Manaolo se tourna vers Hableyat, qui tendit une main en forme de protestation.

— Un instant, ecclésiarque, je vous en prie, n'usez point de force à l'encontre de ma masse corpulente.

Le visage furieux n'exprimait aucune émotion. La posture de son corps répondit aux paroles de Hableyat.

Joe prit son souffle, s'avança, lança son gauche, puis son droit et Manaolo s'étala sur le pont, où il fixa Joe de ses grands yeux morts.

— Navré, mentit Joe. Mais Hableyat vient de sauver ma vie et celle d'Elfane. Laissez-lui le temps de s'exprimer.

Manaolo se leva d'un bond et, sans un mot, entra dans la cabine d'Elfane, ferma et verrouilla la porte. Hableyat se retourna et fixa Joe d'un œil intrigué.

— Nous nous sommes rendu le compliment.

Joe déclara :

— J'aimerais savoir ce qui se passe. Non, ce n'est pas vrai... je veux m'occuper de mes affaires. J'ai mes propres problèmes. Je désirerais que vous gardiez les vôtres.

Hableyat hocha lentement la tête, comme interdit par l'admiration.

— Pour quelqu'un qui professe de telles intentions, vous avez le don de vous précipiter au cœur des événements. Mais si vous voulez bien m'accompagner dans ma cabine, j'ai une excellente eau-de-vie qui formera la base d'une excellente détente.

— Du poison ? demanda Joe.

Hableyat secoua gravement la tête.

— Rien qu'une excellente liqueur.

*
**

Le capitaine du vaisseau ordonna le rassemblement des passagers. C'était un homme lourd et de grande taille aux cheveux blancs comme la mort, au visage aplati, aux yeux vert d'eau et à la mince bouche rose. Il portait le vêtement collant de Bélan, vert foncé avec des épaulettes en verre et un brassard bouffant écarlate au-dessus des coudes.

Les passagers étaient assis dans les sofas profonds : les deux civils mangs; la femme, les yeux rouges d'avoir pleuré, Erru Kametin, Hableyat, serein et confortable dans une robe lâche de tissu écru à côté de Joe. De l'autre côté de Joe se trouvait la femme émaciée et chauve en robe noire, auréolée d'un parfum doux écœurant qui n'était ni floral ni animal. Puis les Zils, puis les deux Druides, placides et sûrs d'eux-mêmes, puis Elfane et, enfin, Manaolo. Il portait un vêtement voyant de satin vert clair aux rayures dorées sur les jambes. Un morion léger plat était perché d'un air désinvolte sur ses boucles sombres.

Le capitaine parla d'une voix lourde.

— J'ai conscience de l'existence d'une tension entre les mondes de Kyril et de Mangtsé. Mais ce vaisseau est la propriété de Bélan et nous sommes résolus à demeurer calmes et neutres.

» Un meurtre a été commis ce matin. D'après ce que j'ai pu découvrir, Erru Ex Amma fut découvert alors qu'il fouillait la cabine du seigneur Smith et, surpris, força Smith à entrer dans la cabine de la prêtresse Alnietho, où il menaça de les tuer. Le seigneur Hableyat, dans un effort louable pour éviter un incident interplanétaire, apparut et tua son compatriote.

» Les autres Mangs, qui protestaient, furent violemment malmenés par l'ecclésiarque Manaolo, qui se mit aussitôt à attaquer le seigneur Hableyat. Le seigneur Smith, désireux d'éviter que Manaolo, ignorant des détails de l'affaire, ne blesse le seigneur Hableyat, frappa du poing Manaolo. Je crois qu'il s'agit là de l'essentiel des événements.

Il marqua un temps d'arrêt. Nul ne parlait. Hableyat jouait avec ses index tandis que sa lèvre inférieure pendait mollement. Joe avait conscience qu'Elfane était raide et silencieuse et il sentit le lent regard de Manaolo glisser sur lui... sur son visage, ses épaules et ses jambes.

Le capitaine continuait.

— Autant que je sache, le véritable fauteur de troubles, Erru Ex Amma, a été puni de la peine capitale. Le restant d'entre vous n'êtes coupables que de vous être mis en colère. Mais je ne me prêterai pas à de nouveaux incidents. Au cas où il s'en produirait, les participants seront hypnotisés et sanglés dans leurs hamacs jusqu'à la fin du voyage.

» Selon la tradition de Bélan, nos vaisseaux sont terrain neutre et c'est cette réputation qui nous permet de gagner notre vie. Je ne veux pas la voir mise en péril. Les querelles, personnelles ou interplanétaires, devront attendre que vous ayez quitté mon bord. (Il s'inclina lourdement.) Merci de votre attention.

Les Mangs se levèrent immédiatement, la femme regagnant sa cabine pour y aller pleurer, les trois hommes retournant à leur jeu de bâtonnets colorés et Hableyat montant vers le pont-promenade. La femme émaciée resta immobile, fixant le point où s'était tenu le capitaine. Les Zils se rendirent à la bibliothèque. Les missionnaires druidiques convergèrent vers Manaolo.

Elfane se leva, étira ses minces bras juvéniles, regarda rapidement en direction de Joe, puis vers le large dos de Manaolo. Elle se décida, traversa la pièce, rejoignit Joe et s'installa sur le sofa à son côté.

— Dites-moi, seigneur Smith... de quoi vous a parlé Hableyat quand il vous a invité dans sa chambre ?

Joe remua, mal à l'aise.

— Prêtresse.... je ne puis servir de fauteur de rumeurs entre Druides et Mangs. Dans le cas présent, nous n'avons pas parlé de quoi que ce soit d'important. Il m'a interrogé sur mon existence sur Terre et il s'intéressait à l'homme que je suis venu chercher. Je lui ai décrit un certain nombre de planètes où j'ai fait étape. Nous avons bu beaucoup d'eau-de-vie... et c'est à peu près tout.

Elfane se mordit la lèvre avec impatience.

— Je n'arrive pas à comprendre pourquoi Hableyat vous a protégé du jeune Mang... Qu'a-t-il à y gagner ? Il est aussi complètement mang que l'autre. Il préférerait mourir plutôt que de laisser aux Druides la souveraineté de Ballenkarch.

Joe demanda :

— Vous et Manaolo n'êtes certainement pas en route pour vous emparer de la souveraineté de Ballenkarch ?

Elle le regarda en écarquillant les yeux, puis tambourina des doigts sur sa jambe. Joe sourit. Chez toute autre, des allusions à une autorité sans limite auraient provoqué une grave irritation. Chez Elfane.... Joe, charmé et captivé, considéra qu'elle affichait un maniérisme intriguant. Il éclata de rire.

— Pourquoi riez-vous ? demanda-t-elle, soupçonneuse.

— Vous me rappelez un chaton déguisé avec une robe de poupée... très fier de soi.

Elle s'empourpra, ses yeux flamboyèrent.

— Et alors... vous vous moquez de moi !

Au bout d'un instant de réflexion, Joe demanda :

— Vous ne vous moquez jamais de vous-même ?

— Non. Bien sûr que non.

— Essayez, un jour ou l'autre.

Il se leva et se dirigea vers le gymnase.

SEPT

Joe se trempa de sueur sur un tapis roulant à obstacles, puis s'assit sur le banc. Manaolo entra lentement dans le gymnase, leva, baissa, leva les yeux et les reposa lentement sur Joe. Joe songea : *Voilà les ennuis.*

Manaolo jeta un coup d'œil par-dessus son épaule, puis se retourna et traversa la salle en trois enjambées. Debout devant Joe, il baissa les yeux sur lui. Son visage n'était pas celui d'un homme, mais un aperçu de paysage imaginaire du monde inférieur.

— Vous m'avez touché avec vos mains, dit-il.

— Touché, tu parles ! fit Joe. Je vous ai mis hors circuit.

La bouche de Manaolo, aussi tendre que celle d'une femme, mais également dure et musculeuse, s'abaissa aux commissures. Il tordit les épaules, se pencha en avant et donna un coup de pied. Joe se plia en deux en une douleur silencieuse et s'étreignit le bas de l'abdomen. Manaolo recula légèrement et donna un coup de pied dans la mâchoire de Joe.

Joe glissa lentement, mollement, jusqu'au sol. Manaolo se pencha prestement, un petit appareil métallique scintillant dans ses mains. Joe leva faiblement le bras... et Manaolo le repoussa d'un coup de pied. Il coinça l'instrument métallique dans les narines de Joe et tira. Deux petites lames en hameçon entaillèrent le cartilage. Un nuage de poudre brûla la chair.

Manaolo recula d'un bond, le coin des lèvres encore plus profondément rabattu. Il pivota sur les talons et sortit tranquillement de la salle.

***

Le médecin de bord commenta :

— Là... ce n'est pas trop grave. Vous aurez deux cicatrices pendant un certain temps, mais on ne devrait pas les remarquer.

Joe examina son reflet dans la glace : le menton contusionné, le nez pansé.

— Enfin... il me reste encore un nez.

— Il vous reste encore un nez, acquiesça le toubib d'un ton raide. Une chance que je vous aie soigné à temps. J'ai une certaine expérience de cette poudre. C'est une hormone qui favorise la croissance de la peau. Si je ne l'avais pas nettoyée, les fentes auraient été permanentes et vous auriez trois lambeaux de chair sur le visage.

— Naturellement, fit Joe, vous comprenez que ce n'est qu'un accident. Je ne voudrais pas déranger le capitaine par un rapport en règle et j'espère que vous me suivrez.

Le docteur haussa les épaules, se retourna et rangea son équipement.

— Un bien étrange accident.

Joe retourna au salon. Les Zils apprenaient le jeu de bâtonnets colorés en bavardant gaiement avec les Mangs. Les missionnaires druidiques, la tête penchée de concert, accomplissaient quelque rite compliqué devant leur autel portable. Hableyat était confortablement affalé sur un divan et s'examinait les ongles avec un air de satisfaction évident. La porte de la cabine d'Elfane s'ouvrit et Manaolo sortit, longea nonchalamment la galerie et descendit les marches. Il accorda à Joe un regard sans expression et tourna pour monter vers le pont-promenade.

Joe s'installa au côté de Hableyat et se palpa tout doucement le nez.

— Il est toujours là.

Hableyat hocha la tête d'un air paisible.

— Il sera comme neuf dans deux semaines. Ces toubibs bélands sont excellents, vraiment excellents. Par contre, sur Kyril, où les médecins sont inexistants, un homme du Laïcat aurait appliqué un emplâtre quelconque fait d'un produit répugnant et la blessure n'aurait jamais guéri.

« Vous remarquerez qu'un grand nombre de Laïcs ont trois narines. Après le meurtre, c'est le châtiment préféré des Druides. (Il inspecta Joe en fermant à demi les paupières.) Vous me semblez notablement moins contrarié qu'il serait permis en la circonstance.

— Je ne suis pas content.

— Je vais vous présenter une facette de la psychologie des Druides. Dans l'esprit de Manaolo, l'infliction de la blessure met fin à l'affaire. C'était l'acte décisif dans la querelle qui vous opposait. Sur Kyril, les Druides agissent au nom de l'Arbre sans crainte de représailles. Cela leur donne un sentiment d'infaillibilité bien spécial. Je ne parle de ceci que pour vous indiquer que Manaolo serait surpris et outragé que vous poursuiviez l'affaire plus avant.

Joe haussa les épaules.

***

Hableyat nota d'une voix chagrine :

— Vous ne dites rien, vous ne proférez pas de menaces, vous n'exprimez pas votre colère.

Joe eut un sourire un peu forcé.

— Je n'ai disposé que peu de temps en dehors de ma stupéfaction. Laissez-moi me remettre.

Hableyat hocha la tête.

— Ah, je vois. Vous avez été bouleversé par l'attaque.

— Énormément.

Hableyat hocha encore la tête, une série de petites secousses qui firent branler ses fanons.

— Changeons de sujet, à présent. Voyez-vous, votre description des druides européens pré-chrétiens me fascine.

— Dites-moi une chose, fit Joe. Qu'est-ce que c'est que cette histoire avec le pot ? Un message, une formule, un secret militaire ?

Les yeux de Hableyat s'écarquillèrent.

— Un message ? Un secret militaire ? Qu'est-ce que tout cela ? Non, mon cher compagnon, autant que je sache, ce pot n'est qu'un honnête pot et cette plante une honnête plante.

— Pourquoi donc tout ce chambardement ? Et pourquoi essayer de me refiler un attrape-nigaud ?

Hableyat répondit d'un air méditatif :

— Il s'avère parfois nécessaire, dans les affaires d'envergure interplanétaire, de sacrifier le confort d'un individu au profit ultime d'un grand nombre. Vous deviez porter la plante pour détourner mes compatriotes à la gâchette facile de celle que transportent les Druides.

— Je ne saisis pas. Vous ne travaillez pas tous pour le même gouvernement ?

— Certes. Nos buts sont identiques : la gloire et la prospérité de notre planète bien-aimée. Nul n'est plus dévoué que moi. Mais il existe un fossé assez bizarre dans le système mang, qui sépare les Militaires Flot-Rouge des Commerçants Eau-d'Azur. Ils existent, tels deux âmes dans un corps, deux hommes mariés à la même femme.

« Les deux adorent Mangtsé. Les deux utilisent leurs moyens propres pour manifester cet amour. Ils coopèrent dans une certaine mesure, mais seulement si nécessaire. Au degré supérieur, ils ne sont responsables que vis-à-vis du Lathbon et, un échelon plus bas, de l'Ampianu Général, au sein duquel siègent les membres des deux partis. De bien des manières, cette disposition fonctionne fort bien : parfois, deux approches d'un problème valent mieux qu'une.

« En général, le Flot-Rouge est direct et forcené. Ces gens croient que le meilleur moyen d'aplanir nos difficultés avec les Druides est de saisir leur planète militairement. Nous autres Eau-d'Azur signalons que bien des hommes se feraient tuer, que beaucoup de matériel serait détruit et que si, par miracle, nous finissions pas l'emporter sur les hordes fanatisées du Laïcat, nous aurions anéanti tout ce que Kyril pouvait avoir d'utile pour nous.

« Vous voyez, continua-t-il en hochant sagacement la tête, avec un paysannat productif, Kyril peut produire des matières premières et de l'artisanat dont ont besoin les industries mangs. Nous formons un couple naturel, mais la politique druidique actuelle est un facteur perturbateur. Une Ballenkarch industrialisée dirigée par les Druides bouleverserait cet équilibre. Les Flot-Rouge veulent donc détruire les Druides. Nous autres Eau-d'Azur espérons imposer une métamorphose graduelle menant à une économie kyrilienne visant à la production plutôt qu'à l'adoration de l'Arbre.

— Et comment vous proposez-vous de réaliser cela ?

Hableyat agita un doigt solennel.

— Ceci est strictement confidentiel, mon cher compagnon : en laissant les Druides tramer leurs intrigues.

Joe fronça les sourcils, se toucha le nez d'un air absent.

— Mais... ce pot de fleurs... comment entre-t-il en jeu ?

— Ça, c'est ce que ces pauvres demeurés de Druides imaginent être l'instrument le plus habile de leur plan. J'espère que ce sera l'un des instruments de leur défaite. Je veille donc à ce que ce pot atteigne Ballenkarch, quand bien même il me faudra tuer vingt de mes compatriotes.

— Si vous dites la vérité, ce dont je doute...

— Mais, mon cher compagnon, pourquoi vous mentirais-je ?

— ... je commence à comprendre une partie de cet asile de fous.

*
**

Intersection : polyèdre de quinze cents mètres de diamètre, baignant dans une luminescence diffuse. Une douzaine de vaisseaux spatiaux étaient nichés contre lui comme des ventouses et l'espace limitrophe était empli de pointes de lumière semblables à des lucioles... des hommes et des femmes en combinaisons spatiales dérivant à travers le vide, s'aventurant à deux, vingt, soixante kilomètres, absorbant la majesté de l'espace profond.

Aucune formalité ne semblait requise pour l'atterrissage... ce qui surprit Joe, qui s'était accoutumé aux vérifications, contre-vérifications, listes, numéros de réservation, inspections, quarantaines, passeports, visas, examens, signatures et contre-signatures. Le *Belsaurion* se ficha dans un sas libre, s'amarra à l'aide de champs d'attraction mésoniques et ne bougea plus.

Les hypnautes étaient toujours allongés dans la cale.

Le capitaine béland rassembla de nouveau tous les passagers.

— Nous nous trouvons à présent sur Intersection, où nous resterons trente-deux heures pour embarquer le courrier et le fret. Certains d'entre vous sont déjà venus ici. Je n'ai pas besoin de vous rappeler la discrétion qui s'impose.

« Pour ceux qui rendent visite à Intersection pour la première fois, je dirai qu'elle n'est située sous la juridiction d'aucune planète et que sa loi est à la discrétion de son propriétaire et de son comptable, dont l'intérêt essentiel réside dans l'extraction de l'argent que vous avez en poche grâce à des plaisirs et des passe-temps de natures diverses.

« Je vous mets donc bien en garde : attention aux cages de jeu. Quant aux femmes... je vous demande de ne pas entrer seules dans le Parc des Parfums, car c'est l'indication que vous désirez un chevalier servant rémunéré. Les hommes clients du Gradin Trois le trouveront coûteux et peut-être dangereux. On a déjà rapporté des cas de vols suivis de meurtres. Un homme absorbé par une fille constitue une proie facile pour un poignard. Et il a été tourné des films sur des personnes engagées dans des actes douteux que l'on a ainsi fait chanter.

« En dernier lieu, qu'aucun désir d'excitations ou de frissons ne vous conduise jusqu'à l'Arène... parce que vous risquez facilement de vous trouver poussé sur le ring et opposé à un guerrier expert. Une fois acheté votre billet, vous vous trouvez à la merci du choix du vainqueur du moment. Vous seriez surpris par le nombre de visiteurs qui, sous l'influence de la drogue ou de l'alcool, par quête d'aventure ou pure bravade, se risquent dans l'Arène. Bon nombre d'entre eux sont tués ou gravement blessés.

« Mais assez d'avertissements. Je ne désire pas vous inquiéter exagérément. Il existe un certain nombre de plaisirs légitimes auxquels vous pouvez vous livrer. Les Dix-neuf Jardins font l'étonnement de l'univers. Dans le Célestium, vous pourrez manger comme sur votre planète, entendre la musique de chez vous. Les magasins le long de l'Esplanade vendent pratiquement tout ce que vous pouvez souhaitez à des prix très raisonnables.

« Je vous livre donc à vous-mêmes. Dans trente-deux heures, nous partirons pour Ballenkarch.

Il se retira. Il y eut un raclement de pieds général. Joe remarqua que Manaolo suivait Elfane dans sa cabine. Les deux missionnaires druidiques se consacrèrent à nouveau à leur autel portable, ne manifestant apparemment aucune intention de descendre à terre. L'officier mang, Erru Kametin, s'en fut, la jeune veuve sur les talons, suivi des deux Mangs en costume civil.

La vieille femme chauve émaciée ne bougea pas de son fauteuil et resta à fixer l'autre côté de la pièce. Les Zils, en gloussant et en dansant presque, se précipitèrent hors du vaisseau. Hableyat s'arrêta devant Joe, les bras dodus croisés derrière le dos.

— Eh bien, mon garçon, vous allez à terre ?

— Oui, répondit Joe. Sans doute. J'attends de voir ce que feront la prêtresse et Manaolo.

Hableyat sautillait sur les talons.

— Je vous conseille vivement d'éviter ce type. C'est un méchant exemple de mégalomane... et j'ajouterai qu'il est conditionné au maximum par son environnement. Manaolo se juge divin et élu, littéralement, en fait, à un degré qu'aucun de nous ne peut imaginer. Manaolo ne connaît ni bien ni mal. Il ne reconnaît que ceux qui sont pour ou contre Manaolo.

La porte de la cabine treize s'ouvrit. Manaolo et Elfane sortirent sur la galerie. Manaolo, le premier, portait un petit colis. Il avait une cuirasse en métal doré repoussé et une longue cape verte brodée de feuilles jaunes. Ne regardant ni à gauche ni à droite, il descendit l'escalier et traversa la salle pour franchir le sas.

Elfane s'arrêta en atteignant le salon, le suivit du regard et hocha la tête... geste éloquent d'énervement. Elle se retourna, retraversa la salle et rejoignit Joe et Hableyat.

Hableyat inclina respectueusement la tête et Elfane lui rendit froidement son salut. Elle dit à Joe :

— Je veux que vous me conduisiez à terre.

— Est-ce une invitation ou un ordre?

Elfane haussa les sourcils d'un air intrigué.

— Cela veut dire que je veux que vous me conduisiez à terre.

— Très bien, dit Joe en se levant. J'en serai heureux.

Hableyat poussa un soupir.

— Si seulement j'étais jeune et beau...

Joe s'ébroua.

— Beau?

— ... aucune charmante jeune femme n'aurait besoin de me poser deux fois cette question.

Elfane dit d'une voix tendue :

— Je crois qu'il serait juste de vous avertir que Manaolo a promis de vous tuer s'il vous surprend à me parler.

Il y eut un silence. Joe déclara alors d'une voix qui lui parut bizarre :

— La première chose que vous faites donc est de venir me demander de vous emmener à terre.

— Vous avez peur?

— La bravoure n'est pas au nombre de mes qualités.

Elle se retourna vivement et se dirigea vers le sas. Hableyat demanda d'un air curieux :

— Pourquoi avoir fait cela?

Joe renifla avec colère.

— C'est une faiseuse d'ennuis. Elle a l'idée risible que je suis prêt à laisser un Druide dingue m'abattre uniquement pour avoir le privilège de l'escorter. (Il la regarda quitter le vaisseau, mince comme un bouleau dans sa cape bleu foncé.) Elle a raison. Je suis bel et bien assez fou pour cela.

Il la suivit en courant. Hableyat les regarda partir ensemble, sourit tristement et se frotta les mains. Puis il déboucla la ceinture qui ceignait sa bedaine et se rassit sur le divan pour suivre en rêvassant les dévotions des deux Druides.

HUIT

Ils arpentaient un couloir longé de petites boutiques.

— Voyons, demanda Joe, est-ce que vous êtes une Druidesse prête à prendre la vie du premier roturier venu... ou bien une gentille gamine qui sort avec un copain ?

Elfane rejeta la tête en arrière et s'efforça de paraître digne et mondaine.

— Je suis une personne très importante et un jour je serai Suppliante de tout le shire de Kelminester. Un petit shire, certes, mais la conduite de trois millions d'âmes vers l'Arbre se trouvera entre mes mains.

Joe lui adressa un regard écœuré.

— Ne pourraient-ils se passer de vous ?

Elle éclata de rire, se détendit un instant pour devenir une jeune fille gaie aux cheveux noirs.

— Oh... probablement. Mais je suis forcée de maintenir les apparences.

— L'ennui, c'est qu'au bout d'un certain temps vous commencerez à croire tous ces trucs.

Elle resta un moment silencieuse. Puis, malicieuse :

— Pourquoi regardez-vous partout comme cela ? Ce couloir est-il si intéressant ?

— Je guette ce diable de Manaolo. Ce serait bien de lui de rôder dans un coin pour venir me poignarder.

Elfane secoua la tête.

— Manaolo est descendu au Gradin Trois. Il tente de faire de moi sa maîtresse depuis le début du voyage, mais je n'éprouve aucun désir envers lui. Ce matin, il m'a menacée de se débaucher dans le Gradin si je ne cédais pas. Je lui ai dit de ne pas se gêner et que cela éviterait peut-être à sa virilité de se polariser sur moi. Il est parti en ayant très mal pris la chose.

— Manaolo donne toujours l'impression qu'on vient d'attenter à sa dignité.

— C'est un homme de rang extrêmement élevé. Bien, descendons ici. Je désire...

Joe lui prit le bras, lui fit faire volte-face, plongea son regard dans ses yeux surpris, le nez à vingt-cinq millimètres du sien.

— Écoutez-moi un peu, ma petite dame. Je n'essaie pas d'affirmer ma virilité, mais je ne vais pas trottiner çà et là à votre suite en portant vos paquets comme un chauffeur.

Il sut qu'il venait d'employer le mauvais terme.

— Un chauffeur, *ha!* Alors...

— Si ma compagnie ne vous plaît pas, le moment est donc venu de nous séparer.

Au bout d'un moment, elle demanda :

— Quel est votre nom, en dehors de Smith?

— Appelez-moi Joe.

— Joe... vous êtes un homme vraiment remarquable. Très étrange. Vous m'intriguez, Joe.

— Si vous souhaitez m'accompagner... en tant que chauffeur, mécano, ingénieur, planteur de lichen, barman, prof de tennis, docker et une douzaine d'autres choses... nous allons descendre aux Dix-neuf Jardins et voir s'ils vendent de la bière à la terrienne.

Les Dix-neuf Jardins occupaient une tranche au milieu de l'édifice... dix-neuf sections en forme de coins entourant une plate-forme centrale qui servait de restaurant.

Ils trouvèrent une table libre et, à la surprise de Joe, de la bière fraîche en pichet fut déposée devant eux sans aucun commentaire.

— S'il plaît à Sa Divinité, dit humblement Elfane.

Joe eut un large sourire gêné.

— Vous n'êtes pas obligée de pousser la chose aussi

loin. Ce doit être un trait druidique : une avalanche dans un sens, puis une dans l'autre, pas de juste milieu. Bien... que vouliez-vous ?

— Rien.

Elle se retourna sur son siège et examina les jardins. A ce stade, Joe se rendit compte bon gré mal gré, pour le meilleur ou pour le pire, qu'il était follement amoureux. Margaret ? Il poussa un soupir. Elle était bien loin, à mille années-lumière.

Il contempla aussi les jardins, au nombre de dix-neuf naturellement, flores de dix-neuf planètes différentes, chacune possédant sa gamme chromatique : le noir, le gris et le blanc de Kelcé : les oranges, jaunes, vert limette des fleurs qui poussaient sur les paisibles petites planètes de Jonapah ; des verts dans une centaine de tonalités chaleureuses ; des rouges joyeux ; des bleus d'azur... Joe sursauta et se leva à demi de son siège.

— Qu'y a-t-il ? demanda Elfane.

— Ce jardin, là-bas... ce sont des plantes terrestres ou je veux bien être transformé en singe capucin. (Il bondit, s'approcha de la balustrade, et elle le suivit.) Des géraniums, du chèvrefeuille, des pétunias, des zinnias, des roses, des cyprès, des peupliers, des saules pleureurs. Et une pelouse. Et des hibiscus...

Il consulta le panneau d'identification :

— *Planète Gaïa. Localisation incertaine.*

Ils retournèrent à leur table.

— Vous vous comportez comme si vous aviez la nostalgie de votre planète, dit Elfane d'une voix blessée.

Joe eut un sourire.

— J'ai... énormément de nostalgie. Mais parlez-moi de Ballenkarch.

***

Elle goûta la bière, parut surprise, fit une petite grimace.

— Personne n'aime la bière la première fois, lui annonça Joe.

— Eh bien... je ne sais pas grand-chose de Ballenkarch. Jusqu'à il y a quelques années, elle était totalement sauvage. Aucun vaisseau ne s'y arrêtait parce que les autochtones étaient anthropophages. Ensuite, le prince actuel a unifié la totalité du continent le plus petit. Cela s'est passé en l'espace d'une nuit. Beaucoup de gens se sont fait tuer.

« Mais à présent il n'y a plus de meurtres et les vaisseaux peuvent atterrir avec une certaine marge de sécurité. Le prince a décidé d'industrialiser sa nation et il a importé beaucoup de machines de Bélan, de Mangtsé et de Grabo, de l'autre côté du fleuve stellaire. Petit à petit, il a étendu sa domination sur le continent principal... en l'emportant sur les chefs locaux, en les hypnotisant ou en les tuant.

« Il faut que vous compreniez que les Ballenkarts n'ont aucune religion et que nous autres Druides espérons nous lier à leur nouvelle puissance industrielle par l'entremise d'une foi commune. Dès lors, nous ne dépendrons plus de Mangtsé pour nos produits manufacturés. Les Mangs, naturellement, n'apprécient guère cette idée, et voilà... (Ses yeux s'agrandirent. Elle tendit la main et lui agrippa le bras.) Manaolo ! Oh, Joe, j'espère qu'il ne nous verra pas !

La défroque prudente de Joe se déchira. L'humilité est impossible quand l'objet de votre amour craint pour votre sécurité.

Il se rassit et regarda Manaolo avancer à grands pas sur la galerie comme un héros de Démonland. Une femme à la peau beige portant un pantalon bouffant orange, des babouches et une casquette bleues était accrochée à son bras. L'autre était occupé par le paquet qu'il avait emporté du vaisseau. Du coin de son œil mort, il aperçut Elfane et Joe, changea de trajectoire mais pas d'expression, déambula à travers la salle en tirant nonchalamment un stylet de sa ceinture.

— Ça y est, marmonna Joe. Ça y est !

Il se leva.

Les convives se dispersaient. Manaolo s'arrêta à un mètre, le fantôme d'un sourire sur son visage sombre. Il posa le paquet sur la table, puis s'avança tranquillement et passa à l'attaque. Ce fut fait avec une simplicité presque naïve, comme s'il s'attendait que Joe se fasse poignarder sans bouger. Joe lui jeta sa bière au visage et lui tapa sur le poignet avec le pichet. Le stylet tomba sur le sol avec un bruit métallique.

— Et maintenant, fit Joe, après la correction que je vais te donner, tu auras ton compte.

*
**

Manaolo était allongé sur le sol. Joe, haletant, l'enfourcha. Le bandage de son nez s'était défait. Le sang lui coulait sur le visage jusqu'au menton. La main de Manaolo se posa sur le stylet. Avec un grognement étouffé, il fit un mouvement circulaire. Joe lui agrippa le bras et le guida contre l'épaule de Manaolo.

Manaolo gémit encore, libéra la lame. Joe la saisit et la ficha dans le plancher à travers l'oreille de Manaolo, l'enfonça profondément avec des coups de poing sur le manche, se releva d'un bond et considéra son adversaire.

Manaolo se débattit comme un poisson, puis il s'immobilisa, épuisé. Des brancardiers impassibles fendirent la foule, ôtèrent le stylet, chargèrent le Druide et l'emportèrent. La femme à la peau beige suivait en courant. Manaolo lui parla. Elle fit demi-tour, courut jusqu'à la table, prit le paquet, courut vers Manaolo que les brancardiers plaçaient dans un véhicule à roues et lui mit le paquet sur la poitrine.

Joe s'affala sur son siège, prit le pichet d'Elfane et but une longue rasade de bière.

— Joe, chuchota-t-elle. Etes-vous... blessé ?

— Je vais avoir des bleus sur tout le corps. Manaolo est un robuste gaillard. Si vous n'aviez pas été ici, je l'aurais évité. Mais, continua-t-il avec un large sourire souillé de sang, il ne fallait pas que vous me voyiez éviter mon rival.

— Rival ? demanda-t-elle, interdite. Un rival ?

— Par rapport à vous.

— Oh ! fit-elle d'une voix atone.

— Maintenant, n'allez pas dire : “Je suis la Druidesse royale du Dieu tout-puissant”.

Elle parut stupéfaite.

— Je ne pensais pas à cela. Je pensais que Manaolo n'a jamais... et en aucun cas été votre rival.

— Il faut que je me lave et que je change de vêtements. Vous pouvez m'accompagner, ou bien préférez-vous...

— Non, dit Elfane de la même voix atone. Je reste ici un moment. Je veux... réfléchir.

*
**

Trente et une heures. Le *Belsaurion* était paré à appareiller. Les passagers entraient un à un sous l'œil vigilant du commissaire de bord.

Trente et une heures trente.

— Où est Manaolo? demanda Elfane au commissaire. Il est monté à bord?

— Non, Vénérée.

Elfane se mâchouilla la lèvre inférieure et s'étreignit les mains.

— Il faudrait que j'appelle l'hôpital. Vous ne décollerez pas sans moi?

— Non, Vénérée, certainement pas.

Joe la suivit jusqu'à une cabine.

— L'hôpital, fit-elle à la voix mécanique. (Puis :) — Je veux avoir des nouvelles de l'ecclésiarque Manaolo, qui a été admis hier. A-t-il été renvoyé?... Très bien, mais faites vite. Son vaisseau doit décoller... (Elle se retourna et dit à Joe :) — Ils sont allés voir dans sa chambre.

Un moment s'écoula; puis elle pencha la tête contre le haut-parleur.

— *Quoi?* Non!

— Qu'est-ce qu'il y a?

— Il est mort. Il a été assassiné.

Le capitaine accepta de surseoir au départ de son bâtiment en attendant qu'Elfane soit revenue de l'hôpital. Elle courut jusqu'à l'ascenseur avec Joe sur les talons. A l'hôpital, elle fut conduite jusqu'à une maigre infirmière bélande aux cheveux blancs en chignon sévère.

— Vous êtes sa femme? demanda-t-elle. Dans ce cas, veuillez prendre les dispositions concernant le corps.

— Je ne suis pas sa femme. Je me fiche de ce qu'on fera du corps. Dites-moi : qu'est-il advenu du paquet qu'il a apporté ?

— Il n'y a aucun paquet dans sa chambre. Je me rappelle qu'il en avait effectivement un avec lui, mais il a disparu.

Joe demanda :

— Quelles visites a-t-il eues ?

— Je ne sais trop. Je suppose cependant qu'il serait possible de le déterminer.

Les derniers visiteurs de Manaolo étaient trois Mangs, qui avaient signé dans le registre des noms inconnus. Le surveillant du couloir avait remarqué que l'un d'eux, un homme âgé, à l'attitude rigide d'un militaire, était ressorti avec un paquet.

Elfane s'appuya contre l'épaule de Joe.

— C'était le pot qui contenait la plante.

Il lui passa les bras sur les épaules et tapota sa tête brune.

— Maintenant, les Mangs la détiennent, dit-elle, au désespoir.

— Excusez-moi si je me montre excessivement curieux. Mais qu'y a-t-il dans ce pot qui le rende aussi important ?

Elle le considéra en larmoyant et finit par répondre :

— La seconde créature vivante la plus importante de l'univers. Le seul rejeton vivant de l'Arbre de Vie.

Ils longèrent le couloir aux dalles bleues conduisant au vaisseau.

— Je ne suis pas seulement curieux, mais bête, déclara Joe. Pourquoi se donner la peine de transporter une pousse de l'Arbre de Vie à travers l'espace ? A moins, bien entendu...

Elle hocha la tête.

— Comme je vous l'ai dit, nous désirions constituer un lien avec les Ballenkarts... un lien religieux. Cette pousse, le Fils de l'Arbre, en aurait été le symbole vivant.

— Dès lors, les Druides s'infiltreraient graduellement, domineraient petit à petit jusqu'à ce que Ballenkarch devienne une autre Kyril. Cinq milliards de serfs misérables, un million ou deux de Druides qui se la coulent douce, un Arbre. (Il l'examina d'un œil critique.) N'existe-t-il personne sur Kyril qui considère que ce système est... disons déséquilibré ?

Elle le foudroya d'un regard indigné.

— Vous êtes un véritable Matérialiste. Sur Kyril, le Matérialisme est un crime puni de mort.

— *Matérialisme* signifie *distribution des bénéfices*, suggéra Joe. Ou alors, peut-être, *incitation à la révolte*.

— La vie est le premier pas vers la glorification, dit Elfane. La vie est l'effort qui détermine la place de chacun sur l'Arbre. Les travailleurs industrieux deviennent des feuilles haut placées dans la Scintillance. Le retardataire doit tâtonner à tout jamais dans la fange en tant que radicelle.

— Si le Matérialisme est le péché que vous semblez croire... pourquoi les Druides vivent-ils comme des pachas ? Je veux dire qu'ils vivent dans un luxe confortable ? Cela ne vous semble pas étrange que ceux qui auraient le plus à perdre avec le *Matérialisme* soient ceux qui y sont le plus opposés ?

— Qui êtes-vous pour formuler des critiques ? s'écria-t-elle avec colère. Un barbare aussi sauvage que les Ballenkarts ! Si vous étiez sur Kyril, vos paroles démentielles seraient rapidement étouffées !

— On joue toujours à la Déesse, n'est-ce pas ? fit Joe, dédaigneux.

*
**

Elle continua fièrement sa route dans un silence outragé. Joe sourit et la suivit jusqu'au vaisseau.

Le sas s'ouvrit. Elfane s'arrêta net.

— Le Fils est perdu... et probablement détruit. (Elle jeta à Joe un regard de côté.) Il n'y a aucune raison que je me rende à Ballenkarch. Mon devoir exige que je rentre chez moi et que je fasse mon rapport au Collège des Théarques.

Joe se frotta le menton pitoyablement. Il avait espéré que cet aspect de la question ne lui viendrait pas à l'esprit. Sans savoir exactement quel était le degré de colère qu'elle éprouvait envers lui, il déclara en hésitant :

— Mais vous avez quitté Kyril avec Manaolo pour échapper à la vie du palais. Les théarques apprendront tous les détails de la mort de Manaolo grâce à leurs espions.

Elle l'inspecta avec une expression indéchiffrable par ses sens de Terrien.

— Vous voulez que je continue mon voyage avec vous ?

— Oui.

— Pourquoi ?

— Je crains que vous ne m'affectiez très intensément et très agréablement. Ceci en dépit de votre philosophie dévoyée.

— Voilà la réponse qu'il fallait me donner, annonça Elfane. Peut-être... ajouta-t-elle d'un air important, peut-être pourrai-je persuader les Ballenkarts d'adorer l'Arbre sur Kyril.

Joe retint son souffle de peur d'éclater de rire et de l'offenser ainsi une nouvelle fois. Elle le regarda sombrement.

— Je me rends compte que vous me trouvez amusante.

Hableyat se tenait près du bureau du commissaire de bord.

— Ah... on est revenus, je vois. Et les assassins de Manaolo se sont échappés avec le Fils de l'Arbre ?

Elfane se figea sur place.

— Comment le saviez-vous ?

— Ma chère prêtresse, le plus petit caillou jeté dans la mare envoie ses vaguelettes jusqu'au rivage le plus lointain. En vérité, je vois que je suis peut-être encore plus proche de la vérité que vous.

— Qu'entendez-vous par là ?

Le sas claqua, le steward annonça poliment :

— Prêtresse, messeigneurs, puis-je vous sangler dans vos couchettes pour éviter l'accélération ?

NEUF

Joe sortit de sa catalepsie. Il se rappela son dernier réveil et s'arracha à ses sangles pour scruter la cabine. Mais il était seul et rien n'avait changé de la porte qu'il avait verrouillée, cadenassée et barricadée avant de prendre la pilule et d'afficher sur l'écran les dessins hypnotiques.

Il bondit hors du hamac, se lava, se rasa et enfila le nouveau costume de gabardine bleue qu'il avait acheté sur Intersection. Il sortit sur la galerie et découvrit le salon dans la pénombre. De toute évidence, il s'était réveillé en avance.

Il s'arrêta près de la porte de la cabine treize et songea à Elfane qui était allongée, chaude et alanguie à l'intérieur, sa chevelure sombre en cascade sur l'oreiller, le visage gommé de doutes et de maniérismes vaniteux. Il posa la main sur la porte. C'était comme si un aimant l'avait attiré. Il lui fallut un véritable effort de volonté pour retenir le bras, se retourner et longer la galerie. Il s'arrêta net. Quelqu'un était assis sur le gros sofa près du hublot d'observation. Joe se pencha en avant et plissa les yeux dans la pénombre. Hableyat.

Joe continua de marcher et descendit l'escalier. Hableyat eut un geste courtois de salutation.

— Asseyez-vous, mon garçon, et joignez-vous à ma contemplation préprandiale.

Joe prit un siège.

— Vous vous êtes réveillé en avance.

— Au contraire. Je ne me suis pas adonné au sommeil. Je suis sur ce sofa depuis six heures et vous êtes la première personne que je vois.

— Qui attendiez-vous ?

Hableyat se permit d'afficher une expression sagace sur son visage jaune.

— Je n'attendais personne *en particulier*. Mais quelques questions et entretiens habiles sur Intersection m'ont permis de découvrir que les gens ne sont pas tous ce qu'ils paraissent. J'étais curieux d'observer toute activité à la lumière de cette connaissance nouvelle.

Joe fit avec un soupir :

— Après tout, cela ne me regarde nullement.

Hableyat agita son index dodu.

— Non, non, mon garçon. Vous êtes modeste. Vous déguisez votre pensée. Je crains que vous ne soyez désormais profondément absorbé par le destin de la charmante jeune prêtresse et ne puissiez ainsi être considéré comme étant détaché de tout ceci.

— Présentez les choses ainsi. Je me fiche que les Druides apportent ou non leur vie végétale sur Ballenkarch. Et je ne comprends guère pour quelle raison vous vous attachez autant au succès de leurs efforts. (Il jeta à Hableyat un regard méditatif.) Si j'étais druide, je repenserais toute l'affaire.

— Ah, mon cher compagnon, fit Hableyat, rayonnant, vous me faites un compliment. Mais je travaille dans les ténèbres. Je vais à tâtons. Il est des subtilités que je n'ai pas encore sondées. Vous seriez surpris d'apprendre la duplicité de certaines de vos connaissances.

— Eh bien, je suis prêt à toutes les surprises.

— Par exemple : cette vieille femme chauve en robe noire, qui reste à regarder dans le vide comme si elle était déjà morte, qu'en pensez-vous ?

— Oh... une vieille fossile peu engageante.

— Elle a quatre cent douze ans. Son ami, suivant mon informateur, avait élaboré un élixir de vie alors qu'elle avait quatorze ans. Elle l'assassina, et ce n'est que depuis vingt ans qu'elle a commencé à perdre la fraîcheur de la jeunesse. Durant cette période, elle a eu des amants par milliers, de tous les sexes, formes, tailles, races, sangs et couleurs. Durant ces cent dernières années, son régime a consisté presque exclusivement de sang humain.

Joe s'enfonça dans son siège et se frotta le visage.

— Continuez.

— Je sais que l'un de mes compatriotes est d'une puissance et d'un rang beaucoup plus importants que je ne l'avais présumé et que je dois donc avancer très prudemment. J'ai découvert que le prince de Ballenkarch a un agent à bord.

— Continuez, je vous en prie.

— J'ai aussi appris, ainsi que je l'avais peut-être laissé entendre avant que nous quittions Intersection, que la mort de Manaolo et la perte de son pot de fleurs n'était peut-être pas une tragédie irréparable du point de vue des Druides.

— Comment cela ?

*
**

Hableyat leva pensivement les yeux sur la galerie.

— Avez-vous jamais songé que Manaolo pouvait constituer un messager assez bizarre pour une mission d'une telle importance?

Joe fronça les sourcils.

— J'imagine qu'il a obtenu cette mission en raison de son rang qui, suivant Elfane, est... ou était... très élevé. Un ecclésiarque, juste en dessous d'un théarque.

— Mais les Druides ne sont pas totalement inflexibles ni idiots, fit patiemment Hableyat. Ils se sont débrouillés pour contrôler cinq milliards d'hommes et de femmes pendant presque mille ans à l'aide d'un simple arbre monstrueux. Ce ne sont pas des demeurés.

« Le Collège des Théarques connaissait sans nul doute très bien la nature de Manaolo : un égocentrique conquérant. Ils ont décidé qu'il constituerait le paravent idéal. N'ayant pas compris la subtilité de ce plan, je décidai de mon côté qu'il fallait à Manaolo un leurre qui détourne l'attention de sa personne. C'est pour cela que je vous avais choisi.

« Mais les Druides avaient prévu la difficulté de cette mission et ils avaient pris des dispositions. Manaolo fut envoyé porteur d'une fausse pousse en affichant exactement le degré de furtivité voulu. Le véritable Fils de l'Arbre fut acheminé différemment.

— Et comment cela?

Hableyat haussa les épaules.

— Je puis uniquement me livrer à des conjectures. Peut-être la prêtresse l'a-t-elle habilement dissimulé sur sa personne. Peut-être la pousse a-t-elle été confiée à la soute à bagages... bien que j'en doute, vu le nombre d'espions. J'imagine que le rejeton se trouve confié à un représentant de Kyril... peut-être sur ce vaisseau, peut-être sur un autre.

— Et alors?

— Alors, je reste ici pour voir si quelqu'un partage mes soupçons. Jusqu'à présent, vous êtes le premier à vous présenter.

Joe eut un léger sourire.

— Et quelles conclusions en tirez-vous?

— Aucune.

Le steward aux cheveux blancs apparut, les jambes et les bras minces particulièrement gracieux sous le tissu collant. Du tissu? Joe, pour la première fois, regarda de plus près. Le steward demanda :

— Ces messieurs désirent-ils déjeuner?

Hableyat branla du chef.

— Moi, oui.

— Je prendrai bien des fruits, répondit Joe. (Puis, enhardi par sa découverte de la bière à Intersection.) Je suppose que vous n'avez pas de café.

— Je crois que nous pourrons en trouver, seigneur Smith.

Joe se tourna vers Hableyat.

— Ils ne portent pas beaucoup de vêtements. Mais de la *peinture!*

Hableyat parut amusé.

— Bien entendu. Vous ne saviez donc pas que les Bélands portaient plus de peinture que de vêtements?

— Non. J'ai toujours considéré les vêtements comme allant de soi.

— Grave erreur, dit Hableyat d'un ton doctoral. Quand on a affaire à une créature ou la manifestation d'une personnalité quelconque sur une autre planète... *il ne faut jamais rien considérer comme allant de soi!* Quand j'étais jeune, j'ai visité la planète Xentchoy sur le Kim et j'y ai commis l'erreur de séduire l'une des indigènes. Une délicieuse créature avec des lianes tressées dans les cheveux. Je me rappelle qu'elle s'était soumise facilement mais sans enthousiasme.

« Au moment où j'étais le plus affaibli, elle tenta de me poignarder. Je protestai et elle fut interloquée. Par la suite, je découvris que, sur Xentchoy, seule une personne cherchant à se suicider fait l'amour à une fille en dehors du mariage. Et, comme il n'existe aucun tabou contre le suicide ou l'impudeur, l'on atteint ainsi au rêve de tout humain : la mort en pleine extase.

— Et la morale de cette histoire?

— Elle est tout à fait claire. Rien n'est jamais ce qu'il paraît.

Joe se détendit sur le sofa, méditant tandis que Hableyat fredonnait une fugue quadritonale, s'accompagnant de six touches accrochées à son cou à l'instar d'un pendentif, chacune lâchant une note vibrante différente quand il la caressait.

Joe songea : *Il est évident que, soit il sait, soit il soupçonne quelque chose qui est aussi visible que le nez au milieu de ma figure et que je ne peux distinguer. Hableyat a déjà dit que j'ai un intellect limité et peut-être n'a-t-il pas tort. Il m'a assurément donné suffisamment d'indices. Elfane? Hableyat lui-même? Non, ce dont il parlait tourne autour du Fils de l'Arbre. Une excitation démesurée au sujet d'un légume. Hableyat pense qu'il est encore à bord, cela est net. Eh bien, ça y est. Il ne le possède pas, sinon il n'en parlerait pas autant. Elfane est à exclure. Les Zils? Cette horrible vieille? Les Mangs? Les deux missionnaires druidiques?*

Hableyat l'observait attentivement. Quand Joe se redressa brutalement, Hableyat se mit à sourire.

— Vous avez compris, à présent?

— Cela semble raisonnable, répondit Joe.

*
**

La totalité des passagers étaient de nouveau assis dans le salon, mais l'atmosphère était désormais différente. La première étape du voyage avait souffert de tensions, mais il s'était agi d'un désagrément diffus, questions de préférences et d'animosités individuelles, dominé peut-être par la personnalité de Manaolo.

A présent, les relations semblaient plongées dans des haines raciales plus radicales. Erru Kametin, les deux civils mangs... censeurs du comité politique du Flot-Rouge, lui avait appris Hableyat... et la jeune veuve mang passaient tout leur temps à jouer avec leurs bâtonnets de couleur en jetant des regards enflammés en direction de l'imperturbable Hableyat, assis de l'autre côté.

Les deux missionnaires druidiques étaient blottis au-dessus de leur autel dans un coin sombre du salon, occupés par leurs rites interminables devant la représentation de l'Arbre. Les Zils, offusqués par l'absence de réaction devant leurs gentils batifolages, restaient sur le pont-promenade. La femme en robe noire conservait une immobilité de morte, les yeux bougeant de trois millimètres de temps en temps. Peut-être une fois l'heure, elle levait une main transparente jusqu'à son crâne luisant.

Joe se trouvait assailli par des courants psychologiques croisés, comme un étang agité par des vents contraires soufflant tous en même temps. Il y avait d'abord sa propre course sur Ballenkarch. Étrange, songeait Joe : encore quelques jours, quelques heures avant d'atteindre Ballenkarch, et sa mission lui semblait vidée de tout caractère pressant. Il ne disposait que d'une quantité limitée d'émotions, de volonté, de force, et il semblait en avoir investi un maximum dans Elfane. Investi ? Cela lui avait été ôté, arraché, déchiré !

Joe pensait à Kyril, à l'Arbre. Aux palais de Divinale massés autour du bloc sub-planétaire du tronc, aux étendues infinies de fermes ingrates et aux villages malodorants, aux pèlerins aux épaules molles et aux yeux morts en train d'entrer dans le tronc avec un ultime geste triomphant, un regard en arrière sur le paysage plat et gris.

Il pensait à la discipline des Druides... la mort. Bien que la mort ne fût pas quelque chose que l'on redoutât sur Kyril. La mort était aussi banale que de manger. La solution druidique à toute difficulté... une avalanche... une approche générale de l'existence. La modération était un terme sans grande signification pour des hommes et des femmes ne disposant d'aucun frein à leurs caprices, leurs passions ou leurs excès.

Il réfléchissait à ce qu'il savait de Mangtsé : un petit monde de lacs et d'îles aménagées en parcs, un peuple amoureux des circonvolutions, une architecture aux courbes extravagantes, des ponts en bois contourné au-dessus des cours d'eaux et des canaux, de charmants panoramas pittoresques à l'antique lumière jaune du pâle petit soleil.

Puis les usines : nettes, efficientes, systématiques, sur les îles industrielles. Et les Mangs : un peuple aussi ornementé, complexe et subtil que ses ponts sculptés. Et il y avait Hableyat, dans l'âme de qui Joe n'avait jamais pu pénétrer. Il y avait les furieux Flot-Rouge aux penchants marqués pour l'impérialisme. En termes terriens : des médiévalistes.

Et Ballenkarch ? Un simple monde barbare doté d'un prince prêt à tout pour créer en un tournemain un complexe industriel. Et, quelque part sur cette planète, parmi les sauvages du sud ou les barbares du nord, se trouvait Harry Creath.

Harry avait capté l'imagination de Margaret et prit congé avec une légèreté coupable, laissant derrière lui un tourbillon émotionnel qui ne pourrait s'apaiser qu'avec son retour. Deux années auparavant, Harry n'était qu'à quelques heures de distance, sur Mars. Mais quand Joe était arrivé pour lui demander de rentrer sur Terre en vue d'une confrontation, Harry était parti. Fulminant devant ce retard, mais tenace et prisonnier de son obsession, Joe s'était entêté.

Sur Thubane, il avait perdu la piste quand un coutelas d'ivrogne lui avait fait passer trois mois à l'hôpital. Puis, de nouveaux mois de quête et d'enquête douloureuses et le nom d'une obscure planète avait enfin fait surface : Ballenkarch. Puis, des mois encore pour gagner de quoi traverser la galaxie. Ballenkarch était à présent devant lui et quelque part sur la planète se trouvait Harry Creath.

Et Joe songeait : *Que Harry aille au diable !* Parce que Margaret n'était plus au centre de ses préoccupations. Il y avait désormais une garce de prêtresse dépourvue de tous principes. Joe se représentait avec Elfane en train d'explorer les anciens terrains de jeux terriens : Paris, Vienne, San Francisco, la vallée du Cachemire, la forêt Noire, le lac Sahara.

Puis il se demanda : *Elfane s'adapterait-elle ?* Il n'existait pas sur Terre de balourds hébétés à tuer, corriger ou mitonner comme des animaux. Peut-être était-ce là ce que voulait dire Hableyat : *Les choses ne sont pas toujours ce qu'elles paraissent.* Elfane paraissait, fondamentalement, une créature telle que créée par son esprit. Peut-être n'avait-il jamais tout à fait compris la profondeur de l'égotisme druidique. Très bien, il lui faudrait donc découvrir ce qu'il en était.

Hableyat considéra d'un air morne Joe qui se levait.

— Si j'étais vous, mon ami, j'attendrais. Une journée encore, au moins. Je doute qu'elle ait déjà totalement appréhendé l'étendue de son isolement. Je pense que votre apparition aujourd'hui, surtout avec ce renfrognement belliqueux sur le visage, ne ferait que réveiller son antagonisme et participer à vous classer au nombre de ses ennemis. Qu'elle mijote encore une bonne journée et vous tombe alors dessus sur le pont-promenade... ou au gymnase, où je note qu'elle passe une heure chaque jour.

Joe se laissa retomber sur le sofa.

— Hableyat, vous me stupéfiez.

Hableyat hocha tristement la tête.

— Ah, mais je suis limpide.

— D'abord, vous me sauvez la vie sur Kyril. Puis vous essayez de me faire assassiner.

— Ce n'était qu'une déplaisante nécessité.

— Parfois, je vous trouve sympathique, compatissant...

— Bien entendu!

— ... tandis que vous lisez mes pensées, comme maintenant, et me donnez des conseils paternels. Mais... je ne suis jamais sûr de savoir ce que vous me réservez.

De même que l'oie que l'on engraisse pour faire du foie gras ne peut comprendre la générosité de son maître. Les choses ne sont pas toujours ce qu'elles paraissent. Il eut un petit rire.

— Je suppose que vous n'allez pas me dire à quel abattoir vous allez m'envoyer?

Hableyat exécuta un geste de confusion polie.

— En fait, je ne suis pas aussi sournois. Je ne cherche aucun faux-fuyant, je ne me voile que d'honnêteté. La considération que je vous manifeste est authentique... mais je suis prêt à reconnaître que cette considération ne peut m'empêcher de vous sacrifier à un dessein plus élevé. Il n'y là aucune contradiction. Je sépare de mon travail mes goûts et mes aversions. Voilà, vous savez tout de moi.

— Et comment puis-je savoir quand vous travaillez ou non?

Hableyat écarta les mains.

— Je ne puis malheureusement répondre à cette question.

Mais Joe n'était pas totalement mécontent. Il se rassit sur le sofa et Hableyat relâcha sa large ceinture.

— La vie est parfois bien difficile, très floue, très exigeante.

— Hableyat, pourquoi ne revenez-vous pas avec moi sur Terre?

Hableyat eut un sourire.

— Il se peut que je tienne compte de votre suggestion... si les Flot-Rouge vainquent les Eau-d'Azur dans l'Ampianu.

DIX

Quatre jours après Intersection, trois avant Ballenkarch, Joe, appuyé sur la balustrade dans le ventre du pont-promenade, entendit un pas lent sur le marbre. C'était Elfane. Elle avait le visage pâle et hagard, les yeux écarquillés et brillants. Elle s'arrêta en hésitant à côté de Joe, comme si elle ne faisait que marquer une pause.

— Salut, lui dit Joe avant de reporter son regard sur les étoiles.

Une subtilité d'attitude lui fit comprendre qu'elle s'était vraiment arrêtée, qu'elle s'était jointe à lui. Elle prit la parole.

— Vous m'avez évitée... alors que c'est le moment où j'ai le plus besoin d'avoir quelqu'un à qui parler.

Joe demanda d'une voix inquisitrice :

— Elfane... êtes-vous jamais tombée amoureuse?

Son visage afficha son étonnement.

— Je ne comprends pas.

Joe lâcha un gémissement.

— Ce n'est qu'une abstraction terrienne. Avec qui vous accouplez-vous, sur Kyril?

— Oh... les personnes qui nous intéressent, qui nous rendent conscients de notre corps.

Joe se retourna vers les étoiles.

— Ce sujet est un peu trop profond.

Sa voix était désormais amusée et douce.

— Je comprends très bien. Joe.

Il tourna la tête. Elle souriait. Ces lèvres mûres et chaleureuses, ce visage passionné, ces yeux sombres pleins d'impatience. Il l'embrassa comme un homme mort de soif.

— Elfane... ?

— Oui ?

— Sur Ballenkarch... nous ferons demi-tour, nous rentrerons sur Terre. Plus de soucis, plus de complots, plus de morts. Il y a tant d'endroits que je veux te montrer... des lieux anciens, la vieille Terre, si fraîche et douce encore.

Elle bougea entre ses bras.

— Il y a mon propre monde, Joe... et mes responsabilités.

Tendu, Joe répliqua.

— Sur Terre, tu le verras tel qu'il est vraiment : une camelote immonde, aussi dégradante pour les Druides qu'elle est pitoyable pour les esclaves.

— Les esclaves? Ils servent l'Arbre de Vie. Nous servons tous l'Arbre de Vie à notre manière.

— C'est l'Arbre de Mort !

Elfane se dégagea sans aucune chaleur.

— Joe... il s'agit de quelque chose que je ne puis t'expliquer. Nous sommes liés à l'Arbre. Nous en sommes les enfants. Tu ne comprends pas la grande vérité. Il existe un univers et l'Arbre en est son moyeu, et les Druides et les Laïcs servent l'Arbre, tenant en respect l'espace païen.

« Un jour, tout sera différent. Tous les hommes serviront l'Arbre. Nous naîtrons du sol, nous servirons, travaillerons et finalement donnerons notre vie à l'Arbre et deviendrons feuilles à la lumière éternelle, chacun à sa place. Kyril sera le but, le lieu saint de toute la galaxie.

Joe protesta.

— Mais vous donnez à ce légume — énorme, certes, mais légume tout de même — vous donnez dans votre esprit à ce légume une place plus haute qu'à l'humanité. Sur Terre, nous couperions ce truc pour en faire du bois de chauffage. Non, c'est faux. On construirait un chemin en spirale tout autour pour envoyer des excursionnistes jusqu'en haut, où l'on vendrait des hot dogs et des boissons gazeuses. On utiliserait ce machin, on ne se laisserait pas hypnotiser par sa masse.

Elle ne l'avait pas entendu.

— Joe... tu pourras être mon amant. Nous vivrons ensemble sur Kyril, servirons l'Arbre et tuerons ses ennemis...

Elle s'arrêta net, éberluée par l'expression de Joe.

— Inutile... pour toi comme pour moi. Je vais rentrer sur Terre. Tu resteras ici et trouveras un autre amant pour tuer tes ennemis. Et nous ferons tous deux ce qui nous plaira. Sans que cela implique l'autre.

Elle se détourna, s'appuya contre la balustrade, et fixa lugubrement les étoiles. Bientôt :

— As-tu jamais aimé une autre femme?

— Rien de sérieux, mentit Joe. (Puis, après quelques secondes :) — Et toi... tu as eu des amants?

— Rien de sérieux...

Joe lui jeta un coup d'œil rapide, mais son visage n'affichait aucun humour. Il poussa un soupir. La Terre n'était pas Kyril.

— Après l'arrivée sur Ballenkarch, que feras-tu? lui demanda-t-elle.

— Je l'ignore... je ne me suis pas encore décidé. Certainement rien en rapport avec les Druides et les Mangs, ça, je le sais. Les arbres et les empires peuvent tous exploser ensemble, en ce qui me concerne. J'ai mes propres problèmes...

Sa voix baissa, s'éteignit.

Il se vit rencontrant Harry Creath. Sur Mars, l'esprit habité par Margaret... sur Io, Pluton, Altaïr, Véga, Giansar, Polaris, Thubane, et même aussi récemment que sur Jamivetta et Kyril, il n'avait eu conscience d'aucun esprit donquichottesque, rien de ridicule dans tout son périple.

A présent, l'image de Margaret commençait à devenir floue... mais il n'entendait pas moins le tintinnabulement de son rire. Avec un empourprement soudain dû à l'embarras, il songea que le récit de ses aventures serait pour elle une source parfaite d'amusement... ainsi que de stupéfaction, d'incrédulité et peut-être d'un soupçon de mépris.

Elfane le considérait avec curiosité. Il revint au présent. Étrange, comme elle semblait solide et réelle par contraste avec ses spectres mentaux. Elfane ne trouverait rien d'amusant dans un homme qui sillonnerait l'univers par amour pour elle. Au contraire, elle s'indignerait s'il ne le faisait pas.

— Que feras-tu donc sur Ballenkarch? redemanda-t-elle.

Joe se frotta le menton et braqua son regard sur les étoiles qui filaient.

— Je crois que je vais me mettre à la recherche de Harry Creath.

— Et où cela?

— Je ne sais pas. Je crois que je vais commencer par le continent civilisé.

— Nulle part Ballenkarch n'est civilisée.

— Le continent le moins barbare, alors! fit Joe avec patience. Si je connais bien Harry, il doit se trouver là où ça bouge.

— Et s'il est mort?

— Alors, je ferai demi-tour et je rentrerai chez moi la conscience tranquille.

Et Margaret lui dirait :

— Harry, mort? (Il verrait se lever son petit menton rond.) Dans ce cas il a perdu par forfait. Emporte-moi, mon chevaleresque amant, enlève-moi dans ton blanc bateau spatial.

Il glissa un regard en direction d'Elfane et prit conscience de l'encens fleuri entêtant qu'elle portait. Elfane avait tout pour galvaniser la vie, l'esprit et le sens du merveilleux. Elle prenait la vie et les émotions au sérieux. Bien entendu, Margaret avait une touche plus légère, un rire plus facile, elle n'avait aucune envie de tuer les ennemis de sa religion. La religion? Joe eut un petit rire. Margaret connaissait à peine ce mot.

— Pourquoi ris-tu? demanda Elfane, soupçonneuse.

— Je pensais à un vieil ami, répondit Joe.

*
**

Ballenkarch ! Monde aux féroces tempêtes grises et au soleil éclatant. Monde aux couleurs flamboyantes et aux paysages violents : falaises rocheuses semblables à des murailles devant les cieux... forêts enténébrées, hautes, recluses... savanes à l'herbe du vert le plus vert, où l'on s'enfonce jusqu'à la cheville, parcourues par des fleuves puissants. Aux latitudes basses, les jungles s'entremêlent et se pressent, écrasent les pousses les plus chétives, empilent des kilomètres d'humus et finissent par freiner ainsi leur propre vitalité.

Et par les cols montagneux, à travers les forêts, errant dans les plaines, roulaient les clans ballenkarts dans des caravanes de chariots aux couleurs vives. C'étaient de grands gaillards à la voix tonitruante, portant des armures d'acier et de cuir, gaspillant leur sang en vendettas et duels.

Ils vivaient dans une atmosphère épique : incursions, massacres, combats avec les grands bipèdes noirs de la jungle, terrifiants et intelligents. En guise d'armes, ils utilisaient des épées, des lances, des arbalètes qui lançaient des pierres de la taille du poing. Leur langage, séparé pendant mille ans du courant de la civilisation galactique, était un bêche-de-mer à peine compréhensible et leur écriture était pictographique.

Le *Belsaurion* se posa sur une plaine verdoyante baignée par le soleil. Dans le lointain, la pluie pendait en voiles d'une masse confuse de nuages noirs et un formidable arc-en-ciel s'arc-boutait au-dessus d'une forêt d'arbres élevés bleu-vert.

Un pavillon grossier en rondins et tôles ondulées servait d'astrogare et, quand le *Belsaurion* s'arrêta enfin en frémissant, un petit chariot doté de huit roues grinçantes traversa la pelouse en toussant et vint se ranger le long du vaisseau.

Joe demanda à Hableyat :

— Mais où est la ville ?

Hableyat gloussa.

— Le prince n'accepte pas qu'un vaisseau s'approche davantage de ses établissements principaux de peur des esclavagistes. Ces costauds de Ballenkarts sont très demandés comme gardes du corps sur Frums et Perkins.

Le sas s'ouvrit vers l'extérieur. L'air frais, sentant la terre humide, se précipita à l'intérieur du vaisseau. Le steward annonça dans le salon :

— Les passagers qui désirent débarquer peuvent le faire. Il vous est recommandé de ne pas quitter le voisinage de notre appareil avant l'arrivée d'un véhicule de transport pour Vail-Alan.

Joe chercha Elfane du regard. Elle parlait avec véhémence aux deux missionnaires druidiques et ils l'écoutaient avec une expression d'obstination de mulets. Elfane enragea, fit volte-face et, le visage blême, se dirigea vers le sas. Les Druides la suivirent en marmonnant.

Elfane s'approcha du chauffeur du véhicule à huit roues.

— Je veux être conduite immédiatement à Vail-Alan.

Il la regarda sans la moindre expression. Hableyat lui toucha le coude.

— Prêtresse, un aérocar ne tardera pas à arriver pour nous transporter beaucoup plus vite que ce véhicule.

Elle se retourna et s'éloigna rapidement. Hableyat se pencha vers le chauffeur, qui lui chuchota quelques phrases. Le visage de Hableyat changea quelque peu... le tressaut d'un muscle, un creusement des bajoues. Il vit Joe qui l'observait, reprit instantanément son attitude précise, et le chauffeur retrouva son expression indifférente.

Hableyat s'éloigna seul, l'air préoccupé, Joe le rejoignit. Sardonique, il demanda :

— Eh bien, quelles sont les nouvelles?

— Très mauvaises... oui, très mauvaises.

— Comment cela?

Hableyat hésita un instant, puis proféra, dans une franche expression d'émotions que Joe ne pouvait imaginer chez lui :

— Mes adversaires sont beaucoup plus forts au Lathbon que je ne le pensais. Le magnerru Ippolito lui-même est à Vail-Alan. Il a rejoint le prince et, de toute évidence, il a exprimé quelques vérités peu plaisantes au sujet des Druides. Je viens d'apprendre que les plans d'une cathédrale et d'un monastère druidiques ont été abandonnés et que Wanbrion, un sous-théarque, a été placé sous bonne garde.

Poussé à bout, Joe examina le corpulent Hableyat.

— Eh bien, n'est-ce pas ce que vous désirez? Assurément, un Druide en train de conseiller le prince n'aiderait en rien les affaires de Mangtsé.

Hableyat hocha tristement la tête.

— Mon ami, vous êtes aussi facilement abusé que mes compatriotes militants.

— Je suppose que je suis obtus.

Hableyat écarta les bras, comme s'il révélait tout à Joe par ce geste.

— C'est tellement évident.

— Navré.

— De cette manière... les Druides ont l'intention d'assimiler Ballenkarch pour eux-mêmes. Mes adversaires sur Mangtsé, en apprenant ce plan, se ruent pour le combattre bec et ongles. Ils ne s'arrêtent pas pour réfléchir aux implications ni aux éventualités les plus probables. Non, puisqu'il s'agit d'un stratagème druidique, il faut le contrer. Et grâce à un programme qui, à mon avis, finira par embarrasser gravement Mangtsé.

— Je vois où vous voulez en venir, mais pas comment cela fonctionne.

*
**

Hableyat afficha une expression amusée.

— Mon cher compagnon, la piété humaine n'est en rien infinie. Je dirai que la Laïcat kyrilien prodigue le maximum sur son Arbre. Ainsi... quelle sera sa réaction en apprenant l'existence d'un autre Arbre divin?

Joe eut un large sourire.

— Cela coupera en deux sa piété envers le premier arbre.

— Naturellement, je suis incapable d'estimer cette diminution, mais elle sera indubitablement considérable. Le doute, l'hérésie trouveront des oreilles et les Druides remarqueront que le Laïcat n'est plus aussi confiant et innocent. Il s'identifie actuellement à l'Arbre. Il leur appartient, il est exemplaire unique et solitaire dans l'univers.

« Alors... tout d'un coup, un autre Arbre existe sur Ballenkarch... planté par les Druides, et l'on raconte que sa présence a des mobiles politiques.

Il haussa les sourcils d'un air très expressif.

— Mais les Druides, en contrôlant Ballenkarch et ces nouvelles industries, peuvent encore trouver à y gagner.

Hableyat secoua la tête.

— Mon ami, Mangtsé est potentiellement le monde le plus faible des trois. C'est le nœud de la question. Kyril a sa main-d'œuvre, Ballenkarch la richesse minière et agricole, une population agressive et une tradition belliqueuse. Dans toute association planétaire, Ballenkarch finira par cannibaliser son comparse.

« Songez aux Druides... épicuriens, maîtres sophistiqués de cinq milliards d'esclaves. Imaginez-les-vous en train d'essayer de dominer Ballenkarch. C'est risible. Dans cinquante ans, les Ballenkarts chasseront les théarques des portes de Divinale à coups de fouets et brûleront l'Arbre en guise de feu de joie pour fêter leur victoire.

« Et voici l'autre terme de l'alternative : Ballenkarch liée à Mangtsé. Une période de troubles et aucun bénéfice pour quiconque. Les Druides n'ont donc plus le choix : il faut qu'ils se serrent la ceinture et qu'ils *travaillent*. Sans les industries de Ballenkarch, ils seront bien obligés d'introduire de nouvelles habitudes sur Kyril : des usines, des industries, l'éducation. Les mœurs anciennes doivent disparaître.

« Les Druides perdront ou non les rênes du pouvoir... mais Kyril demeurera une unité industrielle intégrée, disparaissant pour Mangtsé en tant que marché naturel pour ses produits. Vous voyez donc que, sans les marchés de Ballenkarch et de Kyril, notre propre économie mang faiblirait, souffrirait. Nous serions forcés de recouvrer nos marchés par une action militaire, sans garantie de succès.

— Je comprends tout ceci, dit lentement Joe, mais cela ne nous conduit nulle part. Que voulez-vous, précisément ?

— Ballenkarch se suffit à elle-même. Pour le moment, ni Mangtsé ni Kyril ne peuvent exister seules.

Nous formons un couple naturel. Mais, comme vous l'avez vu, les Druides ne se satisfont pas du flux de richesses. Ils exigent davantage et s'imaginent qu'ils peuvent l'acquérir en contrôlant les industries de Ballenkarch.

« Je veux éviter ceci... et je veux également éviter un accord Mangtsé-Ballenkarch, qui serait contre nature dès le premier abord. Je désire voir un régime nouveau sur Kyril, un gouvernement voué à l'amélioration du pouvoir de production et d'achat du Laïcat, un gouvernement voué à une alliance naturelle avec Mangtsé.

— Dommage que les trois planètes ne puissent former un conseil commun.

Hableyat poussa un soupir.

— Cette idée, quoique appropriée, se heurte à trois réalités. D'abord, la politique actuelle des Druides... ensuite l'ascendant du Flot-Rouge sur Mangtsé... et, tertio, les ambitions du prince de Ballenkarch. Changez ces trois réalités et une telle union pourrait se constituer. Pourquoi pas? fit-il d'un air méditatif, et derrière le masque jaune inexpressif Joe distingua le visage d'un homme très fatigué.

— Que va-t-il vous arriver, à présent?

Hableyat pinça les lèvres tristement.

— Si mon autorité a été effectivement supplantée, je suis censé me tuer. Ne paraissez pas abasourdi : il s'agit d'une coutume mang, une méthode pour souligner la désapprobation. Je crains de ne plus rien avoir à faire en ce monde.

— Pourquoi ne pas retourner sur Mangtsé et reprendre la barre?

Hableyat secoua la tête.

— Ce n'est pas notre coutume. Vous pouvez sourire, mais vous oubliez que les sociétés existent grâce à un accord généralisé concernant certains symboles et des nécessités auxquelles on est forcé d'obéir.

— Voici l'aérocar, dit Joe. Si j'étais vous, au lieu de me suicider, j'essaierais de trouver un plan pour mettre le prince de mon côté. Il semble tenir le poste clé. Druides et Mangs sont après lui.

Hableyat secoua la tête.

— Pas le prince. C'est un homme bizarre, un mélange

de bandit, de bouffon et de visionnaire. Il semble considérer cette nouvelle Ballenkarch comme un jeu intéressant, une récréation sportive.

ONZE

L'aérocar atterrit; c'était un appareil de transport ventru qui avait besoin d'un bon coup de peinture. Deux hommes imposants en pantalon rouge descendant jusqu'au genou, boléro bleu et toque noire, quittèrent l'aérocar en roulant les épaules, affichant l'expression placidement arrogante de l'élite militaire.

— Le Seigneur Prince vous envoie ses salutations, dit le premier à l'officier béland. Il croit comprendre qu'il se trouve des agents étrangers parmi les passagers, aussi veut-il que tous ceux qui mettent pied à terre soient conduits jusqu'à lui.

Il n'y eut pas d'autre conversation. Dans la voiture pénétrèrent Elfane et Hableyat, les deux Druides accrochés à leur autel portable, les Mangs qui foudroyaient Hableyat de leurs yeux jaunes, et Joe. C'était là le contingent débarquant à Ballenkarch : les Zils et la femme âgée en robe noire continuaient jusqu'à Castelgran, Zil ou Bélan, et aucun d'eux ne descendit.

Joe traversa le fuselage et se laissa tomber dans un siège à côté d'Elfane. Elle tourna la tête et lui présenta une figure qui paraissait vidée de sa jeunesse.

— Que veux-tu de moi?

— Rien. Tu es en colère contre moi?

— Tu es un espion mang.

Joe eut un petit rire forcé.

— Oh... parce que je parle beaucoup avec Hableyat?

— Que t'a-t-il envoyé me dire?

Cette question fit broncher Joe. Elle ouvrait une vaste perspective aux hypothèses. Se pouvait-il que Hableyat l'utilise comme moyen de communiquer ses idées aux Druides par l'entremise d'Elfane?

— J'ignore s'il veut ou non que ceci te soit transmis. Mais il m'a expliqué pour quelle raison il vous aide à apporter votre arbre, et cela m'a paru convaincant.

— En premier lieu, répliqua Elfane d'un ton cinglant, nous n'avons plus d'arbre. Il nous a été volé sur Intersection. (Ses yeux s'écarquillèrent et elle le considéra soudain d'un air soupçonneux.) Cela fut-il également ton œuvre? Est-il possible que...

Joe poussa un soupir.

— Tu es déterminée à penser de moi tout le mal possible. Très bien. Si tu n'étais pas à ce point attirante et belle à damner un saint, je ne penserais même plus à toi. Mais tu prévois de t'abattre sur le prince avec tes deux Druides à face doucereuse et tu t'imagines pouvoir l'entortiller. C'est possible. Je sais fort bien que tu es prête à t'abaisser à tout. A présent, je vais déverser ce que Hableyat m'a dit et tu pourras faire ce que tu voudras de ce renseignement.

Il la foudroya du regard, la mettant au défi de parler, mais elle rejeta la tête en arrière et regarda par la fenêtre d'un air indifférent.

— Il croit que si vous menez votre mission à bien, toi et tes Druides vous vous retrouverez en train de jouer les seconds rôles au service de ces durs de Ballenkarts. Si vous ne réussissez pas... eh bien, les Mangs te réserveront un petit truc désagréable, mais les Druides... toujours selon Hableyat... finiront par s'en tirer.

— Fiche le camp, dit-elle d'une voix étouffée. Tu ne fais que m'effrayer. Va-t'en!

— Elfane... oublie toute cette histoire de Druides-Mangs-Arbre de Vie et je t'emmène sur Terre. Enfin, si j'arrive à quitter vivant cette planète.

Elle lui tourna la tête. Le véhicule bourdonna, vibra et s'éleva dans les airs. Le paysage s'aplatit en dessous d'eux. Des montagnes massives parcourues et marbrées de neige et de glace, des prairies luxuriantes dont l'herbe brillait de toute la gamme du vert, s'étendaient sous eux. Ils traversèrent la chaîne de montagnes. La voiture fut secouée dans les turbulences et descendit en biais vers une mer intérieure.

Une communauté manifestement nouvelle et inachevée, avait été établie sur le rivage de cette mer. Trois quais pesants, une douzaine de gros bâtiments rectangulaires — parois vitrées, toits en métal étincelant — formaient le cœur de la ville. A quinze cents mètres de là, un promontoire couvert d'arbres dominait la mer et c'est dans l'ombre de ce promontoire qu'atterrit l'aérocar.

La portière s'ouvrit. L'un des Ballenkarts leur adressa un signe brusque.

— Par ici.

Joe suivit Elfane jusqu'au sol et vit devant lui une longue bâtisse basse dont la façade vitrée donnait sur le panorama de la mer et de la plaine. Le caporal ballenkart fit un nouveau geste péremptoire.

— A la Résidence, dit-il sèchement.

Mécontent, Joe se mit en route vers le bâtiment en songeant que ces soldats étaient de bien piètres messagers de bonne volonté. Ses nerfs se tendirent tout en marchant. L'atmosphère n'avait pas grand-chose d'accueillant. La tension, remarqua-t-il, s'était emparée de tout le monde. Elfane marchait comme si elle avait les jambes raides. Les mâchoires d'Erru Kametin étaient d'un jaune éclatant le long de l'os.

*
**

A l'arrière, remarqua Joe, Hableyat parlait de manière pressante aux deux missionnaires druidiques. Ils semblaient peu coopératifs. Hableyat leva la voix. Joe l'entendit dire :

— Où est la différence ? Du moins aurez-vous une chance, de la sorte, que vous vous méfiiez ou non de mes mobiles.

Les Druides parurent enfin acquiescer. Hableyat avança vivement et dit d'une voix forte :

— Halte ! Cette impudence ne peut continuer !

Les deux Ballenkarts firent volte-face, stupéfaits. Le visage imperturbable. Hableyat ordonna :

— Allez chercher votre maître. Nous nous refusons à continuer de subir cette indignité.

Les Ballenkarts étaient éberlués de voir leur autorité mise en question. Erru Kametin, clignant des yeux, demanda :

— Que dites-vous, Hableyat ? Essayez-vous de nous compromettre aux yeux du prince ?

— Il lui faut apprendre que les Mangs ont une haute idée de leur dignité, répondit Hableyat. Nous ne bougerons plus s'il ne s'avance pour nous accueillir à la manière de tout hôte courtois.

Erru Kametin eut un rire méprisant.

— Restez donc.

Il fit virevolter sa cape écarlate, se retourna et se mit en route vers la Résidence. Les Ballenkarts se consultèrent et l'un d'eux accompagna les Mangs. L'autre jeta à Hableyat un regard agressif.

— Attendez un peu que le prince apprenne ceci !

Le restant s'était rassemblé dans un coin. Hableyat sortit nonchalamment la main de sous sa cape et déchargea un tube sur le garde, dont les yeux devinrent vitreux et qui s'affala au sol.

— Il est simplement assommé, dit Hableyat à Joe, qui s'était retourné pour protester. (Puis, à l'adresse des Druides :) — Faites vite.

Ils soulevèrent leurs robes pour courir jusqu'à un massif de terre meuble. L'un d'eux creusa un trou à l'aide d'un bâton, l'autre ouvrit l'autel et souleva tendrement l'Arbre miniature. Un petit pot entourait ses racines.

Joe entendit Elfane souffler :

— Vous deux...

— Silence, ordonna Hableyat. Veillez aux vôtres, si vous savez ce que vous faites. Ces deux hommes sont archithéarques.

— Manaolo... on l'a abusé !

Les racines pénétrèrent le sol. La terre fut tassée doucement. Les Druides refermèrent leur autel, s'époussetèrent les mains et redevinrent des moines au visage vide. Et le Fils de l'Arbre était fermement installé dans le sol de Ballenkarch, baignant dans la lumière chaude brûlante. Ce n'était qu'un jeune buisson comme les autres, si l'on n'y regardait pas de plus près.

— A présent, nous continuons notre route jusqu'à la Résidence, dit Hableyat d'une voix placide.

Elfane foudroya du regard Hableyat et les Druides, les yeux flambant de rage et d'humiliation.

— Vous vous êtes moqués de moi depuis le début !

— Non, non, prêtresse, dit Hableyat. Du calme, je vous en supplie. Il vous faudra tous vos esprits quand vous affronterez le prince. Croyez-moi, vous avez servi une très noble cause.

Elfane se tourna aveuglément, comme si elle voulait s'enfuir vers la mer , mais Joe la rattrapa. Un instant, elle plongea son regard dans le sien, les muscles bandés comme des câbles. Puis elle se détendit et s'amollit.

— Très bien, j'irai.

Ils continuèrent leur route et rencontrèrent à mi-chemin une escouade de six soldats manifestement venus les escorter. Personne ne songeait plus à la forme inerte du garde.

Au portail, ils furent soumis à une rapide fouille en règle qui ne manqua pas de provoquer des protestations de colère chez les Druides et un cri outragé chez Elfane. L'arsenal ainsi découvert était surprenant : un pistolet conique sur chacun des Druides, le tube étourdisseur de Hableyat et une dague à cran d'arrêt, le pistolet de Joe, et un petit tube luisant qu'Elfane portait dans sa manche.

Le caporal recula et fit un geste.

— Il vous est permis d'entrer dans la Résidence. Veillez à observer les formes de respect en usage.

Ils franchirent une antichambre couverte de peintures d'animaux grotesques à demi démoniaques, puis pénétrèrent dans une grande salle. Les poutres du plafond avaient été taillées à la main et sculptées de marques régulières, les murs étaient revêtus de rotin tressé. De part et d'autre, des massifs de plantes vertes et rouges longeaient les murs et le plancher était couvert d'un tapis doux de fibre tissée portant un dessin écarlate, noir et vert.

Face à l'entrée se dressait une estrade flanquée de deux lourdes balustrades en bois couleur de rouille, avec un large siège en forme de trône du même bois roux. Pour l'instant, ce trône était inoccupé.

Vingt ou trente hommes se tenaient dans la salle — imposants, bronzés, certains avec des moustaches en bataille —, gauches et mal à l'aise, comme s'ils n'avaient pas l'habitude d'avoir un toit au-dessus de la tête. Tous portaient des pantalons rouges descendant au genou. Certains avaient des blouses de toutes couleurs, tandis que d'autres avaient la poitrine nue, des capes de fourrure noire tombant de leurs épaules. Tous arboraient des sabres courts et lourds à la ceinture et tous dévisageaient les nouveaux venus sans la moindre sympathie.

Le regard de Joe passa d'une figure à l'autre. Harry Creath ne devait pas être loin de Vail-Alan, qui était le centre de toute activité. Mais il ne se trouvait pas dans cette salle.

***

A côté de l'estrade, formant un petit groupe, se tenaient les Mangs Flot-Rouge. Erru Kametin parlait à la femme d'une voix dure et saccadée. Les deux censeurs écoulaient en silence, à demi détournés.

Un huissier muni d'un long clairon de laiton entra dans la salle et joua une fanfare éclatante. Joe eut un léger sourire. Comme une comédie musicale : des guerriers en uniforme brillant, la pompe, le cérémonial, l'étiquette...

A nouveau la fanfare : *tantara-tantivy*... aiguë, énervante.

— Le Prince de Vail-Alan ! Maître Acquéreur de tout Ballenkarch !

Un homme blond, de petite stature à côté des Ballenkarts, monta vivement sur l'estrade et s'assit sur le trône. Il avait un visage rond et osseux, avec des rides joyeuses autour de la bouche, des mains nerveuses et agitées, un air d'intelligence gaie et d'impatience totale. De la foule monta un *Aaaah !* rauque et révérenciel.

Joe hocha lentement la tête sans la moindre surprise. Qui d'autre cela eût-il pu être ?

Harry Creath parcourut rapidement la salle du regard. Il s'attarda sur Joe, s'éloigna, puis revint. Un instant il resta stupéfait.

— *Joe Smith !* Que fabriques-tu ici, au nom du ciel ?

C'était l'instant pour lequel il avait parcouru un millier d'années-lumière. Et voilà que l'esprit de Joe refusait de fonctionner correctement. Il bégaya les mots qu'il répétait depuis deux années, à travers peine, danger et ennui... paroles qui exprimaient deux années d'obsession :

— Je suis venu te chercher.

Il avait parlé, il était vengé. Il était soulagé de la névrose qui était presque devenue auto-suggestion. Mais les mots avaient été prononcés et le visage vif de Harry exprimait l'étonnement.

— Jusqu'ici ? Tout ce chemin... pour me retrouver ?

— C'est exact.

— Et dans quel but ?

Harry se pencha en arrière et sa grande bouche se fendit en un large sourire.

— Eh bien... tu avais laissé certaines affaires en plan, sur Terre.

— Pas à ma connaissance. Il te faudrait parler longuement et rapidement pour me faire obéir. (Il se tourna vers un garde de grande taille au visage de marbre.) Ces gens ont-ils été fouillés ?

— Oui, mon prince.

Harry se retourna vers Joe avec une grimace d'excuse joyeuse.

— Trop de personnes s'intéressent à moi. Je ne puis feindre d'ignorer les risques évidents. Bon, tu disais donc... que tu veux que je rentre sur Terre. Pourquoi ?

Pourquoi ? se redemanda Joe. *Pourquoi ?* Mais parce que Margaret se croyait amoureuse de Harry et que Joe pensait qu'elle était amoureuse d'un rêve. Parce que Joe pensait que, si Margaret faisait pendant un mois la connaissance de Harry, si elle pouvait le voir dans sa vie de tous les jours, si elle pouvait reconnaître que l'amour n'était pas une série de grimpettes et de plongeons comme dans les montagnes russes... elles comprendrait que le mariage n'était pas une ronde haletante d'escapades.

Bref, si l'on pouvait secouer ces absurdités hors de la jolie tête frivole de Margaret... alors il y aurait dedans de la place pour Joe. Était-ce bien cela ? Cela avait semblé simple, de voler jusqu'à Mars pour aller chercher Harry, où il avait découvert qu'il était parti pour Io. Et de Io vers Pluton, puis le Grand-bond. Ensuite, l'obsession s'était imposée, son entêtement. A partir de Pluton, tout avait commencé. Puis Kyril, puis Intersection et maintenant Ballenkarch.

Joe s'empourpra, intensément conscient de la présence d'Elfane derrière lui, qui l'observait de ses yeux rendus brillants par les interrogations. Il ouvrit la bouche pour la refermer immédiatement. *Pourquoi?*

Les yeux étaient braqués sur lui, les yeux de toute la salle. Des yeux curieux, froids, sans intérêt, des yeux hostiles, des yeux inquisiteurs... ceux de Hableyat placides, ceux d'Elfane curieux, ceux de Harry Creath moqueurs. Et dans l'esprit confus de Joe émergea un fait : il se révélerait comme l'idiot le plus parfait de l'histoire de l'univers s'il disait la vérité.

— Cela est en rapport avec Margaret? demanda Harry sans merci. Elle t'envoie ici?

Joe vit Margaret comme dans une vision, les inspectant tous deux avec dérision. Ses yeux se posèrent sur Elfane. Une créature diabolique, obstinée, intolérante, trop vive et emplie de vie pour sa propre sécurité. Mais sincère et honnête.

— Margaret? fit Joe en éclatant de rire. Non. Rien en rapport avec Margaret. En fait, j'ai changé d'avis. Reste bien loin de la Terre.

Harry se détendit légèrement.

— Si cela avait à voir avec Margaret... eh bien, tu es un peu en retard. (Il se tordit le cou.) Où diable est-elle donc? *Margaret?*

— Margaret? marmotta Joe.

Elle monta sur l'estrade à côté de Harry.

— Salut, Joe... (Comme si elle l'avait quitté la veille.)... quelle bonne surprise!

Elle riait intérieurement, très calmement. Joe souriait aussi, on ne peut plus forcé. Fort bien, il avait pris sa position. Il affronta leur regard et dit :

— Félicitations.

Il lui vint à l'esprit que Margaret menait tout simplement l'existence qu'elle prétendait désirer : excitation, intrigue, aventure. Et cela semblait lui réussir.

DOUZE

Harry lui avait parlé. Joe prit soudain conscience de sa voix.

— Tu vois, Joe, nous faisons ici quelque chose de merveilleux, c'est un monde merveilleux. Il déborde de minerais de première qualité, de bois, de produits organiques, de main-d'œuvre. J'ai une image à l'esprit, Joe : celle d'Utopie.

« J'ai derrière moi une sacrée équipe, et nous travaillons ensemble. Ils ne sont pas encore parfaitement dégrossis, mais ils voient ce monde comme moi et ils sont prêts à miser sur moi. Pour commencer, bien entendu, on a dû cogner sur quelques têtes, mais tout le monde sait maintenant qui est le patron et tout se passe bien.

Harry considéra avec affection la foule de Ballenkarts, dont le moindre des membres aurait pu l'étrangler d'une seule main.

— Dans vingt ans, tu n'en croiras pas tes yeux. Ce que nous allons faire à cette planète est merveilleux, c'est moi qui te le dis, Joe. A présent, excuse-moi quelques instants. Il me faut passer aux affaires d'État.

Il s'installa dans son fauteuil et son regard passa des Mangs aux Druides.

— Autant en finir tout de suite pendant que cela est tout frais dans vos esprits. Voici mon vieil ami Hableyat. (Il cligna les yeux à l'adresse de Joe.) Pépé le Malin. C'est à quel sujet, Hableyat ?

Hableyat s'avança d'un air important.

— Votre Excellence, je me trouve dans une posture très particulière. Je n'ai point communiqué avec mon gouvernement et je ne sais exactement quelle est l'étendue de mon autorité.

Harry dit au garde :

— Allez chercher le magnerru. (Et, à l'adresse de Hableyat :) — Le magnerru Ippolito arrive juste de Mangtsé et il affirme pouvoir parler pour votre Ampianu Général.

Un Mang sortit sous une arcade : un homme robuste au visage carré, aux yeux noirs très brillants, la peau jaune citron, les lèvres orange vif. Il portait une robe écarlate brodée d'une bordure de carrés violets et verts et un chapeau noir cubique.

Erru Kametin et les autres Mangs de son groupe s'inclinèrent profondément, saluant les bras largement ouverts. Hableyat hocha respectueusement la tête, un sourire fixe sur ses lèvres épaisses.

— Magnerru, dit le prince Harry, Hableyat veut connaître l'étendue de sa liberté d'action politique.

— Nulle, cracha le magnerru. Absolument nulle. Hableyat et les Eau-d'Azur ont été discrédités dans l'Ampianu : le Lathbon est désormais Flot-Rouge. Hableyat ne parle plus que pour lui-même et sa voix ne tardera pas à se taire.

Harry hocha la tête.

— Il sera donc sage d'entendre ce qu'il a à dire avant sa chute.

— Monseigneur, dit Hableyat, le visage toujours figé en un masque jovial, mes paroles sont sans importance. Je préfère entendre les opinions du magnerru et des deux archithéarques que nous avons avec nous. Monseigneur, je puis affirmer que les plus hauts représentants de Kyril sont devant vous : les archithéarques Oporeto Implan et Gaméanza. Ils vous présenteront tous deux leur point de vue.

— Ma modeste résidence grouille de célébrités, dit Harry.

Gaméanza s'avança avec un regard étincelant en direction du magnerru.

— Prince Harry, je considère que l'atmosphère actuelle n'est pas adaptée à une discussion politique. Dès que le désirera le Prince, le plus tôt possible, je lui communiquerai les tendances de la politique druidique de même que mon point de vue sur la situation politique et éthique.

Le magnerru lança :

— Parlez à cette limace à peau sèche. Écoutez ses efforts pour fixer sur Ballenkarch le système esclavagiste. Ensuite, renvoyez-le à son monde gris et fétide dans la cale d'un vaisseau bétailler.

Gaméanza se raidit. Sa peau parut devenir friable. Il dit à Harry d'une voix aiguë et vibrante :

— Je suis à votre disposition.

Harry se leva.

— Très bien, nous allons nous retirer pendant une demi-heure et discuter de vos propositions. (Il leva la main à l'adresse du magnerru.) Vous bénéficierez du même privilège, prenez donc patience. Parlez un peu du bon vieux temps avec Hableyat. Je crois savoir qu'il a occupé votre poste, auparavant.

L'archithéarque Gaméanza le suivit quand il sauta de l'estrade pour quitter la salle, et il fut imité par l'archithéarque Oporeto Implan. Margaret agita nonchalamment la main en direction de Joe.

— On se reverra bientôt.

Elle sortit discrètement par une autre porte.

Joe trouva un banc contre un mur de la salle et s'assit avec lassitude. Devant lui, comme posant pour un tableau, se tenaient les Mangs rigides, l'exquise flamme de chair qu'était Elfane, Hableyat, soudain vague et impuissant, les Ballenkarts dans leurs costumes magnifiques, troublés, désorientés, peu habitués aux échanges d'esprits vifs, marmonnant et se jetant des regards gênés.

Elfane tourna la tête et examina la salle. Elle vit Joe, hésita, puis le rejoignit et s'assit à son côté. Au bout d'un moment, elle dit d'une voix hautaine :

— Tu te ris de moi... tu te moques.

— Je n'en ai pas conscience.

— Tu as trouvé l'homme que tu recherchais, dit-elle, les sourcils haussés. Pourquoi ne fais-tu rien ?

Joe secoua les épaules.

— J'ai changé d'avis.

— A cause de la présence de cette femme aux cheveux jaunes... cette Margaret ?

— En partie.

— Tu ne m'en avais jamais parlé.

— Je ne pensais pas que cela pouvait t'intéresser.

*
**

Elfane considéra la salle d'audience d'un air buté.

— Sais-tu pourquoi j'ai changé d'avis ? lui demanda Joe.

Elle hocha la tête.
— Non.
— C'est à cause de toi.
Elfane se retourna, les yeux flamboyants.
— C'est donc bien cette femme blonde qui t'a conduit jusqu'ici.
Joe poussa un soupir.
— Tout homme a le droit d'être roi des fous une fois dans sa vie. Une fois *au moins*...
Cela ne suffit pas à la calmer.
— Et je suppose que si je t'envoyais chercher quelqu'un, tu ne le ferais pas? Elle signifie donc plus pour toi que moi?
Joe gémit.
— Oh, seigneur! D'abord, tu ne m'avais jamais donné de raison de penser que... oh, merde!
— Je t'ai proposé de devenir mon amant.
Joe la considéra avec exaspération.
— J'aimerais pouvoir...
Il se rappela que Kyril n'était pas la Terre, qu'Elfane était prêtresse et non étudiante.
Elfane éclata de rire.
— Je te comprends très bien, Joe. Sur Terre, les hommes ont l'habitude de faire comme il leur plaît et les femmes sont des habitants auxiliaires. Et n'oublie pas, Joe, que tu ne m'as *jamais* rien dit... tu ne m'as jamais dit que tu m'aimais.
Joe grommela :
— J'avais peur de le faire.
— Essaie toujours.
Joe essaya et se rendit compte joyeusement que, malgré mille années-lumière et deux cultures opposées, les filles sont partout les mêmes, qu'elles soient prêtresses ou étudiantes.

Harry et l'archithéarque Gaméanza revinrent dans la salle et une expression fixe était affichée sur le visage blanc du Druide. Harry dit au magnerru :
— Peut-être aurez-vous la bonté d'échanger quelques mots avec moi?
Avec irritation, le magnerru serra les mains contre sa robe et suivit Harry dans ses appartements. De toute

évidence l'approche informelle ne trouvait chez lui aucune corde sensible.

Hableyat s'installa à côté de Joe. Elfane détourna le regard d'un air buté. Hableyat avait une expression inquiète. Ses bajoues jaunes étaient flasques et les paupières étaient lourdes sur ses yeux.

— Du courage, Hableyat, vous n'êtes pas encore mort, fit Joe.

Hableyat secoua la tête.

— Toutes les combinaisons de ma vie se fracassent en fragments.

Joe lui jeta un regard vif. La morosité était-elle exagérée, les soupirs étaient-ils trop larmoyants ? Il signala d'une voix prudente :

— Il me reste à entendre votre programme positif.

Hableyat haussa les épaules.

— Je suis patriote. Je désire voir ma planète prospérer, baigner dans la richesse. Je suis un homme imbu de la culture de son monde ; je ne puis concevoir de meilleur mode de vie et je désire voir cette culture s'étendre, s'enrichir des cultures des autres mondes, adopter les bonnes, l'emporter sur les mauvaises.

— En d'autres termes, vous êtes aussi fermement impérialiste que vos amis militaires. Seules vos méthodes diffèrent.

— Je crains que vous ne m'ayez bien défini, soupira Hableyat. De plus, je redoute que, à notre époque, l'impérialisme militaire ne soit presque impossible... que l'impérialisme culturel ne soit la seule forme pratique. Une planète ne peut être soumise et occupée avec succès à partir d'un autre monde. Elle peut être dévastée, ruinée, mais la logistique de la conquête est pratiquement irréalisable. Je crois que les tentatives aventureuses proposées par le Flot-Rouge vont épuiser Mangtsé, ruiner Ballenkarch et ouvrir la voie à l'impérialisme religieux druidique.

Joe sentit Elfane se raidir.

— Pourquoi cela est-il pire que l'impérialisme culturel mang ?

— Ma chère prêtresse, dit Hableyat, je ne pourrais argumenter raisonnablement pour vous convaincre. Je ne dirai qu'une seule chose : les Druides produisent très peu alors qu'ils disposent d'un vaste potentiel — qu'ils vivent sur le dos d'une masse laborieuse — et j'espère que le système ne se répandra jamais pour m'incorporer au Laïcat.

— Moi aussi, ajouta Joe.

Elfane se leva d'un bond.

— Vous êtes tous deux des êtres immondes!

Joe se surprit en tendant le bras pour la faire rasseoir bruyamment. Elle se débattit un moment, puis se calma.

— Première leçon en culture terrienne, dit gaiement Joe. Il est très mal vu de discuter de religion.

Un soldat entra précipitamment dans la salle, haletant, le visage déformé par la terreur..

— Horrible... au bord de la route... Où est le prince? Appelez le prince... un végétal terrifiant!

Hableyat se leva brutalement, le visage vif, alerte. Il courut prestement à la porte et, au bout d'une seconde, Joe annonça :

— J'y vais aussi.

Elfane, sans un mot, le suivit.

*
**

Joe eut une impression éclair de confusion complète. Une foule grouillante d'hommes faisait le tour d'un objet qu'il ne pouvait identifier : une pousse trapue, verte et brune, qui semblait se tortiller et se soulever.

Hableyat se fraya un chemin à travers ce cercle, Joe à son côté et Elfane poussant derrière le dos de Joe. Joe regarda, stupéfait : le Fils de l'Arbre?

Il avait poussé, il était devenu compliqué. Il ne ressemblait plus à l'Arbre de Kyril. Le Fils s'était adapté à un nouveau dessein qui était triple : protection, croissance, flexibilité.

Il rappelait à Joe un fabuleux pissenlit. Une boule cotonneuse blanche se tenait à six mètres au-dessus du sol sur une tige mince qui oscillait, entourée par un cône inversée de feuilles vertes et plates. A la base de chaque feuille, une vrille verte, rayée et tachetée de noir, se dressait. Serrés entre ces vrilles se trouvaient les corps de trois hommes.

Hableyat glapit :

— Cette créature est diabolique... et il porta la main à sa ceinture, mais son arme avait été confisquée par les gardes de la Résidence.

Un chef ballenkart, le visage pâle et déformé, chargea le Fils, le tailladant de son sabre. La balle cotonneuse oscilla vers lui, les vrilles reculèrent comme des membres d'insecte, puis se rabattirent de tous côtés à la fois, enveloppèrent l'homme et lui percèrent la chair. Il hurla, se tut, se raidit. Les vrilles rougirent, palpitèrent, et le Fils de l'Arbre grandit encore.

Quatre autres Ballenkarts, agissant de concert, chargèrent le Fils, six autres suivirent. Les vrilles frappèrent, claquèrent, et dix corps gisaient, blancs, sur le sol. Le Fils s'étendit, comme magnifié.

La voix légère et assurée du prince Harry ordonna :

— Écartez-vous... Allons, éloignez-vous.

Harry regarda la plante... six mètres jusqu'en haut des feuilles tandis que la boule blanche cotonneuse s'élevait de trois encore.

Le Fils se précipita avec une quasi-intelligence habile. Des vrilles se déroulèrent, piégèrent une douzaine d'hommes grondants, les rabattirent. La foule fut alors prise de folie, agitée par le flux et le reflux dans des spasmes alternés de rage et de peur, chargeant enfin dans une mêlée de cris perçants.

Les sabres scintillaient, tournoyaient, taillaient. Au-dessus, la tête blanche cotonneuse oscillait sans se presser. Elle était douée de raison, elle voyait, sentait, prévoyait avec une conscience végétale, calme, sans peur, ne visant qu'une seule chose. Ses vrilles ondulaient, tordaient, serraient, revenaient se vider. Et le Fils de l'Arbre montait, s'amplifiait.

Des survivants haletants de la foule reculaient, fixant impuissants le sol jonché de cadavres. Harry fit signe à l'un de ses gardes personnels.

— Amenez un canon laser.

Les archithéarques s'avancèrent et protestèrent.

— Non, non, c'est la Pousse Sacrée, le Fils de l'Arbre.

Harry ne leur prêta aucune attention. Gaméanza lui étreignit le bras avec une insistance panique.

— Rappelez vos soldats. Ne lui donnez en pâture que des criminels et des esclaves. Dans dix ans, il sera fabuleux, ce sera un Arbre magnifique.

Harry se dégagea et secoua la tête en direction d'un soldat.

— Emmenez-moi ce dément.

On sortit de derrière la Résidence un projecteur à roues que l'on arrêta à quinze mètres du Fils. Harry hocha la tête. Un épais rayon blanc d'énergie s'écrasa contre le Fils.

— *Aaaah!* soupira la foule dans un plaisir presque voluptueux.

Le soupir exultant s'arrêta net. Le Fils absorbait l'énergie à l'instar de rayons solaires, il s'étendait, devenait luxuriant, et il poussait. La boule blanche cotonneuse était maintenant à trente mètres.

— Visez la cime, ordonna Harry, très inquiet.

Le barreau d'énergie remonta le long de la tige mince, se concentra sur la tête de la plante. Elle brûla, crépita, se déroba.

— Elle n'aime pas ça! s'écria Harry. *Continuez de tirer!*

Les archithéarques, retenus à l'arrière, hurlaient dans une souffrance quasi personnelle.

— *Non, non, non!*

La fleur blanche se redressa et recracha une boule d'énergie. Le projecteur explosa et têtes et membres se dispersèrent dans toutes les directions.

*
**

Soudain, ce fut un silence de mort. Puis les gémissements commencèrent. Et les hurlements quand les vrilles s'avancèrent pour se nourrir.

Joe tira Elfane en arrière et une vrille la rata de trente centimètres.

— Mais je suis prêtresse, fit-elle, stupéfaite et abasourdie. L'Arbre protège les Druides. L'Arbre n'accepte que les pèlerins laïcs.

Les pèlerins! Joe se rappela les pèlerins de Kyril... épuisés, poussiéreux, les pieds douloureux, malades...

en train d'entrer dans l'Arbre. Il se rappela le temps d'arrêt au portail, l'ultime regard jeté sur le paysage gris puis sur le feuillage avant l'entrée dans le tronc. Jeunes et vieux, quel que fût l'état de santé, des milliers chaque jour...

Joe devait à présent se tordre le cou pour voir la cime du Fils. La pousse centrale flexible se raidissait, la petite boule blanche oscillait et se tordait pour examiner son nouveau domaine.

Harry s'approcha de Joe en clopinant, le visage blanc comme un masque.

— Joe... c'est la créature la plus démoniaque que j'aie jamais vue sur trente-deux planètes.

— J'en ai vu une plus grosse encore... sur Kyril. Elle dévore les citoyens par milliers.

— Ces gens ont confiance en moi. Ils s'imaginent que je suis une sorte de dieu... tout simplement parce que je me sers de quelques techniques terriennes. Il faut que je me débarrasse de cette abomination.

— Tu ne te mets donc pas du côté des Druides ?

Harry ricana.

— Tu me prends pour un gogo, Joe ? Je ne me mets d'aucun côté. Je les enquiquine tous. Je les ai tenus à distance et titillés en attendant de tout préparer. Je ne suis pas encore satisfait... mais tu peux être sûr que je n'étais pas prêt à marchander contre ça. Qui diable a apporté ce truc ici ?

Joe resta silencieux. Elfane répondit :

— Il a été apporté de Kyril sur ordre de l'Arbre.

Harry resta les yeux fixes.

— Mon dieu, il ne parle quand même pas, en plus ?

Elfane répondit d'un ton vague :

— Le Collège des Théarques lit la volonté de l'Arbre à travers divers signes.

Joe se gratta le menton.

— Humph, fit Harry. Une décoration fantaisiste pour une gentille petite tyrannie. Mais là n'est pas le problème. Il faut détruire cette chose ! (Il marmotta :) — J'aimerais frapper l'original, pour me porter bonheur.

Joe l'entendit... Il regarda Elfane, la soupçonnant d'être prête à s'enflammer de colère, mais elle resta silencieuse à regarder le Fils.

— Il semble se gonfler d'énergie, dit Harry. Donc : pas de chaleur. Une bombe ? Essayons de le faire sauter. Je vais faire apporter des explosifs puissants.

Gaméanza se libéra, courant vers eux avec sa robe grise qui volait autour de ses jambes.

— Excellence, nous protestons vigoureusement contre les agressions dont vous vous rendez coupable à l'égard de cet Arbre !

— Excusez-moi, dit Harry avec un large sourire sardonique, je lui donne le nom de bête meurtrière.

— Sa présence est un symbole des liens unissant Kyril et Ballenkarch, plaida Gaméanza.

— Un symbole, mon œil. Débarrassez-vous de ces débilités métaphysiques. Ce truc est un tueur d'hommes et je n'en veux plus ici. J'ai pitié de vous, avec votre monstre sur votre propre bout de rocher... mais je suppose que rien ne m'y oblige. (Il examina Gaméanza.) Vous avez tiré un bon usage de l'Arbre. Il est votre ticket-restaurant depuis mille ans. Eh bien, celui-ci est sur le point de disparaître. Dans dix minutes, ce ne sera plus qu'un hectare de bouts de bois.

Gaméanza tourna les talons et s'éloigna d'une dizaine de mètres pour s'entretenir avec Oporeto Implan. Cinq kilogrammes d'explosifs avec un détonateur furent disposés contre le gros tronc du Fils. Harry leva le fusil à radiations qui allait projeter les fréquences de déclenchement.

Joe songea soudain à quelque chose, se précipita en avant et lui agrippa le bras.

— Un instant. Supposons que tu obtiennes un hectare de bouts de bois... et que chacun de ceux-ci se mette à pousser ?

Harry reposa son arme.

— Voilà une idée bien sinistre.

Joe fit un geste en direction de la campagne environnante.

— Toutes ces fermes me semblent bien cultivées et modernes.

— Les toutes dernières techniques terriennes. Et alors ?

— Tu ne laisses pas tes petits camarades arracher les mauvaises herbes à la main ?

— Bien sûr que non. Nous disposons d'une douzaine de désherbants divers... des hormones... (Il s'arrêta net et tapa sur l'épaule de Joe.) Des désherbants! Des *hormones de croissance!* Joe, je vais te faire ministre de l'Agriculture!

— Avant tout, voyons si cela marche sur l'Arbre. Si c'est un légume, il va devenir dingue.

Le Fils de l'Arbre devint dingue.

Les vrilles se tordirent, se contorsionnèrent, claquèrent. La tête blanche cotonneuse cracha des arcs crépitants d'énergie dans toutes les directions.

En quelques secondes, les feuilles s'élevèrent grotesquement jusqu'à une soixantaine de mètres, puis retombèrent au sol.

Un autre projecteur laser fut amené. Le Fils ne résista plus que faiblement. Le tronc devint charbonneux ; les feuilles se ratatinèrent et noircirent.

Au bout de quelques minutes, le Fils de l'Arbre n'était plus qu'une souche malodorante.

*
**

Le prince Harry était assis sur son trône.

Les archithéarques Gaméanza et Oporeto Implan ne bougeaient pas, le visage pâle, muets dans leurs capuches. Les Mangs du Flot-Rouge attendaient d'un côté de la salle en un petit groupe constitué selon un système de préséance très rigide : d'abord le magnerru dans sa cuirasse ciselée et sa robe écarlate, puis Erru Kametin et, derrière lui, les deux censeurs.

Harry déclara de sa voix claire et légère :

— Je n'ai pas grand-chose à vous annoncer... en dehors du fait que, depuis quelques mois, régnait une certaine incertitude sur la direction dans laquelle allait sauter Ballenkarch : vers Mangtsé ou vers Kyril?

Il remua sur son siège et posa les mains sur les accoudoirs de son trône.

— Eh bien, ces hypothèses se trouvaient entièrement dans l'esprit des Druides et des Mangs, car sur Ballenkarch nous n'avons jamais hésité. Une fois pour toutes, nous ne nous allierons à aucune planète.

« Nous nous développerons dans une direction différente, et je crois que nous finirons par avoir le monde le plus agréable de ce côté de la galaxie. En ce qui concerne le Fils de l'Arbre, je ne tiendrai personne responsable en particulier. Les Druides ont agi, je crois, suivant leurs connaissances. Vous êtes victimes de vos croyances tout autant que votre Laïcat.

« Autre chose : si nous nous refusons à entrer dans le jeu politicien, nous sommes dans les affaires. Nous ferons du commerce. Nous construisons des outils : des marteaux, des scies, des clés, des appareils de soudage. Dans un an, nous commencerons à construire du matériel électrique. Dans cinq ans, nous aurons un atelier spatial sur les rives du lac Alan.

« Et, dans dix ans, nous transporterons nos cargaisons jusqu'à la moindre étoile que vous puissiez distinguer durant la nuit... et peut-être plus encore. Donc... magnerru, vous pouvez rentrer et transmettre mon message à votre Ampianu Général et au Lathbon. Quant à vous, Druides, je doute que vous désiriez jamais rentrer chez vous. Il risque de se produire certains troubles sur Kyril quand vous arriverez.

Gaméanza demanda vivement :

— Comment cela?

La bouche de Harry se tordit.

— Disons que c'est une intuition.

*
**

A partir du solarium privé de Harry, l'eau du lac Alan rougeoyait des mille nuances du soleil couchant. Joe était assis dans un fauteuil. A côté de lui se trouvait Elfane, en simple robe blanche.

Harry allait et venait en parlant, gesticulant, se vantant. De nouveaux fours de réduction à Palinthe, cent écoles nouvelles, des génératrices pour la nouvelle classe agricole, des fusils pour l'armée.

— Ils ont encore ce trait barbare, disait Harry. Ils adorent se battre, ils adorent l'air libre, les festivals de printemps, les danses du feu nocturnes. Cela est inné, cela leur est inculqué, et je ne pourrais le leur arracher si je le désirais.

Il cligna les yeux à l'adresse de Joe.

— Les excités que j'envoie contre les clans de Vail Macrombie... c'est l'autre continent. Je fais d'une pierre deux coups. Ils passent leur bellicosité sur les cannibales de Macrombie et ils s'emparent graduellement du continent. C'est sanglant, certes... mais cela comble un besoin de leur personnalité.

« Les jeunes grandiront différemment. Leurs héros seront des ingénieurs et non plus des soldats et tout devrait s'enchaîner correctement. La nouvelle génération grandira tandis que les pères seront occupés à nettoyer le cap Matenda.

— Très ingénieux, dit Joe. Et, en parlant d'ingéniosité, où est Hableyat ? Il y a un jour ou deux que je ne l'ai vu.

Harry se laissa tomber dans un fauteuil.

— Hableyat est parti.

— Parti ? Où ?

— Officiellement, je l'ignore... surtout depuis que nous avons des Druides parmi nous.

*
**

Elfane s'agita.

— Je ne suis plus druidesse. Je m'en suis dépouillé. A présent, je suis... (Elle leva les yeux sur Joe.)... une quoi ?

— Une expatriée. Une orpheline de l'espace. Une femme sans pays. (Il posa son regard sur Harry.) Assez de mystères. Ce ne peut être aussi important.

— Mais si ! Peut-être.

Joe haussa les épaules.

— Comme tu voudras.

— Non, je vais vous le dire. Hableyat, comme vous le savez, est tombé en disgrâce. C'est le magnerru Ippolito qui mène le bal. La politique mang est complexe et cryptique, mais elle semble dépendre énormément du prestige... les apparences sont importantes. Le magnerru a perdu la face sur Ballenkarch. Si Hableyat réalise un exploit, il pourra reprendre la barre. Et nous avons tout intérêt à ce que les Eau-d'Azur soient au pouvoir sur Mangtsé.

— Eh bien ?

— J'ai donné à Hableyat toutes les hormones désherbantes dont nous disposions... environ cinq tonnes. Il les a embarquées à bord d'un vaisseau que je lui ai fourni et il s'est envolé. (Harry fit un geste bizarre.) Où il se rend ? Je l'ignore...

Elfane lâcha doucement un petit sifflement, frissonna et détourna le regard sur le lac Alan, rose, doré, lavande, turquoise au soleil couchant.

— L'Arbre... fit-elle.

Harry se leva.

— C'est l'heure du dîner. Si tel est son plan — saupoudrer l'Arbre d'hormones — cela devrait faire un sacré feu d'artifice.

Table des matières

Achevé d'imprimer en avril 1992
sur les presses de l'Imprimerie Bussière
à Saint-Amand (Cher)

PRESSES POCKET - 12, avenue d'Italie - 75627 Paris Cedex 13
Tél. : 44-16-05-00

— N° d'imp. 1139. —
Dépôt légal : avril 1992.

Imprimé en France